だから殺せなかった

一本木透

「おれは首都圏連続殺人事件の真犯人だ」大手新聞社の社会部記者に宛てて送られてきた一通の手紙。そこには、首都圏全域を震撼させる無差別連続殺人に関して、犯人しか知り得ないであろう凶行の様子が詳述されていた。送り主は自ら「ワクチン」と名乗って、ひとりの記者に対して紙上での公開討論を要求する。「おれの殺人を言葉で止めてみろ」連続殺人犯と記者の対話は、始まるや否や苛烈な報道の波に呑み込まれていく。果たして、犯人の真の目的は――劇場型犯罪と報道の行方を圧倒的なディテールで描出した第27回鮎川哲也賞優秀賞受賞作。

だから殺せなかった

一　本　木　透

創元推理文庫

SO I COULD NOT KILL

by

Toru Ippongi

2019

目次

だから殺せなかった

〈太陽新聞　二〇ＸＸ年　五月二十六日　夕刊社会面〉

「市職員の男性、殴打され死亡／横浜市」

二十五日午後十一時四十分ごろ、神奈川県横浜市西区戸部町三丁目の路上で、男性が血まみれになって倒れているのを通りかかった人がみつけ、一一〇番通報した。

神奈川県警横浜西署の調べでは、男性は近くに住む横浜市役所総務局総務課長、村田正敏さん(45)。村田さんは帰宅途中に鈍器のような物で頭部を殴られたとみられる。救急車で近くの病院に搬送されたが、まもなく死亡が確認された。カバンや中の所持品は奪われていなかった。

現場はＪＲ桜木町駅から徒歩十五分の住宅街。村田さんは同日午後六時ごろ、同市役所を出て、都内で飲食後、帰宅途中だった。同署は、村田さんが何らかの事件に巻き込まれたとみて調べている。

〈太陽新聞　二〇ＸＸ年　六月十八日　朝刊社会面〉

「会社員の男性、屋上から転落、死亡／さいたま市」

十七日午後一時四十分ごろ、埼玉県さいたま市大宮区宮町四丁目の路上で、男性が倒れているのを通りかかった会社員がみつけ、一一〇番通報した。男性は全身を強く打ってすでに死亡していた。

埼玉県警大宮与野署の調べでは、亡くなったのは同市中央区上落合四丁目、会社員、本郷正樹さん（29）。本郷さんは、勤務先の昼休みに、喫煙所になっているビルの屋上に上がり、転落したとみられる。

現場はJR大宮駅から徒歩三分ほどの商業ビルやマンションの並ぶ一帯。本郷さんが落下する直前に「叫び声を聞いた」「ビルの屋上に別の人影があった」などの情報もあり、同署は本郷さんが何らかのトラブルに巻き込まれた可能性もあるとみている。


〈太陽新聞　二〇XX年　七月十八日　夕刊社会面〉

「会社員の男性、駅構内で刺され死亡／東京・JR八丁堀駅」

十八日午前八時十五分ごろ、東京都中央区八丁堀三丁目のJR京葉線八丁堀駅構内で、男性が血を流して倒れているのを駅員がみつけ、警察と消防に通報した。男性は救急車で病院に運ばれたが、背中を鋭利な刃物のような物で刺されており、出血多量でまもなく死亡した。

警視庁鉄道警察隊の調べでは、この男性は江東区辰巳二丁目、運送会社員、小林洋次郎さん（42）。小林さんは同線新木場駅から乗車し、都内の勤務先に出勤途中だった。電車が八丁堀駅に着いた際、背後から何者かに刺されたとみられる。

事件が起こったのは通勤ラッシュのピーク時で、車内は通勤客で混雑し、ほとんど身動きできない状態だったという。警察は現場付近に立て看板を設置し、目撃者からの情報提供を呼びかけている。

プロローグ

一本木透のモノローグ

1

耳ざわりな信号音がする。続けて無機質な男性のアナウンスが響き渡った。

《共同通信。地球温暖化対策で先進国の足並みそろう。問われる日本のエネルギー政策。全米エネルギー経済研究所長の談話、三十行を配信します》

仮眠をさまたげられた。顔を覆っていた毛布をずらして目をあける。

光が眼底にしみる。目の前には天井板が大平原のように広がり、細長い蛍光灯が遠くまで整然と並んでいる。テレビのニュース音声があちこちで反響している。紙を吐き出すプリンターとFAXの音。

「はい。太陽新聞社会部です」バイト学生が電話に出る声がした。

毛布をはぎ取る。寝汗でワイシャツのえりが濡(ぬ)れていた。

黒い革張りの三人掛けソファが、私のいつもの仮眠場所だ。ひざを折り曲げて横になり、一時間ほど体を休めた。人の行き交うオフィスの片隅でも、こうして人目を気にせず仮眠できるのが新聞記者の特権だ。

午前十時過ぎ。新聞製作の工程は夕刊早版(はやばん)の記事出稿が終わったところだ。

今日も柱のスピーカーから流れる共同通信の配信告知「ピーコ」で目が覚めた。いつもあの音に眠りをさまたげられる。体にかけていたオレンジ色の毛布は、記者たちの寝汗を吸い込んで、表面がうっすら黒光りしていた。

体を起こして、足先でソファ下の革靴を探り当てた。ソファの背にかけた上着を片手に立ち上がる。首から下げたＩＤカードが揺れた。カードの表で四十六歳の男が真面目ぶった作り顔をしている。白髪交じりで六・四に分けた長髪。眠そうな一重まぶた。

廊下の自販機で冷たい缶コーヒーを買った。ひとくち飲んだところで、ようやく頭がすっきりしてきた。

五階の編集局は広大なワンフロアが見渡せる。二本のメーンストリートがフロアを分かち、天井からは部署名を示すボードが吊り下がる。社会部、地域報道部、その向こうには整理部、右側には政治部、経済部、外報部と並ぶ。反対側に顔を向けるとデジタル速報部、校閲部。その向こうは運動部、写真部だ。

常に時間に追われるこのフロアには、壁や柱のあちこちに六十個の大きな丸時計が配置されている。一日二回、朝刊と夕刊の印刷工場に版を降ろす降版(こうはん)時間の間際は、嵐のように騒然とする。広大なフロアのどこかで、だれかが叫び、だれかが走る。Tシャツ姿のバイト学生がA2サイズのゲラ刷り(校正刷り)を持って、デスク(次長)席で「3版、確認刷りです」などと声を上げる。各部のデスク席は、何度も出されるこの大刷りでいっぱいになる。

　全国紙である太陽新聞は、世間から「クオリティペーパー」と言われている。社会部記者の私の担当は「遊軍(ゆうぐん)」――。つまり「何でも屋」だ。社会部記者の多くは官公庁の記者クラブに常駐している。事件関係は、「P担(ピーたん)」と言われる警視庁や警察庁のクラブ、検察庁や裁判所を受け持つ司法クラブだ。一方「遊軍」は持ち場がない。それゆえ、発表物や省庁ネタの「抜かれ」に振り回されない。取材フィールドは「何でもあり」だ。

　憲法、安全保障、天皇制、原発、人権や差別問題、死刑制度、環境問題……。専門分野のテーマを決めてシリーズを担当したり、まとめ役を務めたり。何かあった時に備えて、すぐに連絡のつく場所にいなければならない。八階の社員食堂横の喫茶室や地下二階のフィットネスルームにも通う。要は社内にいればいい。こうしてデスク席周辺のソファで居眠りすることも、仕事のうちなのだ。

　今日の朝刊を広げる。我が太陽新聞が一面で特ダネを飾った。久々の快挙だ。

「首都圏三件の殺人事件、同一犯と断定」「三都県の合同捜査本部を設置へ」

記事の出稿は社会部だ。警視庁クラブがまとめた。端緒は警察庁クラブのベテラン記者のひっかけた情報だった。

ここ最近、神奈川、埼玉、東京の三都県で発生した殺人事件で、現場付近の遺留品を照合したところ、同一人物の犯行とわかった。近く三都県の合同捜査本部が設置されるという。

三件の事件については、発生直後から警察庁の主導で共通点の洗い出しが進んでいた。この情報を受け、長谷寺社会部長が横浜、さいたまの各総局長と警視庁クラブに連絡を入れた。各総局の「サツ回り」と呼ばれる警察担当の記者たちが、昨晩一斉に夜回りをして裏を取り、詳細を詰めて持ち寄った成果だった。他紙は寝耳に水だったに違いない。

このニュース、社会部員たちにとっては鼻高々だった。政治部や経済部を押しのけ、堂々一面トップの特ダネだ。さらに追い討ちをかけるように、夕刊一面トップでも続報の特ダネを打った。朝刊の「同一犯の犯行」をさらに補強したものだ。

「首都圏三件の殺人事件／吸い殻から同一人物のDNA型／計画的な犯行か」

それぞれの現場付近には、いずれも数本の同じ外国銘柄のタバコの吸い殻が落ちていた。鑑定の結果、吸い口に付着していた唾液から、同じ人物のデオキシリボ核酸（DNA）が検出された。

血液型もAB型と判明した。複数の殺害現場や周辺で、犯行に及ぶ直前まで犯人がタバコを吸いながら被害者に接触する機会をうかがっていた可能性があり、「合同捜査本部は計画的犯行とみている」と報じた。

午前十時半。夕刊の大刷りが出るころだ。私はふらりとデスク席を見に行った。早版の刷りがあがっていた。夕刊一面のトップは、朝刊の「首都圏三件の殺人事件」の続報を、そのまま最終版まで掲載する予定だ。

お昼を回った午後一時、最終版の降版三十分前だった。パソコンをにらんでいた黛デスクが、私をみつけて叫んだ。

「一本木ちゃん、ちょっとお願い！」

降版間際になると、黛デスクは高周波の甲高い声を発する。別のニュースが飛び込んできたようだ。

「この原稿、十分で短行にしてくれないか。一社（第一社会面）の下に突っ込むから」

「短行」とは二十五行以内の原稿をさす。私は「六角」と呼ばれるデスク周りへ行き、デスクトップ型パソコンの前に座った。画面上には一行十二文字、六十行のマス目に収まった原稿が、二段になって用意されていた。文中にカーソルが点滅している。

頼まれたのは、社会部メディア班から出された原稿のリライト作業だ。

内容は、テレビのバラエティ番組でおなじみの生物学者、名峰大・毛賀沢達也教授の「NHK経営委員を罷免」のニュースだ。この教授は、たび重なる不倫・隠し子騒動で、連日各局のワイドショーをにぎわせていた。太陽新聞の科学面にも何度も登場してきた生物学の権威だが、今やすっかりタレントだ。正午のＮＨＫニュースで流れたからだろう。この日の夕刊編集長、久保原編集局長補佐から「追っかけ」の要請があった。

黛デスクは椅子を回転させて立ち上がり、数メートル先の整理部デスクに向かった。

「毛賀沢スケベ教授のＮＨＫ経営委員の罷免劇。短行、ケツに突っ込んで下さい」

降版まで、あと十五分。私はパソコンの画面をみつめ、マウスを握った。素早く内容を確認して、データのダブりや冗長な表現を刈り込む。文章を時系列に整え直し、六行ずつの四段落に区切った。

画面下の「出稿」ボタンをクリック。出稿リストにぶら下げた。ここまでの作業に七分。斜め横のデスクパソコンをにらんでいた黛デスクから「サンキュー」の声が返ってきた。デスクは内容をチェック、修正後、端末上で「記事」をリリースし、あとは整理部に託す。整理部は紙面レイアウトをする端末上で「空け組み」してあった部分に、この「記事」を流し込む。

毛賀沢教授のネタは、確かに世間をにぎわせていた。彼の隠し子が、あちこちにいることも発覚している。不倫相手は銀座のクラブのママ、女性タレント、大学のゼミの教え子、公開講座に来た主婦など、さまざまだ。太陽新聞は、不倫・隠し子発覚について報道を控えてきたが、政府に委託された委員や民間団体や各種協会の委員など、数々の社会的身分を剝奪されると、ワイドショーと同じように報道を始めた。

読者センターには抗議が相次いでいた。「オピニオンリーダーの太陽新聞が、なぜハレンチ教授のスキャンダルを載せるんだ。いつから週刊誌に成り下がったんだ」と。

　だが、NHKが流すと、とたんに「ニュース」と化す。下世話な話題も「世間の関心事」に昇格だ。当初は報道するつもりがなかった事案でも、新聞のスタンスは一気に揺らぐ。載せなければ、あとで読者から「何で太陽新聞には載ってないんだ」と責められる。掲載適否の判断には、そんな力学も作用する。

　議論を交わす時間はない。あとは扱い、記事の大きさを工夫する。迷った黛デスクが「追っかけネタだし、せいぜいベタ（一段の見出し）だ」と短行にした。だが、結果的に扱いは一面左上の「肩」（二番目に重要な記事）になった。紙面を組む整理部が、久保原局長補佐に言われたらしい。

2

　著名人のゴシップ系ニュースを紙面でどう扱うか。編集局内では以前からこの議論がくすぶっていた。

　日々の紙面内容を決めるのは「デスク会」だ。政治、経済、社会、外報、科学、学芸、くらしなど、各出稿部の次長にあたるデスクがその日のニュースを報告。整理部デスクが出稿メニューを示し、一面トップはこれ、肩はこれ、社会面トップはこれ、と掲載位置や扱いを決めていく。デスク会は、夕刊、朝刊の締め切りに向けて一日五、六回開かれる。

それとは別に、各出稿部の部長たちが紙面内容や編集方針の大枠について論議する「編集会議」が週二回開かれる。ここで上がった議題が各部のデスクに下りていく。デスク会も編集会議も、編集局の一角、通称「金魚鉢」と呼ばれる透明アクリル板で仕切られた編集局長室で開かれる。その日に組む紙面の編集長となる編集局長補佐の一人が司会役になる。

今日の夕刊にも、毛賀沢教授の不倫ネタがまた載った。この問題をめぐり、夕刊降版後の編集会議で議論が白熱した。黛デスクと私も出稿責任のあるデスクと記者として、オブザーバー参加した。

掲載反対派は、政治部やオピニオン編集部、外報部、科学部が中心だ。長身で角ばった顔の政治部長が、夕刊紙面を長机の中央に広げて切り出した。

「夕刊一面肩に突っ込んだ毛賀沢教授の不倫騒動。こんな下世話なネタ、太陽新聞の品格を汚すでしょ。去年から紙面の文字を大きくした分、全体の情報量が減ったんだ。米中関係に景気浮揚策など優先して報道すべき問題が、ほかにいくらでもあるでしょうが」

外報部長が太い眉毛を吊り上げて加勢する。

「うちはリーディングペーパーだ。紙面の良識が問われているんだ」

学者肌のオピニオン編集長も続いた。

「同じ不正でも公権力の不正を暴くべきだよね。記者も減らされているのに、こんなことに取材の労力を使っていられない」

口火を切った政治部長が小声でつけ足した。

「しかも、たかが不倫ぐらいで……。毛賀沢さんだって気の毒だ」

これに対して掲載賛成派は、社会部や学芸部、紙面を扱う整理部、デジタル編集部だ。長谷寺社会部長が、鋭い眼光を政治部長らに向けて「いや、そうじゃない」と声を上げた。

編集局長室内にはこの日、社会部が朝夕刊の一面で「首都圏三件の殺人事件、同一犯と断定」とその続報の特ダネを放った余韻が残っていた。長谷寺の抗弁も威勢がよかった。

「毛賀沢教授はテレビのバラエティ番組でレギュラーをいくつも持つタレントだ。弁が立つし面白い。政治部長もご存じのように、次の参院選に出馬も予定している。もはや公人です。世間の耳目を集める公共の関心事であり、社会的ニーズがある」

政治部長が顔をしかめて「いや、だからって不倫程度で……」と口ごもる。すかさず別の声が飛んだ。

「少なくともNHK経営委員の罷免の報道は載せなあかんでしょ。原因に触れなきゃ、ええんとちゃう?」と関西出身の学芸部長。

政治部長が「罷免理由を書くなら同じことだ」と食い下がる。

にやついた顔の科学部長が「参考意見だけどね」と遠慮がちに割って入った。

「ご承知の通り、うちは随分紙面で毛賀沢さんに世話になってきた。正直、僕はしのびない思いもあるんだ。うちの新聞が彼を世間に知らしめたんだし。彼に頼んでいるCSR事業本部の『太陽新聞CSR・読者大賞』の選考委員は続けてもらうしね。つまり、この騒動を載せると太陽新聞のスタンスが難しくならないのかなあ」
「うちの都合で載せないという理屈は、報道機関としておかしくないですか」即座に長谷寺が切り返した。
議論は、ニュースとは何か、読者ニーズとは何か、太陽新聞のスタンスはどうあるべきかに
収斂していった。タレ目で物腰の柔らかい経済部長が、みんなを見渡した。
「新聞は大衆を惹きつけるコンテンツも盛り込んでこそ、本当に読ませたいニュースも読んで
もらえる。ネット全盛の今、お堅いニュースや権力批判が大衆の目に触れる機会は少ない。知
っての通りジャーナリズムは売り物にならない。毛賀沢教授は若い世代に大人気だ。載せるの
は打算じゃなくて、本当に大切なことを伝えるための『迂回の算術』だよ。最初に社説を開く
若者がどこにいる？　彼らにまず新聞を手に取ってもらわなきゃ」
若者。確かに新聞の未来を占うキーワードだ。学芸部長が続いた。
「新聞は総合デパート。若い人向けのフロアやコーナーがないと客は入らへん。購読者数はど
んどん減ってます。それって、若者が新聞を読まなくなったんじゃなくて、新聞が若者向けの
紙面作りをしてこなかったからと違いますか？」
「そういうこと」涼しい目元のデジタル編集部長が、間髪容れずにうなずいた。
「要は、金儲けしろってことね」外報部長が皮肉たっぷりに言い放つ。
編集局長室の空気がますます硬直した。
議論は、各部長の権益バトルの観もあった。下ろしたブラインドの隙間からは、フロアの通

路に並ぶデスク陣が見え隠れする。今日の紙面構成を決めるデスク会の時間だ。

司会の久保原編集局長補佐が腕時計をみた。場をひきとるように立ち上がる。

「時間もない。もうこの辺にしないと」全員が立つのを見て、久保原が言い添えた。「ただ、みんなに認識してもらいたいのは新聞経営の現状だ。部数減を何とか食い止めないと。だから紙面上の営業力アップは必須課題だ。ネットユーザーを意識したコンテンツ作りも重要だ。各自、もう生き残り策を本気で考える時がきたと思ってくれ」

大衆受けするニュースの掲載には、経営環境の悪化がリンクしていた。それは掲載反対派も知っていた。このままでは紙の新聞離れは加速する一方だ。各社がデジタル版（電子新聞）への移行を進めている。ネット配信のニュースサイト「太陽新聞デジタル」も会員の獲得を目指して購読料金の値下げを繰り返す。ひと月千円から五百円まで下げた。

だが、事業はペイしない。サイトの契約料も広告収入もとても見合わない。ニュースは無料のまとめサイトを見ればいいというのが世間の共通認識だ。そもそもツールやデバイスを替えても、やはり新聞は読まれない。大衆は「楽しく役に立つ情報」しか求めていない。

そう思うと、紙面には芸能ゴシップネタも入れざるを得ないのか。もはや配信するニュースの素材もそんな風に決まる。この日の編集会議は、長峰（ながみね）編集局長の判断で「毛賀沢教授の話題は社会的な関心事であり、読者ニーズに応えるため」に落ち着いた。

ただし、処分程度の毛賀沢ネタに関してはセンセーショナルにせず、三社（第三社会面）のベタ記事で扱うことにした。

新聞社内にはどんな「理屈」もある。経営最優先のために論調までぶれていく。太陽新聞は、少し前まで「護憲派」が売りだった。しかし、紙の新聞が売れなくなった今は、改憲派の多いネットユーザーに嫌われたらおしまいだ。「太陽新聞＝護憲」が世間に定着したら、若者は寄りつかない。そこで社内でも「あまり護憲、護憲と触れ回るな」という空気が流れ出した。

編集局長室での、この日の議論はいったん収束した。掲載反対派が納得したわけではない。編集局長室を出てから、黛デスクが耳打ちしてきた。

「政治部長がなぜ毛賀沢教授の肩を持つのかわかっただろ？　来年の参院選後をにらんでいるんだ。毛賀沢は、民政党・大沢（おおさわ）代表の肝煎（きもい）りで出馬する。政治部としては、今は毛賀沢と仲良くしておきたいわけだ」

黛デスクが目配せした。こうも続けた。

「長峰編集局長も久保原局長補佐も、結局『売れる新聞』を否定しなかっただろ。実はボードメンバー（取締役会の役員）間で、編集担当が、販売担当と広告担当から突き上げをくらっているんだ。『もっと若者に売り込める新聞を作ってくれ』『ガチガチの護憲もやめてくれ』とさ。紙の新聞を売るためには、もう背に腹は替えられない時代に入ったわけだ」

「それで不倫教授のネタも一面肩ですか」

「結局、経営環境の悪化に、いま改めて新聞社のスタンスが問われているってことさ」

黛デスクが私の肩をポンとたたいた。

3

太陽新聞は一昨年、創刊百四十年の歴史の中で、初めて営業赤字を記録した。以来二期連続の赤字だ。数年前から新聞・出版業界全体が行き詰まり始めていた。紙媒体業界は「衰退」「斜陽産業」「絶滅危惧種」とささやかれ出した。

大手広告代理店の電報堂によると、新聞は今や受け手への「到達率」が最も低い媒体とされる。電報堂内には、かつて各全国紙ごとの担当がいたが、今では「全国紙担当」とひとくくりにされているという。

六月に開かれた太陽新聞の定時株主総会では、二期連続赤字の決算が、ついに社主家の逆鱗に触れた。株主席の最前列にいた社主自らが、決算報告後の質疑応答でマイクを持つ手を震わせて訴えた。

「一昨年、太陽新聞の歴史の中でとても恥ずかしいことが起きました。三期連続の赤字を出したら、役員の首をすべて差しかえるようお願いします」

会場から拍手が湧いた。そこで経営陣は、今年九月の上半期終了までに現在七百万部まで落ちた発行部数を三十万部増に、太陽新聞デジタルの有料会員数二十万人を三十万人に、と具体的な数値目標を示し、販売・広告収入増による今年度の黒字達成を約束させられた。

新聞社内では長年、ビジネスのノウハウも知らない編集局出身者が主要ポストを占めてきた。そんな旧態依然の経営陣の構成にも物言いがついた。売り上げが伸びないなら、どうやって収益をあげるか。減収でも黒字にする常套手段はコスト抑制だ。業務効率化、経費節減に最後は人件費、つまり人員削減や給与カットだ。

社内アナウンスが入った。

《社員のみなさまにお知らせします。本日午後二時より、渡部社長による「緊急経営報告」があります。太陽新聞社・中ホールにお集まり下さい。繰り返し申し上げます……》

経営の実態を、社長が自ら全社員に向けて報告するという。前代未聞だ。ホール入口まで社員があふれ返っていた。壇上には八人の役員が並び、中央の渡部社長が「太陽」マークの社旗を前に訴えた。

「本日お集まりいただいたのは外でもありません。いま我々は全社一丸となってこの経営危機を乗り越えなければなりません。そのために新聞ジャーナリズムの王道を踏み外すことなく、かつ読者の求める情報を載せていく。紙の新聞、デジタルともに魅力ある紙面・コンテンツ作りをしていきましょう」

だから毛賀沢教授の不倫スキャンダルも載せる、という言い訳にも聞こえた。渡部社長は言葉を区切るたびに、社員を見渡した。

続いて、社長以下役員の賞与を三割カットすると説明。「最後の砦としてきた人件費を削ります」と部長級以上の社員に年百五十万円の給与カットを求めた。反論できる空気ではない。みんな経営環境を理解しているからだ。新聞記者は現在約二千五百人。社内で最も人件費が高い。そこで「記者を三百人減らす。原稿を書かない記者はいらない」と口を「へ」の字に結んだ。

報告会の最後は「編集、デジタル、広告、販売、事業など、各部局で相互連携を強めて一層努力せよ」と締めくくられた。編集局には「読者を惹きつける究極のコンテンツを発信せよ」だ。

鼻白(はなじろ)んだ。私たち記者にはいつでもそれ以外にない。

午後三時、社会部の部会が開かれた。

さきの社長の「緊急経営報告」を受けて、各部でも取り組みを検討する流れだ。

部会は本館十一階の大会議室で開かれた。社会部は部員八十人の大所帯。うち五十人が集まった。自分を含めて遊軍記者は五人だ。ほかは各クラブに常駐なので、それぞれの持ち場で陣頭指揮をとるベテラン記者のキャップかサブキャップが出席した。会議机と椅子がロの字形に並べられている。全員は座りきれず壁際にも椅子を並べた。

窓側中央には長谷寺社会部長。六人のデスクが両脇に座った。長谷寺が壁の時計を見上げて「みんないいか？　始めるぞ」と切り出した。

まずは、本日の朝・夕刊一面トップの「首都圏三件の殺人事件」の特ダネについて。長谷寺が、警視庁クラブ、警察庁クラブ、横浜・さいたま各総局の連日の「夜討ち朝駆け」を労った。社会部長賞の贈呈はもちろん、社長賞の申請もするという。

一方、同一人物のタバコの吸い殻発見で、犯人特定までたどり着けるのか。合同捜査本部の見立てでは、捜査はなお難航しそうだという。「現場百遍。調査報道の姿勢も忘れずに」長谷寺の眼光に鋭さが戻った。

続いて、先ほどの社長の言葉を受けて「魅力ある紙面作り」への決意を口にした。部員から「不倫教授の報道も含むんですか」と問われ、「記事の内容は、あくまで個別判断になる。ただ話題のコンテンツも時には必要だろうな」とだけ答えた。

ここからは社の方針通りの説明だ。編集局内の各部が販売局と連携して「販促キャンペーン」も実施する。そのためにも出稿各部は、売りになる紙面テーマをそれぞれひねり出す。社会部は突発的な事件報道はもちろん、シリーズの読み物や企画記事を、今まで以上に深く掘り下げ「読み応え」を追求する。私を含めベテラン記者に託された使命だった。

ここのところ社会部が渾身の力を込めて続けてきた連載は「シリーズ犯罪報道・家族」だ。殺人事件や贈収賄事件など、世間を騒がせた重大な犯罪を扱ってきた。

第一部は「被害者と家族」、第二部は「加害者と家族」にスポットを当て、それぞれの苦悩と現状をルポにした。続く最後の第三部を、どう締めくくるかが問われていた。

第二部が終了した時、読者から多くの反響があった。「迫真のルポ」「さすが太陽新聞」と、概ね評価が高かった。当初は、続く第三部で、一・二部を振り返りつつ、識者間の議論や、被害者・加害者の家族のケアと法整備の問題点、読者反響をまとめるはずだった。

だが、実際の当事者である、犯罪被害者や加害者の家族からの声も届き始めた。その手紙やメール、FAXを、長谷寺部長が「第三部に移る前に、みんなよく聞いてくれ」と読み上げた。

「『シリーズ犯罪報道・家族』の一・二部を通して読みました。あなたたちに当事者の痛みがわかるの？」「実際に犯罪とかかわりを持った記者でないと、犯罪報道と家族の姿など書けるはずがない」

次に長谷寺部長が紹介した手紙は、「息子を殺された」という父親からだった。

「マスコミは危険なできごとを自身と切り離していつも安全なところから論じる。当事者になった経験がないから、本当の苦しみも伝わらない。全編他人事です！　この『シリーズ犯罪報道・家族』で、本当の『記者の慟哭』を書ける人が、太陽新聞に一人でもいるのでしょうか？」

さすがの担当記者たちも耳が痛かったようだ。「迫真のルポ」を書いたつもりが「当事者の痛み」を書ききれていない、と言われた。確かに記者は事件の当事者ではない。取材対象に親身になって話を聞き、事実を克明に描写したところで、所詮安全圏内からの間接表現だ。新聞記者は、そもそも人の話を聞いて書く仕事だ。

長谷寺部長の提案は、第三部は他人事ではない「記者の慟哭」を書け、というものだった。

部員たちは黙り込んだ。

「記者の慟哭……ですか」

だれかが力なくつぶやいた。一同は顔を見合わせるばかりだった。

第一章　家族

江原陽一郎のモノローグ

1

今も、まぶたの裏に浮かぶ光景がある。

小学校三年の九月の土曜日に授業参観があった。教室には床を磨いたワックスの臭い。僕の席は窓側の列の前から三番目だ。左上から陽が差していた。広げたノートに校庭の大イチョウの木漏れ日が、まだら模様の光と影を落としていた。

始業のチャイムが鳴る。僕たちはそわそわと後ろを振り返った。たくさんの大人がつめかけていた。親たちはかしこまって手を前で組み、我が子に目顔で合図を送る。

みんなが「ほら、うちのパパあそこ」とはしゃぎ出す。消しゴムを細かくちぎる。教科書をパラパラめくる。下敷きをプルンと反らす。隣の席の子と取りとめもない話を始める。いつも

と違う自分を演じる。だれかの父親が「シッ」と口に指を当てた。怒ってみせても目は笑って
いた。
《父さん、どこにいるの》
　僕は父さんを探し続けた。
「ほら、みんな前を向いてちょうだい」
　担任の女性の先生が手をたたいた。いつもよりおしゃれで光沢のあるグレーのスーツに胸元
には真珠のネックレス。上品に口を結んでから言った。
「それでは出席をとります。名前を呼ばれたら、お父さんたちにもわかるように、手を上げて
大きな声で返事をしてね」
　僕の出席番号は五番だ。すぐに名前が呼ばれた。
「江原陽一郎（えばらよういちろう）くん」
　元気よく声を出せなかった。ぎこちなく手を上げる。みんなの名前が呼ばれる間も、僕は父
さんを探し続けた。教室の後ろには大人たちの高い壁ができていた。何人かは入りきれずに廊
下まであふれていた。
　授業が始まった。また後ろを振り返る。
　頭と頭の間からのぞく丸メガネのタレ目をみつけた。父さんだ——。
　顔がまた隠れた。一番後ろでつま先立ちしているようだった。目から上だけが見え隠れする。
やがて目が合うと、丸メガネの奥のタレ目がもっと細くなった。父さんは顔の横に手を上げて

小さく振った。

この日のために、それぞれ「お父さん」という詩を書いた。一人ずつ立ち上がって読み上げる。ほとんどが夏休みの父親との思い出だ。僕も夏休みに父さんとプールに行った思い出を綴った。プールサイドで父さんが浮き輪をふくらませる。僕がプールで泳ぎ出す。「深いところもへっちゃらだ。父さんの息がボクを守って浮いているから」という内容だった。

緊張でマス目の一字一字を読み上げるのが精いっぱいだった。読み終えると照れ臭くて耳が熱くなった。父さんも聞いていたはずだ。すぐに後ろを振り返るが、丸メガネのタレ目がみえない。たくさんの頭の向こうに、また隠れてしまった。

授業が終わる。みんな父親のもとに駆け寄り、腕にしがみつく。

《父さん、どこ?》

確かにいたのに、教室の中には見当たらない。廊下に出てあたりを見回す。「陽一郎」と声がした。父さんは出入口のすぐ脇に立っていた。

「お前の詩、よかったよ」

あの明るい教室。

大人になった今も夢にみる。だれでも子供のころに戻った夢をみるだろう。僕の場合は決まってこの授業参観の光景だ。この夢をみると、まず父さんを探して教室の後ろを振り返る。すぐにはみつからない。そのまま目が覚めることもある。

でも、現実の父さんは、あの日確かに来てくれた――。思い直して安堵する。

2

僕の家は江戸川区南葛西の、戸建ての並ぶのどかな住宅街にある。僕は都内の私立大学に通う文学部の三年生だ。大学では日本文学を専攻している。国文を選んだのは、本好きな父さんの影響が大きい。

父さんは江原茂、母さんはむつみという。

細いタレ目の父さん、大きな猫目の母さん。僕はどちらにも似ていない。少し控えめな性格は、どちらかというと母親似だろうか。父さんは僕のことを「陽一郎」と呼ぶ。母さんは「ヨウちゃん」だ。

父さんは図書館司書をしている。書斎兼応接間は十畳ほどで、壁はみな天井までの本棚に囲まれている。書斎中央には応接セット。机は高級木材のマホガニーだ。黒い革張りの椅子は、背もたれが頭の後ろまである。洋風の格子窓からは庭のヤツデの葉がみえる。

蔵書は三千冊を下らない。父さんは本棚の上の方の本を取るのに脚立を使う。よく脚立に腰かけて、丸メガネを額の上にずらしてページを繰っている。革張りの椅子に身を沈めているよりも、そっちの方が父さんらしい。

子供のころから、父さんはよく「お前が男の子でよかった」と口にした。理由は「キャッチボールができるから」。小学校高学年の時、父子(おやこ)でそろいのグローブを父さんが買ってくれた。日曜の午後は、よく河川敷へ出かけた。ひたすら、投げる、捕るを呼吸のように繰り返す。父子の無言の対話だ。

中学生になると球威もついた。僕が投げると、父さんのグローブがパシリと音を立てた。僕が「どうだ」と目で問う。父さんも「やるな」の顔になる。父さんはそうして僕の成長を受け止めてきた。

毎年、若葉が芽吹く五月になると、父さんが弾んだ声で切り出す。

「陽一郎。山に行くぞ」

僕たち家族は、長野県、群馬県、埼玉県にまたがる三角山(さんかく)へよく出かけた。父さんと母さんがこの山の中腹にある山小屋の管理人、石橋光男(いしばしみつお)さんと知り合いだった。

高校三年になった春も、山開きをしてまもないゴールデンウイークに三人で登りに行った。標高は千メートル足らずだが、山頂からの眺めは悪くない。都内から中央自動車道を西に走り、山梨県から入って北上していく。三角山は、三県に尾根が渡り、頂上は長野県になる。

登山道入口の駐車場に車を止めて森の中を歩く。しばらく行くと高い木々に囲まれ少し暗くなる。冬の名残(なごり)の朽ちた枯葉(かれは)が地面を覆(おお)いつくし踏みつけると滑(すべ)った。ぬかるんだ場所には動物の丸い足跡がついていた。以前、山小屋の石橋さんに聞いた。春になると鹿が木々の芽を食べに来るそうだ。

森のにおいを思い切り吸い込んだ。見上げると枝々に芽吹いた新緑がびっしり空を埋めていた。若い葉脈が透け、山道に木漏れ日が差している。木々の葉が頭の上で風にさざめいていた。

水音が聞こえてきた。水のにおいがする。谷底からの川音がだんだん大きくなった。木立の向こうに銀色の渓流がみえた。

「そろそろ吊り橋あたりかな」

父さんが尋ねたが、母さんの返事がおかしかった。

「たぶ、しか……あの先と思うけど」

「たぶん」と「確か」がごちゃ混ぜになった。僕が「たぶしか？　どんな鹿だよ」と突っ込む。すかさず父さんが「お腹のタプタプした鹿が、このあたりにいるのかな」。僕も母さんも笑った。

景色が開けて大きな吊り橋に出た。僕たちはこの吊り橋を「タブ鹿橋」と名づけた。三人で吊り橋の下をのぞき込む。足元から川音が迫る。急流が岩場を縫って落ちていく。水があちこちで岩と岩の窪みに滑り込む。僕はしばらく流れをみつめた。

川原におりてみた。水音は荘厳になる。乾いた岩は白っぽく、水が飛び散った岩は墨を塗ったように濡れ光る。巨岩を乗り越える水の流れは、延ばした飴細工のように岩を包み込む。近寄って手を入れると、水しぶきの傘が開いた。

「タブ鹿橋」のかかる川原から三角山の頂上がみえた。沢に沿ってさらに山道を登っていく。いくつか小さな滝を通るうちに傾斜も出てくる。苔(こけ)むした岩の間を清流が落ちてくる。六月になるとこの小道をヤマアジサイなどの山野草が彩(いろど)る。

　山の中腹まで登ったところで、丸太を組み上げた赤いトタン屋根の山小屋がみえてきた。「くぬぎ荘」の木札がかかった扉の前で、イガグリ頭の小柄な男性が手を振っている。管理人の石橋光男さんだ。「おお。待ってたぞ」

　いつも笑顔だからだろう。目尻に笑い皺(じわ)がくっきり刻まれている。

　石橋さんは、山好きが昂(こう)じて二十五年、ここで管理人を続けている。山小屋は素泊まり三千円で二十人まで収容できる。予約ナシの登山客も多いが気前よく泊めている。

「陽一郎、しばらくみないうちに随分たくましくなったな。どうだ。ここでアルバイトしてみないか。夏場は宿泊客の世話に人手が足りなくなる。最近は女子大生のグループも泊まりに来るぞ」と笑う。「時には地元の警察や消防と一緒に遭難者の救助にも出動する。社会勉強にもなるぞ」真顔になった。石橋さんは過去に児童養護施設長だったという。そんな風に様々な形で社会に尽くす誠実さが、顔立ちに表れている気がした。

　豚汁をごちそうになり、小一時間はお邪魔しただろうか。石橋さんに見送られて頂上へ向かった。

　山道が熊笹(くまざさ)に囲まれ霧も出てきた。傾斜もさらに急になる。ひたすら登るうちに、やがて霧が晴れて頂上に出た。三角山の頂上はあまり広くはない。大きな岩々がもたれ合うように重なっていた。ここからは長野県、群馬県、埼玉県の山々が見渡せた。

陽が傾くと尾根尾根に陰影ができる。まだ陽の当たっている場所は明るい蜜柑色だが、尾根の背を境に暗くなり起伏がくっきり浮かぶ。大地の筋肉がうねるようだ。

いつか石橋さんの山小屋に泊まって、山頂で満天の星を眺めようと三人で決めた。

三角山は僕ら家族の思い出の場所だ。楽しい思い出ばかりだ。たとえば「タブ鹿」は三人だけが知る「家族語」だ。それからも僕と父さんは、何か考えごとをする時に「たぶしか……」とつぶやいて母さんをからかった。そのたび母さんに「意地悪」と小さくぶたれた。

僕が大学に入って間もなくだった。母さんが腹痛を訴えて入院した。「腸閉塞」と聞かされた。二度の手術をした後、ようやく元気になった。

「たぶしか、もう大丈夫」

母さんのいつもの笑顔が戻った。

3

最近、僕は父さんの書斎の机、一番大きな引き出しの奥に日記帳が入っているのを知った。カギは右上の引き出しの中だ。日記帳はB６判サイズで革製のカバーがついている。几帳面な父さんは、毎日欠かさず万年筆でビッシリ綴っていた。いけないことと知りながらも、父さんがどんなことを書いているのか知りたくなった。父さんが出かけている間、僕はこっそり盗み読むようになった。

図書館司書の仕事は人間観察の場でもあるようだ。本を借りに来る人たちの描写が面白い。借りていく本のジャンルからその人の職業や関心事がわかるという。十年ほど前から定年後を持て余す年配の男性が増えた、とも書いてあった。

本の借り方も関連分野から少しずつ広がり変遷（へんせん）していくそうだ。父さんは「人はこうやって造詣（ぞうけい）を深めていく。人間形成の過程に立ち会っている気がする」と綴る。時折、家族の記録も紛（まぎ）れ込む。母さんの入院、そして僕のこと。僕は「陽一郎」の文字だけを素早くみつけて拾い読みした。父さんは、そうやって息子の成長過程も記録してきた。

いつものように、僕は父さんの日記を盗み見た。日常の些細（ささい）なできごとに紛れて、こんな記述をみつけた。

《今日、母さんとあのことを相談した。ずっと悩んできた。陽一郎も成人した。もうとっくに伝えていなければならなかった。でも、いつどう話せばいいのだろう。陽一郎はショックを受けるだろう。このまま本当の親子を装（よそお）って過ごし通せないか。おれたち夫婦と陽一郎は法律的には親子だ。だからそれでいいじゃないか。冷たい真実より優しいウソの方がよほどいい》

いま自分は何を読んだのか。しばらく理解できなかった。綴られた文字を何度も目でたどった。父さんの優しいタレ目と母さんの快活な笑顔が浮かんだ。目の前が涙でかすんだ。僕は、書かれていることが本当かどうか確かめることにした。

　翌日、夕飯の食卓で二人に切り出した。

「父さん……。僕、二人の子供じゃなかったんだね」

　両親が一瞬顔を見合わせた。母さんがけげんそうな顔で僕をみる。父さんの目の下がかすかに引きつった。静かに口を開いた。

「陽一郎。お前、どこでそれを……」

「ごめん、父さんの日記をみたんだ。何かの間違いだと思いたかった。それで僕、リビングの戸棚にしまってあった二人の人間ドックの検査結果をみてみた。僕はAB型だ。O型とA型のあなたたちとは血液型が合わない。けれども役所で戸籍謄本を確認したら、僕は、確かに二人の『長男』とあった。特別養子縁組を示す記載もない。これは、どういうことなの」

　恨みがましく言うつもりはなかった。「あなたたち」という表現に、二人ははっきりと動揺した。父さんは少し涙目になって宙をにらんだ。母さんは両手で顔を押さえた。二人とも何も言わなかった。

　大分たって、父さんが小さな声で言った。

「お前は、おれたちの子だ」

　それ以上何も言わなかった。僕が言葉を継いだ。

「戸籍上は親子だ。でも、僕はあなたたちの実の子じゃない。血は繋がっていない」

僕は父さんの言葉を待った。

《何か言えよ。否定してくれよ》

父さんが黙り込み、宙をみつめて目を閉じた。こんな弱々しい父さんは初めてみた。

「もういいよ」

僕は立ち上がった。ジャンパーを羽織って玄関に向かう。靴を履いて外に出ようとすると、後ろから「どこに行くんだ」と父さんの声がした。僕は振り向きもせず、玄関の扉をあけて逃げるように駆け出した。

「陽一郎、戻ってこい」扉の向こう側で、父さんの甲高い声がした。

細かい雨が降っていた。


雨に濡れながら、僕はあてもなく歩いた。

わかっている。事実は揺るがない。反抗したところで何かが変わるわけではない。雨脚はどんどん強くなった。高架線のガード下に身を寄せた。

頭上を電車が轟音を響かせて通り過ぎる。直後、あたりは冷たい静寂の底に沈んだ。鉄柱のボルトがイボのように浮き立って並ぶ。みえるものすべてがくすんでいる。

僕は本当の両親に捨てられて、アカの他人の二人に拾われたんだ。自分はだれなのか。何のために、だれに必要とされて生まれてきたのか。このまま生き続ける意味があるのか。雨風にしんしんと体が冷えていった。うつむいて、また雨の中を歩き出す。わずかな間、思い出に浸った。父さんと母さんが「本当の両親」だったころに。

今でも夢にみる、授業参観のあの光景。幸せの原風景だ。教室の後ろを振り向くと、たくさんの頭と頭の間に父さんの顔、三角山の「タブ鹿」……。ずっと子供のままでいたかった。僕は思い出を抱きしめるように、ジャンパーのポケットに入れた両手を閉じ合わせた。

午前一時過ぎ。雨も小降りになった。寒さが戻る場所を求めさせた。何もなかったことにして家に戻ろう。すべて忘れた振りをして。家の前まで来た。

リビングの灯りが点いている。玄関をあけると「ヨウちゃん?」と母さんが走り出てきた。

「どこ行ってたの。心配したのよ」

母さんが僕の顔をのぞき込む。傷つけまいとしたのだろう。ごく自然な感じだ。いつもの母さんだった。泣き腫らしたのか、目が赤かった。

僕は「うん……」とつぶやいた。

父さんが僕のあとを追って、傘を持って飛び出したという。まだ戻っていなかった。母さんは「お風呂に入って寝なさい」とだけ言った。僕は言われるままに湯舟につかって体を温めた。ジャージに着替え、二階の部屋に戻った。灯りを消して床についた。眠れやしなかった。

しばらくして階下で玄関の開く音がした。母さんがパタパタと駆けて出迎えた。「そうか。よかった」と父さんの声がした。スリッパの音が静かに階段を上がってくる。僕はふとんを被り、壁に向かって寝返りを打った。背後で部屋のドアが開いた。目の前の壁に廊下の光が差し込む。父さんは静かにドアを閉め、階下に降りていった。

目が慣れた。暗い天井をみつめ直した。お湯のような涙があふれ耳に流れた。両親が何をしたというのか。寝つけるはずがない。父さんたちも同じだったろう。


目が覚めると朝になっていた。絶望が容赦なく訪れた。現実の方が悪夢だった。

また、あの夢をみた。陽だまりの教室に父さんが来る。父さんはあの日のまま若く、いつものタレ目で笑っている。目覚めてからも、僕は夢の余韻にしがみつこうと、ずっとふとんの中にいた。

両親は他人だった。同じ言葉が何度も頭の中に湧き出してきた。血が繫がっている、繫がっていない。親子か他人か——。

いつか生物の授業で学んだＤＮＡの二重らせん構造の図が頭に浮かぶ。あのコヨリのような遺伝子が、人類種の保存のために個体を乗り物にして幾世代も継がれていく。でも伝えられる情報に何の意味があるのか。生命はなぜそんな営みに拘泥し続けるのか。連綿と続く命の法則が、忌まわしい呪いに思えた。そんな法則、ぶち壊したくなった。

生物学といえば最近、生物学者の教授の話題をニュースで見聞きする。名峰大学の毛賀沢達也教授だ。不倫を重ね、隠し子がたくさんいるという。スケベ面に横柄な言葉遣い、ハイピッチな笑い声、下卑た人間だ。

先日、テレビのクイズ番組で「有名人・博学日本一」に認定された。政治家、研究者、知性派タレント、大学教授、経営コンサルタントなどが知識を競った。毛賀沢教授は確かに博学だった。生物学だけでなく、数学や物理、英語表現にも堪能で四字熟語も完璧に知っている。哲学者や歴史的偉人の名言を示され、だれの言葉か当てるのが得意だった。

番組では、毛賀沢教授が階段状になったゲスト席の頂点に上り詰めた。彼が次の問題に解答できれば「日本一」だ。問題は「人間は考える葦である、と言った哲学者は?」。勝ち誇ったように「パスカル」と即答し、頭上のクス玉が割れた。賞金は百万円。使い道を聞かれ「愛人発覚の訴訟費用にします」と笑いをとった。逆境もネタにする。テレビ向けの才覚だろう。

彼をみて思った。知識があっても倫理観のない人間がきっと社会を狂わせる。彼はテレビのワイドショーで不倫や隠し子の発覚について冗談めかして言った。

「それって僕のせいじゃないよ。生物学的に言うとそれが遺伝子の指令なんだから。僕は人類という種の保存に忠実に貢献してるんだ。そもそも不倫ての は相手のいることだ。合意の上、つまり相互協定ってわけ。それって現代ストレス社会を生き抜くための、秘めたる知恵だと思うけどなあ」

タバコを手に、下卑た視線が女性リポーターの体を眺め回した。それで生まれた子はどうなる。もはや隠し子が、どこに何人いるかもわからないらしい。生物学教授のくせに。命を何だと思っているのだろう。

4

それから、両親二人の愛情が変わったわけではなかった。むしろ僕以上に辛そうだった。

これ以上二人を傷つけたくなかった。僕は少しずつ運命を受け入れ始めていた。

僕の本当の両親はだれなのか。今どこにいるのか。なぜ僕は生まれ、捨てられたのか——。自身の存在意義を強く意識し始めた。孤独を紛らわそうと、一日雑踏の中に身を置いてみた。人通りの多い駅前の歩行者用デッキの地べたに座り込む。慣れぬタバコをふかし、少し吸ってわざと放り投げた。だれも注意しない。僕の存在に関心がない。目の前を靴音が行き交う。ひざを抱えてうずくまった。

歪んだ想念がふくらんだ。僕のような不幸な存在が彼らの養分なのではないか。幸福とは他者と自分を比較した時の満足感だ。幸福と不幸は同じ容器の中にあり、幸福の総量は決まっていて奪い合っているだけだ。つまり「全員が幸福」な世界なんてあり得ない。あるいは幸と不幸が天秤のように均衡（きんこう）を保っている。不幸な人間は幸福な人間のために存在している。

いま包丁を持っていたら——。奇妙な妄想が頭をかすめた。先日も都心のどこかでそんな事件があった。思い描くだけならかまわないだろう。僕はそうして危険な空想に遊んだ。目をつむる。奇声を発してナイフを振り回す。人ごみを駆け抜け、手当たり次第に刺していく。パニックになるだろう。一面に飛び散る血、血、血……。

その「血」って何だ。ずっと頭の中を占めてきた言葉だ。殺人事件現場に滴る血、親子の証となる血。肉体を巡る真っ赤な液体に、頭の中が染まっていく。


僕は、他人の不幸を探し始めた。

「あの人よりはましだ」と比較考量の幸せを見出そうとした。歪んでいる。でも、だれの胸の隅にもそんな意識がないだろうか。今の僕には他人の不幸がまだ足りない。もっとほしい。親子や血族間のトラブル、特に児童虐待などの新聞記事に興味を持った。たくさん切り抜いて集め始めた。「実の親でも子供にこんなことをする。ならば血なんて関係ない」と自分を慰めたかった。


厚生労働省のデータによると、二〇一九年度中に全国の児童相談所が対応した子どもへの虐待件数は十九万三千八百七十件と過去最多で、前年度よりも約三万四千件も増えたという。

太陽新聞社会面のシリーズ「ルポ・虐待／子供を愛せない親たち」は、家庭内での幼児や児童の虐待例を追っていた。僕はこの記事を毎回食い入るように読んだ。

水道の蛇口に手を縛りつけられる。食べ物も与えられず三日間過ごす。家に入れてもらえない。背中を押され階段を転げ落ちた。冷水や熱湯をかけられた。椅子に縛りつけられた。池に突き落とされて溺れかけた。タバコの火を押しつけられた……。これらが反復、継続的になされるという。

背景には、両親の不和、離婚、核家族化、親の精神疾患、自身が虐待を受けて育ったことの世代間連鎖……などがあるという。職を失った父親が家にいるようになり、イライラが募って手を上げるケースもあった。識者は「虐待を受ける子供たちは家族という密室にいる」と指摘する。虐待が発覚しないように隠すケースも、潜在的に増えているという。

こんな事例をみると、血の繋がりこそなくても「江原家の子」でいる僕の方が、はるかに幸せだと実感できた。

切り抜いた記事は、バインダーに挟み込んでいった。別の記事には「警察庁の調べでは、年間千件もの殺人事件が起きている。このうち、親族を殺す事件が半数以上にのぼり、割合も増えている」とあった。

血は少しも愛情の証や絆ではない。むしろ血の濃さ故に憎悪がたぎることもある。ならば血を継ぐことにはどんな意味があるのか——。血に染まった事件に、僕はその答えを探し続けた。

「不幸の切り抜き」は、日に日に増していった。

5

「不幸探し」に明け暮れていた矢先だ。

二〇XX年八月一日の太陽新聞朝刊が、一面で連続殺人事件に関する新情報を報道した。

「首都圏三件の殺人事件、同一犯と断定」「三都県の合同捜査本部を設置へ」、夕刊では「吸い殻から同一人物のDNA型」。このところ神奈川、埼玉、東京の三都県で相次いだ通り魔殺人事件だ。どれも犯人は捕まっていない。

「いずれの犯行現場近くからも、タバコの吸い殻がみつかり、同じ人物のDNA型が検出された」という。

記事によると、事件発生現場を管轄する各警察が、三つの事件の情報を突き合わせたところ共通点が浮上した。広域捜査の必要な凶悪事件として警察庁広域重要指定事件とされた。現在、警察庁の主導で警視庁と、神奈川、埼玉県警の特別合同捜査本部が設置され、捜査員約五百人が動員される、という。複数県にまたがる広域捜査事件は、警察の連携が困難と言われ、迷宮入りとなったケースも紹介されていた。

連続通り魔殺人事件。実に刺激的な「不幸」だ。

テレビのワイドショーはこの話題で持ちきりだ。僕もきっと心のどこかで新たな事件、四人目の犠牲者を待っているのかもしれない。自分の生活圏と切り離したまま不幸な人たちを傍観する。安全なところから危険なものを眺(なが)めるひそかな楽しみ……。要は他人事なのだ。生きる意味を見失いかけていたからだろう。現実から逃避できる格好の刺激でもあった。

犯人の血液型は僕と同じAB型だという。

なぜだろう。僕はこの犯人にどこか共感すら覚えた。世の中への憎しみ、生きることのうずき……。この犯人も、もしかしたら僕と同じような境遇か、何かに絶望した人物ではないか。

追い詰められた命の叫びが、僕には聞こえた気がした。もしかしたら僕の血の中にも、同じような殺人願望が潜(ひそ)んでいるのだろうか。

《僕は何を考えているんだ》

我に返る。頭を振って雑念を払った。

他人の不幸を探して少しでも自分を慰めようなんて。僕は目の前の現実から逃げていただけだ。両親と血が繋がっていない。その事実は未来永劫(みらいえいごう)変わらない。いつのまにか意識がまたそこへ戻った。

結局また「他人」という言葉が僕の頭の中を占め始めた。

言葉は冷たい。

事実を単純化し、ひとくくりにしてしまう。言葉が伝える残酷さは、言葉がない不便さよりも、きっと人を不幸にする。

僕は言葉を憎んだ。

一本木透のモノローグ

1

記者の慟哭(どうこく)を書け――。

「シリーズ犯罪報道・家族」第三部のスタートを前に、宿題が出された。社会部の部会のあと、私は重たい空気の会議室を出た。

夜になり、地下二階のフィットネスルームに向かった。エアロバイクや腹筋運動などで三十分。四十六歳、代謝は落ちる一方だ。ひと汗かき終えてシャワールームに向かった。

地下二階の廊下を歩く。床が揺れ、地鳴りのような重低音が響いている。右手に広がるガラス窓から、地下四階から地上一階までぶち抜いた印刷工場がみえた。

午後十時過ぎ。巨大な輪転機が朝刊を刷り始めている。

今刷っているのは、朝刊だけが配られる「統合版地域」の新聞だ。夕刊に載った特ダネ「首都圏三件の殺人事件」の続報や、夕刊用に私がリライトした「毛賀沢教授・NHK経営委員を罷免」の記事も載っている。輪転機が高速で回転し、白いシーツを張ったような紙面が川のように流れていく。

高速輪転機は高さ約十メートル。小さなビルが一棟まるごと吹き抜けの巨大な地下室に展示されているかのようだ。本体の外側に人が歩けるデッキや急勾配の階段があり、大蛇のようなパイプ類が縦横に巡っている。天井近くには巨大なファンが回る。湿気があると紙が切れるため工場内は一定の湿度に保たれている。

窓越しに機械音が響き続ける。印刷の工程は、この要塞のような機械の最下部、地下四階から地上一階までの空間でおこなわれる。まず円筒形のドラム部分に、新聞紙面の原寸データを焼きつけた「刷版」というアルミニウムの薄い板を巻きつける。

次に輪転機の中に、巨大なトイレットペーパーのようなロール紙を装塡する。直径一・〇二メートル、紙幅一・六三メートル、用紙の長さ一万二二八五メートル、重さは約八五五キロ。これが新聞紙になる。スタートボタンを押すと巨大な装置が唸りを上げる。

地下四階から繰り出された紙は、機械の中を巡って上り始める。張りつめた白い紙が、鉄の芯棒と芯棒の間を次々と渡っていき、刷版をくりつけたドラムが回転しながらゴムローラーに密着、瞬時にインキが転写され、次に紙と重なって印刷される。輪転機の回転速度は時速四十九キロ。速すぎて紙面の様子は目では追えず、文字群の濃淡がわかる程度だ。

インキが刷り込まれた後、四ページ幅の紙はスリッターと呼ばれる丸形ナイフで真ん中でカットされ、見開き二ページ分になる。続いて紙を折り込むフォルダーに送られ、鉄の芯棒で両側からすぼまって折り畳まれる。最後に回転カッターで裁断して束ねられ、一部ずつの新聞になる。

こうして一秒間に二十五部の新聞が印刷される。

刷り上がって一部ずつの束になった新聞は、ベルトコンベアに載って天井付近の発送エリアへ流れていく。その様子は、ジェットコースターの客車が坂を上がっていくのに似ている。最後はトラックの出入りする地上一階に運ばれ、目的地別に自動梱包されビニールがかけられる。刷りたてはインクが乾ききっていないため、配達時よりも一部あたり数グラム重くなる。

これが新聞という商品の製作工程だ。新聞一部の文字量は、文庫本一冊に相当する。

ふいに、輪転機を前にしたガラス窓に人の姿が映った。

ストライプの背広を着たオールバックの白髪の男。編集担当兼営業統括の吉村隆一取締役だ。部会後、彼が私を探していることは察しがついていた。彼は、私がフィットネスルームに通っていることも知っている。

かつて群馬県の前橋支局で、支局長と支局員の関係だった。もう二十年来の付き合いだ。私が社内で唯一尊敬できる先輩記者でもある。吉村が小さくつぶやいた。

「ここ、腹をくるのに、ちょうどいい眺めなんだよな」

吉村がふっと笑って下をみた。

「ここには思い入れがあってな。社会部の現役記者のころだ。特ダネを出稿したあと、これで本当によかったのか、データに間違いはなかったか、一点の曇りもなかったか、だれかを傷つけはしていないか……いつも不安に思うだろ？　でもな、ここに立つとそんな未練は吹っ切れる。もう輪転機が回ってる。後戻りできない。時間は未来にしか流れない、と達観できる。自分を納得させられる場所なんだ」

確かに、時間に追われる記者なら一度ならずそんな経験はある。あらかじめ用意された文字数で事実を伝える。不遜なことだ。限られた時間で取材し、他社との競争の中で、伝えきれなかったものがいつも頭をかすめる。時間に抗えず自身に折り合いをつける。完璧な記事など一生のうちにどれだけ書けるだろう。吉村が静かに口を開いた。

「輪転機は、いつでもおれたちを信じてくれる」

猛スピードで刷られていく巨大な紙の滝を、私たちは黙ったままみつめた。記者たちの小さなわだかまりや密かな後悔をよそに、機械は書かれた世事を疑いもなく紙に転写し、ひたすら従順に刷り続ける。

確かに、ここに立つとそんな胸のつかえがおりる。

同時に「では何ができたのだろう」と居直れる。ギリギリまで取材をし、原稿を仕立てる。その時その時で何かを選択し、能う限りのものを刻みつけていく。私たちにはそれしかできなかったはずだ。今という瞬間は、常に過去から積み上げた未来なのだ、と。

「輪転機が刷っているのは、明日の過去ですね」

私が言うと吉村がうなずいた。

「『記者の慟哭』……。吉村さん、わかってますよ。あなたが長谷寺部長に入れ知恵したんでしょう」

私は輪転機をみつめた。吉村が真顔で言った。

「一本木、あれ書けないか?」

吉村が、今度は私の横顔にじかに問う。真摯（しんし）な声で続けた。

「辛いのはわかる。おれも仕事にのめり込んでしまったために、妻と生まれたばかりの息子を捨てた。幸せな家庭なんて築けなかった。ただ、おれのは『記者の宿命』程度だが、お前のは違う。あれこそ、お前にしか書けない『記者の慟哭』だ」

吉村は輪転機に向き直り、答えを待っている。

関係者はみんなもう亡くなっている。いま書いても歳月に許される気もする。私は無言のまま輪転機をみつめ続けた。機械は絶えず唸りを上げ、紙の怒濤（どとう）が流れ続けていた。

《もう輪転機が回ってる》

吉村がつぶやいた同じ言葉を、奇しくもかつて自分も口にした。

二十数年前の記憶が、石を洗う川音とともに甦（よみがえ）ってきた。

2

二十数年前。二十代半ばだった私は、前橋支局で市役所担当だった。春にはサツ（警察担当）キャップをやることになっていた。サツ回りは新人のころ以来だった。

「一本木。春からサツキャップになれば、当分優雅な取材はできないぞ。正月企画、どうだ。一人で好きに書かせてやるよ」

そう言った当時の支局長が、吉村だ。

群馬県版で正月スタートの通年企画を始めることになった。

川の流域には人の営みがある。読者に「ふるさと」をみつめ直してもらうルポとして、県内のさまざまな川を季節ごとに四クールに分け、十回ずつの連載で取り上げることになった。

その一クール目が県南西部を貫く神流川だ。

タイトルは「神流川に生きる」。奥多野に水源があるこの川は八十七キロに及び、県内を抜けて利根川支流の烏川に繋がる。その流域に住む人たちの姿を、川の上流から下流に向かってルポした。

取材対象は、都心から移り住んだ脱サラ親子、過疎化を食い止めようとパレードを企画した村の青年団、分校で学ぶたった一人の児童と先生、村の駐在さん一家と村人の交流……。写真つきのヒューマンルポだ。そのうちの一回が、上野(うえの)村の「へき地保育所」に赴任(ふにん)した若い保母さんだった。彼女は自然を求め、この過疎の村にやってきた。

村の保育所へ取材に訪れた。職員に案内された部屋には、四、五歳の子が十三人いた。その日子供たちは「新聞記者さんが来る」と聞かされていたらしい。保育所に着くと子供たちの大歓迎を受けた。肩からカメラを下げた私の姿を、子供たちが保育ルームのガラス越しにみつけると大騒ぎになった。

「すみません。この子たち、見知らぬ人が来ると、すごくはしゃぐんですよ」

鈴を転がすような優しい声だった。笑うと八重歯(やえば)がのぞいた。

まずは彼女の仕事の様子を見学することにした。これから絵本の読み聞かせをするという。彼女は子供たちと一緒に輪になって座り、顔の横に絵本を掲げた。

「今日はロボットのお話です」広げた絵本に子供たちの視線が集まる。読みながら彼女がみんなの顔にゆっくり目を移す。私はその横で、カメラに広角レンズを据(す)えつけて、絵本を読む彼女と、本を見上げる子供たちの写真を撮った。

白石琴美(しらいしことみ)。上野村の職員で、村の保育所に勤める彼女は、この時二十二歳。小柄で色が白かった。読み聞かせが終わってから、一時間ほど取材の時間をとってもらった。ノートを広げてメモをとりながら、なぜ「へき地保育所」を選んだのか聞いた。

彼女は二年半前に前橋市からやってきた。中学生の時、雑誌で「働く母親が増え、子育てに困っている」という話を読み、保母さんになりたいと思ったという。高校を出て、前橋市の県立保育大学校へ通った。

　彼女は山間部の村で生まれ、小学四年まで山や川で遊んで過ごした。同じように自然の中で子供たちを世話したいと、県内の「へき地保育所」を探し、県営の高齢者住宅のひと部屋を借りた。それからは自然が「教室」になった。虫よけの薬を塗って山道を探検する。緑の中で絵本を読む。野花をみんなでしゃがんでのぞき込む。川原で石を拾い集めて「焼き芋屋さんごっこ」もした、という。

　取材を終えると夕方になっていた。スクールバスが迎えに来る車道まで、子供たちと一緒に山道を下りた。バス停でみんなを送り出す。

「ほらみんな。新聞記者のオジサンにバイバイして」

　子供たちがバスの中から窓越しに手を振ってくれた。彼女と二人だけになった。私が冗談めかして聞いた。

「僕って、やっぱりオジサン？」

「あはは。失礼しました。お兄さんでもよかったですね」八重歯がのぞいた。彼女はすぐに真顔になって「今日はありがとうございました。新聞記者さんの取材を受けるなんて。あの子たちにもいい思い出になったと思います」と頭を下げた。ポツリと言った。

「新聞記者って面白そうですね」

「そうですか？　転勤商売ですよ」

「あ、それ。くっついていくの、面白いかも」

言ったそばから彼女の頰が赤らんだ。

「子供たちと撮った写真、後日お届けしますよ」

「わあ、ぜひお願いします」八重歯がまたのぞいた。


それから私たちは週末、前橋市内のレストランで食事をするようになった。取材の合間に抜け出して行くこともあり、一度は三十分も待たせてしまった。私がそんな風だから、彼女は文庫本を持ち歩くようになった。

琴美は決して美人ではなかった。細い目には一重まぶたが眠そうに覆いかぶさる。薄茶色のカーディガンを羽織り、すねまで隠れる長めのスカートをはいていた。でも、肌が雪のように白かった。後ろ髪を束ねてポニーテールにすると、うなじの漆黒の髪の生え際が、押せば弾み返りそうな白を引き立てた。

レストランで私を待つ間、彼女は明るい窓側の席で光を背に本を読んでいた。私が遅れたことを詫びると「ううん、いいの」と文庫本を閉じた。向き合って座ると、彼女がポニーテールをほどき、長く豊かな髪が肩まで下りた。窓から差し込む陽の下で、光の帯がすらりと流れた。

「何の本読んでたの？」

「これです。一本木さんは読んだことある？」

琴美は川端康成の『雪国』を持ち歩いていた。舞台は群馬県に隣接する新潟県の豪雪地帯だ。川端康成の透明感ある文体が好きだという。

「雪国の出だし、知ってるでしょ」

「トンネルを抜けると雪国……ってやつね」

「国境の長いトンネルを抜けると雪国であった」

琴美がそらんじた。

「私はその次に続く一文の方が惹かれる。いい？　ちょっと目をつむって」

私は目を閉じる。琴美はもったいをつけて咳払いした。

「国境の長いトンネルを抜けると雪国であった。夜の底が白くなった」

琴美は余韻が私の中に伝わるのを待った。私は目をあけた。

「素敵でしょう」

琴美は「貸してあげます」とカバーのないヨレヨレになった『雪国』を渡してきた。

私はハンバーグライスを、琴美はナポリタンを頼んだ。時がゆっくり過ぎた。琴美の白い指がたおやかに動く。まっすぐな鼻の下で小さく結ぶ口がなまめかしい。琴美の中には保母さんがいたり、大人の女がいたり、あどけない少女がいたりした。レストランを出て、琴美をバス停まで送ることにした。

「次は、いつ会えるかな」

「今度の日曜、空(あ)いてます」

「じゃあ、また電話する」

バスを待つ間、琴美の長い髪が風にこわされて顔にかかる。頭を振って目を細めると、大人の憂い顔になった。唇にまとわりついた髪の毛をのけようと、薄く舌をのぞかせ小指にかける。口元のほくろに女がこぼれた。

琴美は、いつも弾むように笑う。そのたび八重歯がのぞく。顔立ちは目を惹かないが、一重まぶたの奥の瞳は、少しも企みのない色に澄んでいた。明るい性格と女らしい振る舞いが、琴美を実際以上に魅力的にみせていた。

琴美によると、人間には二種類あるという。

贈り物を「もらうのが好きな人」と「あげるのが好きな人」。私が「もらう方が好きだな」と言うと、彼女は「私はあげる方が好き」と笑った。彼女が「へき地保育所」の保母を選んだ理由も、子供たちに自然の思い出を「あげたい」からだった。

3

琴美に借りた『雪国』を読んだ。「夜の底が白くなった」という表現のままに、心の底に静かに沈み込むような読後感だった。感性の表面をなでるような感覚的な文章で小説が紡がれていた。琴美は、島村という主人公の青年は、私のように突き放したところがあるという。

「なんか似てるんですよね」

読み進みながら私も、この小説に出てくる駒子という女性に、琴美を重ね合わせていた。琴美が言う。

「島村という青年と駒子のラブシーンは一度も出てこなかったでしょ。それでも二人の深い関係がわかるんだよね」

私は「そう」と素っ気なく言った。

「書かずに表現できるって、すごいなあと思う。一本木さんもこんな文章書けるの？」

「新聞記者は作家じゃないよ。情緒は一切排除して、必要な情報だけを詰め込むんだ。無駄な文章はそぎ落とす。物書きというよりもデータを集めて伝える仕事だよ」

「ふうん」まっすぐ私をみた。

「君のお父さんは何をしてるの？」

「毎日お堅い文章とにらめっこしてるわ。県庁の職員なの」

「どこの部署？」

「忘れちゃった。知りたくもない。ずっと仕事一筋できたの。昔かたぎの頑固者でね」

琴美の父親は、今は前橋市内の県職員の官舎に一人住まいだという。母は死に、身内は一人娘だけ。白石家の家系は絶やせない。そこで、婿養子をとるか、嫁に行くかで、もめたらしい。

「全然会ってないのかい」

「うん。別に会う理由もないし。それに」琴美の顔が曇った。「私、お父さんのこと大嫌い。ずっと絶縁状態なの。白石って苗字、早く変えたいと思ってる」私をみた。

琴美は子供のころから、厳格な父には近寄り難く、いつも距離を置いていたという。琴美の不機嫌な顔は初めてみた。私もそれ以上は聞かなかった。

いつものように、前橋市の国道沿いのレストランで食事をした日曜の夜、琴美が間借りしている上野村の高齢者住宅まで車で送ることにした。終バスはもう出た。車で往復六時間はかかるが苦ではなかった。二人でいられる時間だからだ。

街灯もない蛇行する山道をひたすら走った。車のヘッドライトだけが頼りだった。

白い物がちらついてきた。雪だ。今週あたり降ると聞いて、先週のうちにスタッドレスタイヤに履き替えておいた。フロントガラスに雪が吹きつける中を走る。今どれぐらいの速度で走っているのか、感覚がつかめず惑わされた。

夢の中を走っているようだった。私は身を乗り出し、目を凝らしてハンドルを握った。雪が小降りになってきた。もうすぐ上野村というあたりで、小高い丘の上から村の灯りがぼんやり浮かび上がってみえた。

琴美が「ここで車を止めて」と言う。山の中でエンジンと灯りを消した。あたりが真っ暗になった。

闇に目が慣れてくる。木々が、今にも落ちそうな雪を枝々に載せて静寂の中に立っていた。山間に平らな村が広がっていた。カサをつけた電球がぼんやりと通りに並ぶ。寂しい祭りの灯のようだった。街灯が照らす三角の光の中に、雪がちらついていた。

琴美がささやいた。

「ほら。夜の底が白くなった、でしょ」

白く浮かび上がった平地は、まさに夜の底だった。

「雪ってね、降るんじゃなくて、沈むものなのよ」琴美の八重歯がのぞいた。

「おれもいいこと思いついた。この車は宇宙船だ」

琴美が「え？　何々」と聞く。

「シートを倒して、空をみてごらん。ヘッドライトを点けるよ。ライトに浮かんで降る雪を、星々に見立てるんだ」

「ほんとだ」彼女もその感覚の遊びをすぐに理解した。

二人で上へ上へ昇っていった。彼女の頭が私の肩にもたれかかる。どちらともなく唇を合わせた。

雪の重みか、近くで小枝がパキリと折れた。静かな冬の山音だった。


まもなく私と琴美は、高崎（たかさき）市内の私のアパートで同棲を始めた。

上野村で琴美が間借りしていた高齢者住宅の契約が切れて、代わりの保母さんもみつかった。琴美自身、今度は都市部の保育園で働くのもいいと考えていた。彼女は、しばらく高崎市内の無認可保育園でパートとして働くことにした。

琴美は新聞記者の仕事を理解してくれていた。私がサツキャップになってからは、「夜討ち朝駆け」にも弁当を作って持たせてくれた。車の中で箸を使わずにすぐ口に放り込めるようにと、沢庵(たくあん)のノリ巻きを一口サイズにして、弁当箱にギッシリ並べてくれた。

「忙しくても食事だけはきちんとね」

そう言われて私もやりがいが出た。私の群馬県での勤務もあと二、三年だろう。その時は、彼女を次の任地に連れていこう。応援してくれている琴美のためにも、この場所で、仕事をきちんとやり遂げようと心に決めた。

いずれ結婚を、と彼女も考えていたはずだ。だが、白石の家系はどうするのか。父親は、きっと私に婿入りしてほしいと思うはずだ。

お互いそれを口にしないまま時が過ぎた。

4

太陽新聞前橋支局は、三階建てのビルの中に一階は編集フロア、二階は会議室や物置、宿直室と浴室がある。三階は支局長住宅になっていた。

前橋支局の人員は総勢十四人。支局長一人、支局次長(デスク)一人、支局員十人、事務員二人という構成だ。県内の準支局、一人勤務の通信局を入れると県単位で二十数人の記者を配置していた。

支局の記者は、概(おおむ)ね三つのグループに分類される。県政、警察(サツ)、市政・遊軍だ。

一階、編集フロアの中央付近には「六角」と言われる、記者たちが頭を突き合わせるようにして原稿を書く机がある。すぐ横にあるのがデスク席。編集作業のまとめはデスクが担（にな）う。少し奥まった部屋に、応接セットと支局長の机がある。編集作業が大詰めを迎えると、そこから支局長が様子を見に顔を出す。

　フロアの壁には、取材先一覧のボードに電話番号が羅列（られつ）されている。県庁、県警、市役所、商工会議所、市消防本部、郵政局、ＪＲ、地方裁判所、県弁護士会……。窓際には無線機の親機とハンディ・トーキー（トランシーバー）が三台置いてある。

　地方支局の役割は、おもに新聞の中面にある「地方版」づくりだ。「群馬県版」の題字がついた見開き二ページに、県内の行政、事件・事故、街の話題などを載せる。その一方で全国に発信する大きなニュースを、「本紙」と言われる全国版に出稿する。県版を書きつつ、常に本紙への出稿を狙う。

　オフィス内には、天井まで届く新聞記事のスクラップブックの棚がある。「本紙」や「地方版」のほか、分野別、テーマ別にまとめられている。その中に琴美が登場する「シリーズ・神流川に生きる」のスクラップも加わり、記事が掲載されると順番に貼られていった。

　新聞社の支局は不夜城だ。記者たちもそれぞれ間借りの自宅があるが、一日のほとんどを支局内で過ごす。いわば生活の場でもあり、編集オフィスの奥には炊事場や冷蔵庫が、二階には宿直部屋やシャワールームもある。たまに支局長の号令で鍋を囲む。支局勤務の人間関係は「擬似家族」に喩（たと）えられ、支局長は「おやじ」と称される。

　編集オフィスの隅には暗室がある。ここで新聞に載せる写真のフィルムを現像し印画紙に焼きつける。支局記者たちはカメラマンも兼ねる。現像作業は熟練を要した。真っ暗闇の中で取材で撮ってきたパトローネ（円筒形のフィルム容器）から、長いフィルムを引き出してタンクで現像し、ネガフィルムを乾かし引き伸ばし機に装塡。白い印画紙を置いてスイッチを押して感光させる。五秒数えてスイッチを切り、すぐに印画紙を現像液のトレイに移す。

暗闇の赤いランプの下、竹製のピンセットで、印画紙を液にまんべんなく浸す。被写体が少しずつ浮かび上がる。濃淡のころあいをみて、すぐに水洗い用のトレイに移し現像液を洗い落とし、すかさず定着液のトレイに沈める。

新聞紙面では、事件や事故で死んだ人の顔写真を載せることがある。通称「がん首」だ。顔写真を入手する作業を「がん首取り」という。ところが遺族に頼んでも嫌がってなかなか渡してくれない。新人の「サツ回り」時代はいやでも体験せざるを得ないが、このがん首取りができなければ一人前ではない、とされた。私も苦労して知恵を絞った。

ある時、交通事故で死んだ小学生の写真を貸してもらえないか、遺族に尋ねて断られた。しかし、簡単には引き下がれない。そこで「今いろんな新聞記者が、学校や写真屋、ご近所などで○○君の写真を探しています。もしかしたらご家族の気に入らない写真が載ってしまうかもしれません。それよりは、お母さんが一番気に入ってる○○君の笑顔の写真を載せたいのですが……」。母親も、それならば、と笑顔の写真を持ってくる。詭弁（きべん）ではあるが、この方法だと「がん首」は割と簡単に取れた。

記者の仕事には、そんな小狡（こずる）さも必要だ。情報を得るためには手段を選ばない。プライドも捨てる。多少のウソもつく。良心の呵責がないでもないが、「事件・事故の悲惨さを世に知らせるため」という方便が、いつも腹の奥にある。

そんな新人サツ回りのころ、交通事故の統計記事を書いた。一カ月で十六人死んだ。「がん首」を取った少年の顔が頭に浮かんだ。「十六人も死亡した」と書いたところ、吉村支局長に指摘された。

「気持ちはわかるが、ここは『十六人が死亡した』と書け」

「も」と「が」。たった一字の違いだ。「が」なら事実のみだが、「も」には意図が入る。私は、事故への啓発と遺族への思いを込めたつもりだった。

「記事は、一切の感情を除き、あくまで事実にのみ忠実に書け」

新人記者時代、吉村支局長に戒められた言葉だ。

持ち場が警察担当に戻り、サツキャップに就任して間もなくのことだった。

我々県警グループが県庁の「汚職事件」の情報をつかんだ。宮原デスクに相談したところ「支局総がかりの態勢を組む」ことになった。支局の兵隊頭で県政キャップを務める天野との間でも話はつけてあった。

県版出稿を終えた午後十時。吉村支局長が「全員招集」をかけた。遅めの夕飯に出前の親子丼をかき込んだあとだった。応接セットの周りにデスクと支局員が集まった。座りきれず、何人かは自分の事務椅子を滑らせてきて、みんなが膝を突き合わせた。

私が支局長・デスクと相談しておいたレジュメが配られる。事件の概要と今後の取材項目、総力戦に向けた全支局員の配置だ。

《県庁汚職事件・取材態勢（社外秘）》

吉村が重々しく切り出した。

「県警グループがサンズイ情報をひっかけてきた。ことは県庁の上層部に及びそうだ」

幾人かの口から驚きの声が漏れた。

支局長だった吉村は社会部出身。警視庁クラブの捜査二課担当を経てサブキャップを務めた。何かにつけて「おれが警視庁の二課を回ってた時はな……」が口癖だ。夜討ち朝駆けの合間に、ハイヤーに枕を持ち込んで寝たというエピソードは全員聞かされた。最後は必ず、あの事件を抜いた、この事件も抜いた、と自慢話になる。

「ハイヤーの枕」とは別に、クラブのママとの「枕話」も絶えなかった。敏腕記者といえども女性関係には脇が甘かった。私生活はすさみ離婚も経験した。確か幼い男の子がいたはずだ。親権は母親にあり「おれは自由の身だ」と笑ってみせた。以来息子には会っていないらしい。

そんな吉村曰く、

「久々に血の騒ぐ事件だぞ」

ことの始まりは、水道工事に関する公共事業の入札を巡る汚職事件だった。県内にある小田切工務店の小田切勉社長が五十万円の贈賄を認め、県北部の小さな村の村長が逮捕された。私が駆け出しのサツ回りのころの事件で、すでに地裁での公判も始まっていた。

贈賄側の小田切社長はその後、別の土砂災害復旧の県道工事の受注のお礼に、県の土木課の両角（もろずみ）課長に現金を贈ったことを供述（ゲロ）った。

これに県警と地検が色めき立った。「県の上層部まで行くに違いない」と。その両角土木課長の逮捕令状（おフダ）をとったことを、たまたま私がサツ回り時代から懇意にしてきた地裁刑事部の書記官が教えてくれた。

「あの公判に関連して、別のおフダのハンコをついたよ」と。

裁判官から託された令状に印鑑を押すのが彼の役目だった。ことは課長レベルで収まるはずはなかった。

この県庁汚職事件に関して、サツキャップの私は「事件統括」を命じられた。県警、地検、県庁のすべての情報を集約して、原稿のアンカーを務める。県庁の幹部まで逮捕されれば全国版の本紙に売り込むチャンスでもあった。そして県庁の汚職事件となると、取材態勢は県警担当だけの話ではない。県政グループ、市政・遊軍班も加え支局総がかりだ。特に今回の事件はどこまで上層部に伸びるかが焦点だった。

贈収賄事件は「打ち上げ花火」と言われている。上へ上へとあがっていき、頂点まで上りつめ、最後はドンと弾（はじ）けるからだ。

「県警、地検、業者、県庁職員、県議、周辺首長、知事選の反対候補陣営、マル共議員……全部回るぞ」

吉村支局長の鼻息は荒かった。

県警グループは私をキャップに四人。サブキャップの大熊良太（おおくまりょうた）はラグビー部出身で、名前の通りクマのような巨漢だ。毛深いが情けも深い。その下には二年目の仔鹿誠人（こじかまさと）。彼もバンビのような顔で誠実そのものだ。一年目の鳥飼守（とりかいまもる）は瞬発力があり、事件・事故が発生すると最初に現場に行く「一番機」を自任している。

サツ回り記者は「サツ官」と同じ用語を使って会話する。パクる（逮捕する）、ゲロる（供述する）、ガサ入れ（家宅捜索）、マル被（被疑者）、マル害（被害者）、マル暴（暴力団）、マル共（共産党）……そしてサンズイ（汚職事件）。サツ回り記者にとってこの響きは重い。捜査一課が扱うような殺人や強盗、傷害事件などではない。「二課もの（知能犯）じゃなきゃ燃えない」と豪語する事件記者も多い。

贈収賄事件を摘発できるかは、その地元警察の本気度と捜査能力にかかっている。警察権力が他の公権力に対峙することになるからだ。何より対権力となれば、当然ジャーナリズムの記者魂も燃える。ましてや支局長は、かつて警視庁の二課担だ。

県警グループの四人の机の真ん中には「ヤサ帳」がある。

「ヤサ」とは警察用語で住居。記者が使う場合は、警察官や検察官の官舎や自宅をさす。ヤサ帳は、その住所録と地図帳のファイルだ。自分で築いたネタ元だけあって、これを他の記者にみせない者もいる。苦労して開拓した人脈は記者の財産だ。同僚であっても、やすやすと渡さない。

そこで、刑事部長はだれそれ、一課長はだれそれ、と話し合って担当を決める。自分と懇意にしているサツ官と別の記者が親しくなると、嫉妬を感じる者もいる。そこを汲んで担当するサツ官の領域を線引きする。

私の場合は、牛島正之県警二課長と懇意にしていた。長身で細身のオールバックに銀縁メガネ。滑舌がよく知的に理論立てて話す。全国のほとんどの県警二課長は、警察庁のキャリア官僚だ。最近は地検の三席検事とも仲がいい。三席検事は少し上だが牛島は私とほぼ同年齢だった。

この若い二人は割とすぐネタ元にできた。一方、県警の刑事部長は人あたりは極めていいが、ネタは絶対に口にしない。最後の当て時に聞く程度だ。

きっかけをつかむにはコツがある。公務員を落とすには金曜日の夕方がいい。夕方五時前には土日を前に、みんな機嫌がよくなる。そのタイミングを見計らって、ひょっこり役所の部屋を訪れる。すると案外すんなり課長室にも通してもらえた。

「二課長。どうですか、今度一杯」

「捜査情報は話しませんよ」

「いや今度ね、県版の『経済情報ファイル』でお世話になっている丸三デパートの女の子たちと飲むんですけど、二課長もどうかなと思って」

そんな会話をする。

彼らは警察庁人事で動く若きエリートだ。階級は警部補からスタートし、地方に配属され、県警二課長ならばもう警視になる。周囲は地方の地方公務員ばかりで、部下はほぼ自分よりも年上だ。父親ぐらいの年齢の者もざらにいる。

都会から来た独身者が官舎をあてがわれ、そんな職場に放り込まれる。プライベートになると話し相手もいない。一方で職業柄もあり、新聞記者との付き合いを嫌う。夜回りを受けたら、どの社から何を聞かれたのかまで、県警幹部に報告することになっていた。初めは牛島二課長も真面目に報告していたらしい。

だが、彼も女性たちとの飲み会までは報告しなかった。

後日、若い女の子に囲まれた牛島はご機嫌だった。拳銃の握り方を「小指から順番に握っていくんだよ」と説明して盛り上がった。帰り際、恋人にするならあの娘、結婚するならこの娘だ、と話し合う。男同士だ。女性の話をすればすぐに打ち解けられる。

もう一つ。彼らの食指を動かす方法がある。

捜査情報の入手は、取引・交渉だ。警察も検察も、彼らの勲章は「起訴状と新聞記事」と言われる。自分の手がけた事件が全国版に大きく載れば悪い気はしない。警察庁人事で動くキャリア組の県警二課長などは、常に東京のサツ庁幹部の目を意識する。全国紙の大きな記事は重要なアピールになる。

そこで「うちに抜かせてもらえれば、特ダネとして全国版の一面で大きくいくつもりです」と持ちかける。同時に牽制も忘れない。「ただし同時発表ではせいぜい社会面の片隅です。それでは世間にもアピールできません」

これは全国紙やクオリティペーパーの威光を利用した戦術だ。そして最後の決め台詞(ぜりふ)がある。必ず相手の目をまっすぐみて言う。

「社会正義のためです。一緒にやりましょう」

新聞報道の後押しで世論を喚起し、捜査線上に浮かんだ連中を追い込めることもある。警察や検察にとって捜査対象が権力者ならば、捜査機関とマスコミ、双方の目的は見事に一致する。かくして権力批判を旨(むね)とするジャーナリズムが、国家権力と歩調を合わせる最たる場面が「サンズイ」の報道だ。

ほどなく、県土木課の両角課長や、仲介をして金を受け取った建設業界抱え込みの県議が逮捕された。

「県土木部課長に逮捕状」「坂崎(さかざき)県議を任意聴取」「林田(はやしだ)県議、明日にも逮捕へ」……。

そのつど、牛島二課長と地裁の書記官に逮捕状をとるか否かをダブルチェック。発表当日の朝刊で次々と抜いた。

5

だが、収賄で抜けたのはそこまでだった。もっと県上層部まで届かなければ、紙面でも大きく扱えない。支局の会議にも焦りが出た。

「一本木、県職（県庁の職員）はどこまでいくんだ」吉村支局長がイラつき始めた。このころ牛島二課長も忙しくて捕まらなくなった。官舎にも戻っていないようだ。

このままでは馬橋土木部長までいくかどうかも怪しい。県庁土木部の名簿で、職員の自宅はほとんど当たった。県庁は鉄壁の守りを固めた様子で、関係者の口はますます固くなってきた。県職の自宅を訪ねると「コメントできません」「私は関係ない」「公務員ですよ。話せるわけないでしょ」の決まり文句を聞かされ続けた。

いったん取材を拒否した相手が、何かの事情で気が変わることもある。政争の激しい土地柄こそ、役所内の人物の系譜もはっきり色分けされる。

しばらくして、大熊あてに匿名の電話があった。夜回りで自宅を訪ねた県職の一人らしい。

「両角土木課長が小田切工務店から五十万円もらったでしょ。彼は『部長の半分ですから』と渡されたんです。つまり馬橋部長は百万円ですよ」

「あなたのお立場は……。もちろん口外はしません」

「同じ部内の人間です」とだけ言った。

県庁内のポストは上に行けば行くほど、前知事派と現知事派に色分けされていることもわかってきた。馬橋部長は現中村知事派。タレコミ主は前知事派だろう。

大熊が、両角課長の別の部下から、やはり「課長は県幹部に指示され従ったはずだ」という言質をとった。また、大熊と仔鹿がつかんだ捜査情報によると、両角課長は「何で私だけなんですか。みんな上からの指示で受け取ったんですよ」と警察にゲロったという。

その晩、大熊と一緒に、馬橋土木部長を自宅前で待ち構えて直撃した。馬橋部長は怯えきった目をしていた。

「両角君が何と言ってるか知らないけど、僕は関係ないよ」

ここで大熊が毅然と言う。

「この報道はとことん続きます。課長に五十万、部長のあなたに百万。わかってますから」

「まあ待て」と私が大熊を制する。これも芝居だ。

「あなたも本当は上に指示され従っただけなのでしょう？　私たちは、そこまでフォローしたうえできちんと書きたい。あなたが主犯ではないことを確認したい」少し間を置き静かに尋ねる。

「先ほどの金額、合ってますよね」

馬橋部長がやや涙目になる。黙ったまま否定しない。この時点で落ちていた。すぐに例の地裁書記官に連絡をとり、令状請求が来ていることを確認した。

朝刊に「県土木部長に百万円。逮捕へ」の記事を打った。やはり、上からの指示でもらわざるを得なかった、という構図がみえてきた。だが、そこから先が問題だ。結局、馬橋は自分より上のポストの関与については口を割らない。吉村支局長も考え込んだ。

「三役のだれかまで行く可能性はある。確かなところをそろそろ見極めろ」

だが、肝心のネタ元である牛島二課長はずっと捕まらなかった。

一方、大熊たちの県警二課特捜班員への地道な夜討ち朝駆けの甲斐あって、馬橋土木部長が「すべて自分の責任だ」とゲロった、という情報が寄せられた。

だが、妙に落ちるのが早い。捜査がさらに上にまで及びそうになると、一人で罪を背負わされる者が出てくるのもサンズイの典型例だ。

支局の会議は深夜に及んだ。

「中村知事派の県職も県議も『馬橋部長がかわいそう』と言ってますね」

「県職も県議も土木部長も、明らかにだれかをかばってますよ」

「うん。もっと上まで行くぞ」吉村支局長が言った。鳥肌が立った。打ち上がった花火は、まだ弾けてない——全員が確信した。


このころ、私は支局に泊まりっぱなしの生活が続いていた。アパートには戻れず、琴美にも会っていない。だが、取材が山場を迎えている。夜回り先では、他社の記者の車もみかけるようになった。

ある晩、私は琴美と高崎市内の山の中腹にある、夜景のきれいなイタリアンレストランで食事をする約束だった。やむなく反故(ほご)にした。電話で「ごめん。今日か明日が勝負かもしれない」と告げた。明るい声が返ってきた。

「あなたがずっと取り組んできた仕事じゃない。私なんかにかまってちゃダメでしょ。でも体にだけは気をつけて。私には透さんが元気なことの方がずっと大事だもの」

受話器を置いた後も「琴美……ごめん」と口に出た。

午後十時過ぎ。牛島二課長の官舎へ車で向かった。

二百メートル手前に車を止めてエンジンを切る。運転席に体を沈め、左上のバックミラーの角度を変えて、暗闇をみつめ続けた。

待つこと二時間。バックミラーに小さく人影が映った。目を凝らす。背広姿の男が街灯の下を通ったところで顔が浮かび上がった。牛島二課長だ。すぐに車を降りた。彼も気づいて立ち止まり、周囲を見渡した。だれもいないことを確かめると、向こうから声をかけてきた。

「いたいた。一本木ちゃん。太陽新聞が取材に回っているから、ヤツラも観念したみたいだよ」声がたかぶっている。「こないだの晩、一斉に夜回りをかけたって？　さすが太陽新聞だな。もう逃げきれないね。おたくの報道が効いたみたい。ほかの職員や県議も次々ゲロったよ。『自分は上から指示されただけだ。断れなかった』ってね」

「上というのは、三役の一人ですね」意を決して聞いた。

「よく知ってるね」

「知事と副知事は？」

「その二人までは……行かないな」

つまり、本丸は県のナンバー3のポストだ。

「出納長（すいとうちょう）ですね」

牛島は黙ったままだ。

県政キャップの天野と大熊が出納長本人に当たったが、「誓（ちか）って現金など受け取っていない」

と真っ向から否定されていた。

草むらの虫が鳴いている。沈黙が続く。勝負どころだ。

「おれも命張って仕事してます。違うなら否定して下さい。明後日の全国版朝刊一面、群馬県出納長逮捕へ。これは誤報になりますか？　誤報ならば何か言って下さい」

牛島がまた黙り込む。

「現金は受け取ってないと断言していたようですが」

「現金はね」

「つまり、物品だと？　いくら相当ですか。百？」

「いや半分……かな。立件できる分はそれだけね」

「引っぱるのは明日、K町の支部庁舎ですね」

「勘（かん）がいいね」牛島式のいつもの「ＹＥＳ」だ。

「ありがとうございます」

私は牛島二課長に背を向け、走りかけた。

「一本木ちゃん」

今度は牛島が顔を寄せてきた。周囲を探りつつ声を潜める。

「明後日の全国版一面……大丈夫だよね」

「もちろんです」

これが新聞記者と捜査関係者のやりとりだ。先方もズバリ即答はしない。守秘義務があるからだ。そこを心得て「イエスかノーか」で問いかける。否定するか、しないか。これが両者で交わせるギリギリの会話だ。絶妙の間合いで言外の真意を読み取る。

車に戻ってすぐに宮原デスクに連絡した。出納長の経歴、県土木部での実績、これまでどんな工事にかかわってきたのか、業者との接点はいかにできたか……。人物像の詳細を明日の逮捕前に調べ上げて原稿にする。すぐに県政グループが仕上げてくれた。

あとは本記（骨格となる記事）の原稿だ。全国版一面と社会面の受け、県版までを一気に書き分ける。予定稿は、県警グループ四人の共通フロッピーに保存してある。人名や詳しい容疑など、不確かなデータ部分は「〓」（ゲタ字）にしておいた。

支局に戻った。午前一時を回っていた。支局長が朝刊紙面の面取りを専用線（ホットライン）で東京本社・地域報道部のデスクに掛け合っている。電話口で吉村支局長が珍しく声を荒らげた。

「そうです、出納長です。県のナンバー3ですよ。社面（社会面）トップじゃなくて一面トップでお願いします。うちだけの特ダネですよ。支局員が総がかりでやってきたんだ！」

真夜中、支局長の上ずった声が響き渡った。声が震（ふる）えていた。みんな感じ入った様子だ。長い電話の末、ようやく交渉が成立した。支局長は専用線の電話を置くと、みんなに言い渡した。

「明日組みの朝刊一面トップだ。舞台は整った。全力で原稿を書くんだ」

原稿は今夜中に仕上げ、あとは一面トップを飾る写真だけとなった。

吉村支局長は涙目だ。あちこちで「よっしゃあ」「行きましょう」と声が上がった。

頭に浮かんだのは琴美の顔だ。忙しくてずっとアパートに戻れず、ゆっくり話す時間もなかった。でも、仕事に打ち込む私を彼女も応援してくれていた。

明後日、全国版一面に特ダネが載ったら、まず琴美にみせよう。そうすれば今までの苦労もわかってもらえる。私たちの仕事の成果は、新聞紙面そのものだ。

その晩、はやる気持ちを抑えつつ、県警グループの四人で予定稿の最終チェックをした。

「群馬県出納長を逮捕へ／群馬県警は四日、災害復旧の道路工事に絡み、工事を落札した業者から謝礼を受け取ったとして、群馬県の〓出納長を収賄（単純収賄）容疑で逮捕する。すでに県土木部長ら県職員、県議、業者ら八人が逮捕され、県幹部の関与が取りざたされていた。

群馬県捜査二課と前橋中央署の調べでは、〓出納長は、業者から五十万円相当の金品を受け取った疑い。県警では、この業者が落札の『謝礼』の意味で届けたと断定、この工事入札の業者選定に際しても、何らかの不正があったとみている」

この記事に、県政グループが出納長の経歴や周辺の情報を五十行にまとめてくれた。

知事、副知事までは我々サツ担当でも名前は知っていた。だが、恥ずかしながら本丸の出納長はだれだったか……。私は原稿中の「〓」に置き換えてある出納長の名前を確認しようと大熊に聞いた。

「おい。今の出納長の名前……。確か白河だったよな」

大熊がニヤニヤしながら声に出さずに、違う違う、と手を振った。私はずっと出納長の名前を間違えて覚えていた。

「一本木さん。恥ずかしいですよ」口を手で囲って声を潜めた。「白石ですよ。白石健次郎。

県庁一筋できた地方、たたき上げです。もっとも出納長となると、僕ら県警グループにはなじみがなかったですけどね」

頭の中で何かが重なった。

6

県出納長の白石健次郎が、琴美の父とわかるまで、そうかからなかった。人違いであってくれ――。私は祈るように県庁職員名簿を繰った。白井隆志、白井由美子、白石健次郎、白川誠、白鳥幸男……。「し」の索引をみても白石姓は一人だけだった。

琴美が知ったらどう思うだろう。報道しないという選択肢はもはやあり得なかった。せめて特ダネでなければ、紙面の扱いは小さくなるかもしれない。そう思いながら「いや……」と私は頭を振った。すべてはもう走り出していた。

翌日、大熊と二人で地検の支部庁舎に朝から張り込んだ。白石出納長が聴取に呼び出されたところを写真に収めるためだ。念のため表玄関近くの茂みと裏口の二手に分かれた。

夜になった。午後八時過ぎ、黒塗りのハイヤーが支部庁舎の裏口に滑り込んでいった。少しして、裏口で張っていた大熊がガッツポーズをみせて走ってきた。私の車の助手席に乗り込んだ。息が弾んでいる。

「一本木さん、撮れました。白石出納長の写真、押さえました」

「うまく撮れたか」

「バッチリです。白石が手で顔を隠す前に、うつむいた顔をストロボたいて下から撮ってやりましたよ。やった！　これで記事も写真もうちの特ダネです。本紙一面トップで大きく載せてもらって下さい」

「そうか、よくやった」私はそう言うのが精いっぱいだった。

「僕はこのまま県議連中が引っ張られるのも待ってみます。これ、すぐに支局に届けて下さい」

大熊が巻き取った35ミリ・三十六枚撮りのパトローネを私の手に握らせた。

「朝から張り込んだかいがあった。僕らの圧勝ですよ」

寒風に耐えた大熊の頬が真っ赤だった。

「本当によくやった」

聴取で引っ張られた容疑者の写真や映像は、その社が先行して「逮捕」を知っていたことを示す証だ。マスコミ内では極めて重要な勲章となる。

「そうだ。フィルムの現像液、温めて攪拌（かくはん）しておいてもらわなきゃ。電話して頼んでおきます。支局に着いたらすぐに現像して下さい。写真はタテ位置です。写真説明文（エトキ）は『地検支部庁舎に向かう白石県出納長』でお願いします」

支局に向かって、川沿いの信号のない車道をひたすら車で走る。支局まで一時間。本紙（全国版）朝刊にまだ間に合う。「バッチリです」大熊の興奮した声が何度も耳に甦った。助手席

に置いたパトローネに琴美の父が写っている。こんな小さな円筒形のスチール缶に収まってい
る写真を、明日、全国八百万以上の読者がみることになる。頭の整理がつかないままハンドル
を握っていた。

三十分ほど走った。無意識だった。私は奇妙な行動をとった。車を川沿いの土手の車道脇の
空き地に寄せて、サイドブレーキを引きエンジンを止めた。あたりに人影はない。堤防の道路
に沿って街灯が等間隔に続く。フロントガラスの向こう側で、水を湛えた川面が月の光を照り
返していた。

車のドアをあけて外に出た。川面を渡る夜風が草をなびかせていた。川のにおいがした。私
は手の中にパトローネを握りしめていた。草むらに踏み入り川に近づいた。私はパトローネを
投げようと、右腕を振り上げた。

腕が止まった。力なく下ろした。できなかった。握りしめたパトローネをみつめ直す。大熊
が早朝から一日張り込んで撮った写真だ。手の中でパトローネをいじくり回した。

《ここに写っているのは汚職事件に手を染めた県の出納長だ。おれたちが批判をするのは白石
健次郎個人ではない。不正の追及をやめるのは報道の自殺だ》

自分に言い聞かせた。ここで報道しないことは、記者として恥ずべき罪なのではないか。白
石出納長は自身の信義を捻じ曲げ、職責に背いて罪を犯してしまった。今の自分はどうだ。記
者として何が正しいのか。答えは自ずと出た。

私はパトローネをポケットにしまった。腕時計をみる。支局に戻るまで三十分。戻って暗室

でフィルムを現像するのに十分。現像したネガフィルムの帯をドライヤーで乾かし、再び暗室に入り印画紙に焼きつけて乾かすのに五分。電送機にセットして送信するのに数分。降版まで、あと一時間……。間に合う。支局長が待っている。大熊の紅潮した顔がまた浮かんだ。大熊だけじゃない。仔鹿、鳥飼……。お互いを信じてがんばってきた支局員たちの顔が並んだ。そして明朝に目にするであろう、他社が「抜かれ」に慌てふためく県警記者クラブの光景も。

そうやって私は琴美の顔を意識的に消そうとした。最後は琴美の言葉を記憶の奥底から引っ張り出した。

『私、お父さんのこと大嫌い』『あなたがずっと取り組んできた仕事じゃない』

車に乗り込みエンジンをかけた。

支局に着いて暗室に飛び込んだ。ネガフィルムにすると、あとは焼きつけるだけだ。赤い薄明かりが照らす現像液のトレイの中で、初めて琴美の父と対面した。印画紙に次第に顔が浮かんでくる。像を結んだのは背広姿のやせた初老の男性だ。琴美と同じ一重まぶたの細い目が、怯えたようにカメラを見下ろしていた。

すべての出稿を終え、琴美に電話した。

眠そうな声だ。

「どうしたの、こんな夜中に。今夜も帰れないの？」

「大事なことを伝える。取り乱さないでほしい」

私は言葉を搾り出した。

「君のお父さんが逮捕される」

琴美が黙った。

「明日の全国版の一面トップに載る」

私は本社からFAXで届いた縮小されたゲラ刷りを手にしていた。「群馬県出納長を逮捕へ」一面トップに黒をバックにした白抜き文字の横カット。記事の中では「白石健次郎・県出納長」の名が活字になっていた。

私はこれまでの経過をすべて説明した。琴美は「うん、うん」と力なく相槌を打つと、やがて黙り込んでしまった。長い沈黙のあと、琴美の声が震えた。

「どうしても載せるの？」

「みんなが長い間、徹夜してかかわってきたんだ」

「私の父なのに？」

私は絶句した。かすかな期待が口をついて出た。

「お父さんとは絶縁状態だったんだろ。大嫌いなんだろ」

私は琴美がずっと抱いてきた父親への憎悪にすがった。琴美が初めて食い下がった。

「私の父に変わりないわ」

「でも、君は……」

琴美が涙声で続けた。

「この間、お父さんから電話があったの。そこであなたのことを少しだけ話したわ。そうしたら『お前はその人のところへお嫁にいけばいい。お前が幸せになれるなら、婿養子なんてとらなくていい。もう家のことなんて考えなくていいんだ』って」

次いで出た私の言葉は、琴美には逃げとしか聞こえなかっただろう。

「もう輪転機が回ってる」

沈黙が続き、琴美が電話を切った。

7

翌朝、記事は太陽新聞全国版一面の特ダネになった。

白石出納長のうつむいた写真は「群馬県出納長を逮捕へ」の大見出しとともに全国に届けられた。群馬県での太陽新聞の発行部数は約八万部だが、全国版に掲載されれば影響力は絶大だ。写真の中で、背広姿の白石出納長が怯えきった表情で地検支部庁舎の壁を背に歩いている。他紙を圧倒するスクープだった。紙面は県庁や記者クラブでも広げられた。

うちの特報に押される形で、まもなく県警で「逮捕」の記者発表がある。先行する太陽新聞がフォローすべきは、この会見で明らかになる「動機」や「金品の中身」を報じることだ。N

HKは昼のニュースで、他紙は夕刊で、地元紙は翌日の朝刊で、追いかけざるを得ない。

午前十時、「三十分後に県警本部で記者発表がある」と一報が入った。夕刊早版ギリギリの時間だ。支局で一面、社会面の予定稿をそろえて、大熊、鳥飼と一緒に県警本部に向かった。十分前に会見場に着くと、前列の長机にはマイクが並び、テレビカメラが部屋の後ろにズラリと陣取っていた。カメラクルーが白い紙をカメラの前に掲げ、ホワイトバランスを確かめる。

まもなく群馬県警の刑事部長と牛島捜査二課長、刑事管理官が背広姿で現れた。記者たちが腰をかがめて小型レコーダーを長机の上に置きに行く。机の上には各社のマイクが林立していた。牛島と一瞬目が合った。彼はそ知らぬ顔で視線を机の上に落とした。

会見室の壁にかかる時計が午前十時半をさした。ドア付近に立った県警広報課長が「それでは記者会見を始めます。刑事部長お願いします」と促(うなが)した。概要はうちの記事とほぼ同じだ。白石出納長が五十万円相当の金品を受け取っていたことも改めて発表された。

その後「以上です」の言葉を受けて、通信社の記者から質問が飛ぶ。

「白石出納長が受け取った五十万円相当の金品とは、何ですか」

刑事部長がマイクを取った。

「反物(たんもの)です」

「なぜ反物を贈ったのですか」

刑事部長が手元の資料に目を落とす。あらかじめ回答は用意してあった。

「晴れ着用の反物です」

「なぜ晴れ着用の反物だったのですか」

「えっと、それはですね……」刑事部長がもったいをつけて続けた。

「白石出納長には娘さんがおるんですが……。近く結婚を控えているとかで、その娘さんの晴れ着に、と業者が持ってきたものを受け取ってしまったと。補足しますと、彼は一度二百万円の現金入り封筒を渡されかけましたが、そちらは受け取らなかったこともわかっています」

記者たちのペンが一斉に紙の上をスッと走る。私はペンの動きを止めた。周りの記者は、新しい情報に食いつくように懸命に刑事部長の発言を書き取っていく。私は一人うつむき、目を固く閉じた。何も聞こえなくなった。

8

その晩、私は一週間ぶりに高崎市内のアパートに戻った。琴美にどんな言葉をかければいいのだろう。頭の中を整理しきれないまま玄関ドアの前に立った。部屋の灯りは消えていた。カギを差し入れ、「ただいま」と扉をあけた。

灯りを点けたが、琴美の姿はなかった。リビングの卓上に一通の封書があった。私の目につくように置いてある。封書の中身をみると、白石出納長から琴美に宛てた手紙だった。父親から一人娘への遺書だった。

《愛する琴美へ
お父さんはまもなく県警に逮捕される。そして、この手紙が届くころには、お父さんはもうこの世にいないだろう。琴美は、結婚を前提に付き合っている彼がいる、と言っていたな。その話を知事から聞いた小田切工務店の社長が、知事の差し金もあって、「どうぞ娘さんに」と桜色の反物を持ってきた。これをお前に着せてやりたい。お父さんの脳裏には嫁いでいくお前の姿が浮かんだ。業者にとって贈賄のタイミングは、役人への「ご祝儀」が狙い時と聞く。許される話ではなかったが、断れなかった。

琴美はお父さんを悪人だと思うか？　お父さんはずっと誠実に生きてきた。でも、人と人とのかかわりに生じる礼儀、慣習、折り合いもある。お父さんはただ、ムラ社会の調和を崩さず、全体の意向に合わせ、だれかの顔をつぶさず、むしろ自分を押し殺してきたつもりだった。言い訳だろうか。

いつか電話で話した通りだ。お前はすぐに「白石」の籍を外れて彼に嫁ぎなさい。お父さんが犯罪者だからだ。犯罪は家系でも血統でもない。でも狭い田舎社会で世間はそうみない。お前を「犯罪者の娘」呼ばわりされたくない。だから、お父さんとお前は「他人」の方がいい。

お前の彼には、きちんとした父親として会いたかった。お前が選んだ男だ。きっと立派な人物に違いない。おめでとう。今度こそ本物の家族ができるな。お父さんはお前が望む理想の家庭にしてやれなかった。どうか彼と幸せな家庭を築いてくれ。

最後に琴美。娘に生まれてくれてありがとう。さようなら。

お父さんより》

琴美はこの手紙を読んだ後、アパートを出たに違いない。便箋に綴られたインクの文字が所所滲んでいた。それが手紙を書いた時の父親の涙だったのか、読んだ時の琴美の涙だったのか、わからなかった。手紙をこうして残したのは、私に父親の思いを知らせたかったのだろう。決して世間の言うような「悪人」ではないと伝えたかったのかもしれない。

琴美は二度と戻ってこなかった。私は思い当たる先にすべて連絡してみた。ずっと消息はつかめないままだった。

手紙通りに、白石出納長は取り調べ中にすきを見て逃げ出し、拘置所敷地内で首を吊った。事件が収束したかにみえたころ、今度は中村知事の「念書」が建設業界から暴露された。そこでは、向こう四年間の公共工事の入札で、どこの業者が落札し、工事を請け負うかが詳細に決められていた。知事が入札の前後に受け取った金銭は二億円にのぼった。

報道で追い詰められた中村知事も、まもなく列車に飛び込んだ。知事の公邸から遺書がみつかった。自責の念にかられたのだろう。その中で「白石出納長への業者の贈賄は、自身の政治生命を保つための身代わり工作だった」と明かされていた。「白石君には本当に悪いことをした。私も死んでお詫びしたい」新聞各紙がこれを報道した。琴美もどこかでこの報を目にしただろうか、私には知る術もなかった。

それから半年以上たってからだ。山間部で、女性の遺体がみつかった。木に縄をくくりつけて首を吊ったらしい。腐敗が進み身元もわからず、年間数百体にも及ぶ自殺体の一つとして県警が引き取り、無縁仏として埋葬された。のちに私が親しい警察官に頼んで、県警が保管する遺体発見時の所持品リストをみせてもらったところ、私が彼女の誕生日にプレゼントしたネックレスがみつかり、琴美とわかった。

今でも思い返すことがある。愛する人や家族を守る行為が、社会への背徳になるとしたら……。あの時、私が守るべき、選ぶべきはどちらだったのか。琴美とその家族か、報道の使命か。社会正義を貫くことが、愛する人を裏切ってしまうこともある。たった一人の信頼を打ち砕く。ふと、もう一つのあり得た人生に思いを巡らせる。

スクープの代償は、私の未来の「家族」だった。

9

輪転機は回り続ける。後戻りできない川の流れのように。私は隣の吉村に答えた。

「わかりました。書きましょう」

吉村は黙ってうなずいた。

「記者の慟哭」を企図した「シリーズ犯罪報道・家族」第三部の連載は、概ね私の体験をたどったものを書いた。関係者はすべて仮名にした。二十数年前に群馬県で起きた事件とはいえ、過去の汚点を掘り起こすことになるので、関係者や遺族などへの配慮のためでもあった。

人はなぜ犯罪に至るのか。社会や組織、地域や集団に生きるゆえの葛藤(かっとう)や矛盾が潜んでいないか。ならば善悪の境界はどこにあるのだろう。純朴な善人や正直者が、複雑な人間社会や地域システムの中に知らず知らず取り込まれる。調和を重んじる「いい人」が、気がつけば「悪人」になっている。

そこに、わずかでも改悛(かいしゅん)や救いを見出せないか。「悪」とだけ切り捨てる報道ほど、無益で教訓を残さないものはない。善人だった個人が堕(お)ちていく過程にこそ、学び取り、伝えなければならない核がある。

報道はそれを果たしているか。メディアに生きる人間としての自戒を込めた。

そして「罪」とは何か。刑法に触れる悪事だけだろうか。だれしも自分だけが知っている罪悪を背負って生きている。罪は人の数だけある。

琴美の死は私の十字架になった。琴美を本当に愛していたのなら、私は新聞記者を辞めてペンを折るべきだったのかもしれない。私は愛する人と彼女の家族を犠牲にした。それでも、だれにも咎(とが)められず裁かれない。もし裁かれるとすれば自分自身によってだ。このシリーズのテーマは「罪」だ。私には死ぬまで苛(さいな)まれる内面の罪がある。

そんな「慟哭」で締めくくった。

「シリーズ犯罪報道・家族」第三部の反響は大きかった。読者センターには、連載終了から三日間で二百件以上の声が寄せられた。社内の記事審査室のリポートでも「このシリーズで初めて記者が当事者として登場し『シリーズ犯罪報道・家族』にふさわしい最終章になった」と絶賛された。新聞紙面の投稿欄にも多くの声が寄せられた。「記者の実体験が圧巻だった」「日本のムラ社会をよく描いてくれた」「地方自治の実態が浮かび上がった」。

だが、肝心の新聞の販売部数はほとんど伸びなかった。広告収入もなお下がり続けている。吉村を含め経営トップは頭を抱えた。次の一手が必要だった。


東京本社一階にある文書受付係には、太陽新聞あてに一日二千通を超える郵便が届く。汐留郵便局から、五十センチ四方の麻袋に入った封書やハガキがギッシリ詰め込まれてくる。文書受付係は、これをまず衣裳箱のような底の深いトレーにぶちまけ、数人の係員が次々に部署ごとに仕分けし、各部署名の表示された棚に投げ込んでいく。

シリーズを終えた直後だった。社会部の棚に五、六通の一本木透あての私信が紛れていた。その中の一通が、のちに特別な意味を持つことになる。

差出人の名前は「ワクチン」。

首都圏三件の連続殺人事件の真犯人からだった。

第二章　言葉

江原陽一郎のモノローグ

1

僕は、言葉を待っていた。

《両親は他人だった》

その事実から僕を救い出してくれる父さんの言葉を。父さんも探し続けていたに違いない。もっとも僕たち三人の生活は表面上は何も変わらなかった。暗黙の了解で、だれも、もうその話題には触れないことにしていた。

やがて、それまでの気まずい日々を忘れられる転機が訪れた。母さんがまた腹痛を起こして入院したのだ。父さんは「腸閉塞がまたぶり返した。だけどもう大丈夫だ」と言った。僕たち三人は、すぐに以前の「江原家」の家族に戻れた。むしろ、家族でいることの大切さを改めて感じた。

母さんが退院して、ようやく体力も回復したころだった。

ある夏の夜、父さんが思いついたように言った。

「陽一郎。タブ鹿に会いに行こう」

三角山だ。冗談を言う時の父さんの声、顔はいつもと同じだ。そういえば高三の春に登った時、今度は石橋さんの山小屋に一泊して、頂上で夜空を眺めようと家族で決めていた。僕が「母さんはもう大丈夫なの?」と気遣うと、母さんが「全然大丈夫よ」とVサインをみせて笑った。

当日はきれいな夕陽が見られた。石橋さんの山小屋で一度休んだあと、頂上を目指した。熊笹に囲まれた登山道をひたすら登る。やがて視界が開けて草木のない一帯に出た。頂上では大きな岩がいくつももたれ合っていた。この時間になると、もうだれもいなかった。

陽が落ち始めた。

「ここにいるのは三人だけだ」父さんが仰向けになった。「ほら、こうしてごらん」

三人で頂上の大きな岩の上に寝そべった。西の空は赤紫色が濃くなり、東の空はもう闇に呑まれていた。今夜は雲ひとつない。闇と静寂が寄り添ってきた。星が点り始めた。一つ、また一つ、若い光が針先のように冴えていく。

星が瞬き、虫が鳴く。見るもの、聞くものが意識の一点に重なった。星はジジッと鳴くように揺れ、虫はチラチラ瞬くように鳴く。光が音に、音が光になった。

闇に目が慣れると、視界のすべてが宇宙になった。眼前を星がひしめき始め、目の中に降りてくるようだった。闇が深まるにつれて星の光は研ぎ澄まされる。無数の星によって空は無限の奥行きをもっていく。父さんはこの満天の星を僕にみせたかったらしい。

「ごらん。おれたち大宇宙に向かって寝ているだろ。でも、もし急に地球の重力がなくなったら宇宙空間に放り出されちゃうぞ」

今、眼前に広がっている宇宙が本当は「下」なのかもしれない。重力に見放されたら永遠の闇に落ちてしまう。そう思うと肝が縮み上がった。すぐに地上に寝転ぶ自分に意識を戻した。

父さんがつぶやいた。

「人間てちっぽけだよな。何をどこからどうみるかによって世界も変わってみえる。そうやって理解できる小さな殻をこしらえて意味にすがりついている」

確かに。すべては視座の問題でしかない。父さんが「なあ陽一郎」と切り出した。

「父さんとお前は、アカの他人だ」

意外だった。何の気遣いもない突き放すような言い方だった。父さんが穏やかに語り出した。

「今まで家族で何度もこの山に登ってきただろ。そして今夜また、お前をここに連れてきた。理由があるんだ。実は、この山で父さんと母さんは、お前と出会ったんだ」そう前置きすると、僕の出生の秘密を語った。

「結婚して数年後、おれたち夫婦に子供ができないとわかってから、長い間二人で悩み続けてきた。二人のどちらに問題があるのか、検査しようとした。だがやめた。おれたちは約束した。

お互い確かめ合わないことにしようと。どちらにしても二人の間に子供ができない事実に変わりはない。自分に原因があるとわかった方の絶望を思えば、もう一方だっていたたまれない。悲しみを二人で分かち合う。それが夫婦だと。そして、里子を迎えようと話し合った。

それから転機を迎えた。ここで山小屋を管理している石橋光男さんも、おれたち夫婦に子供ができないことを知っていた。ある日、石橋さんから連絡があった。山小屋の軒下に乳飲み子が置き去りにされていた、と。彼は『二人がこの子を引き受けてはどうか』と切り出した。『世の中には、子供ができない夫婦がいる。一方で、愛情を受けられない子供たちもいる。そのことは神様の周到な計算かもしれないぞ。この偶然の出会いを運命として受け止めてみないか』と。

おれたちは山小屋を訪ねた。乳児のお前がカゴに入っていた。両親の手がかりは何もない。カゴの中のお前は口をちょっとあけたまま、おれたちを見上げた。あどけない澄んだ瞳だった。おれと母さんが抱き上げると、お前はあくびをして、口の中で小さな舌がプルプルッと動いた。お前がふうっと小さいため息をついた時、おれたちの腕の中ですっかり安心して目をつむった。

母さんは『この子、きっと私たちを選んだのよ。私たちこの子に親として選ばれたんだわ』と、お前のおでこに頬をすりよせた。父さんも同じことを確信した。

本来、実子ならば、出生届のほかに、医師などが作成した出生証明書を役所に提出することによって、戸籍に記録される。もっとも他人の子でも、特別養子縁組の手続きをすれば、戸籍上は『実の親子』として記載はされる。一方で、正規の特別養子縁組をしてお前を引き取ったとしても、本当に秘密は守られるのか、情報が漏れることはないか、不安に思った。戸籍の記録からも特別養子縁組をした事実はわかる、とも聞いた。

おれたち夫婦は、お前を最初から『二人の間に生まれた子』にしたくなった。その方が、養子だ、他人の子だと、世間の目を一切気にせず育てられる。何の記録も残さず、だれにも知られず。もうお前を手放したくなかった。お前のためでもあると思った。

おれたちは石橋さんに相談した。石橋さんはこの山の麓にある小さな病院の理事長と知り合いだった。おれたちは、お前を抱きかかえたまま二人に頼み込んだ。母さんは泣いて訴えた。石橋さんも理事長もおれたちの意を汲んで、出生届とともに提出する出生証明書を仕立ててくれた。違法行為と承知で引き受けてくれたのは、おれたち夫婦の熱意が通じたのと、それが本当にお前のためになる、と思ってくれたからだろう。

このことは、石橋さんと理事長、おれたち夫婦の秘密になった。それから、今の江戸川区に引っ越し、新しい家族の暮らしが始まった。陽一郎の名は、太陽のように明るく人の心を温かくできる人間になってほしくて、父さんがつけたんだ」

久しぶりに丸メガネの奥のタレ目が笑った。これが、僕が江原家に引き取られるまでの真相だという。そして再び言った。

「おれとお前は、血は繋がってない。他人同士だ。でもな、おれと母さんも他人だけど身内だ。父さんと母さんは結婚して家族になった。そしてこの山でお前を迎えた。おれたち三人は平等に他人同士だ」

父さんは終始素っ気無かった。傷つけまいと気遣うウソよりも誠実だった。僕もすんなり「他人」であることを受け入れられた。これ以上何も失わない、恐れなくていい、と安心できた。父さんが少し冗談めかして言った。

「三県を結ぶ三角山で、江原家の三人も結ばれた」

三人とも岩の上に寝転んだまま笑った。

左にいる母さんは静かに洟をすすっている。寒さのためなのか、泣いているのかはわからなかった。黙り込んでいた母さんが、体を起こして明るく言った。

「ねえ。ここを三人のお墓にしない？　ここに骨を撒くの」

「もう死んだ時のこと考えてるの？」僕は苦笑した。

「自然葬か。それもいいね」

父さんが答えると、母さんが静かに続けた。

「三人だけの思い出の場所だもの。素敵じゃない？　三人だけで決めたことって」

母さんはそう言って、また岩の上に仰向けになった。笑顔のまま目をつむり伸びをした。僕と父さんも同じように伸びをした。最後はみんなで同じ土に還る。三人でずっといられれば全然さみしくない。それでいい。

いつか言葉を憎んだ。その言葉に、僕は救われた。

この晩、三角山の頂上で、僕たちは本当の家族になった。

2

ここを三人のお墓にしない？――。

母さんは三角山の頂上で、なぜあんなことを言ったのか。今から思えば、父さんも母さんも、僕にまもなく訪れる運命に、僕は気づいていなかった。心配をかけないように僕には余計なことを言わない。隠していたのだ。二人はいつでもそうだ。

大学で講義を受けていた時、父さんからスマホに電話があった。「母さんが緊急入院した」という。僕が都内の病院に駆けつけると、母さんの手術は終わっていて、すでにＩＣＵ（集中治療室）に寝かされていた。

入口で手指を消毒してブルーのマスクをしてＩＣＵに入った。薄いレースのカーテンを分けて入ると、母さんが人工呼吸器をつけて寝台で眠っていた。両腕からさまざまな管が伸びていた。母さんの髪はいつのまにか白くなっていた。

その時、初めて父さんに聞かされた。母さんは「腸閉塞」ではなく、大腸癌だったと。父さんはそれを知っていたのに、僕に伝えなかった。父さんの日記にも書いてあったはずだが、僕は自分のところしか拾い読んでいなかった。そして、母さんは「生きているうちにヨウちゃんと出会った三角山に登りたい」と話していたという。

母さんの意識が戻ったある日の夕方、病室の窓の外を眺めながら母さんがポツリと言った。

「ヨウちゃん、三角山の約束、覚えてる?」

僕は「うん、覚えてる」と答えるのが精いっぱいだった。いたたまれずに病室を抜け出した。

ナースステーションの向かいにある休憩室まで来ると、新聞を手に取った。

首都圏の無差別殺人事件の記事が一面を占めていた。この病院では、医師や看護師たちが不眠不休で多くの人の命を守ろうとしている、それなのに……。怒りが湧いた。

同じ紙面に不倫教授の話題も載っていた。また別の隠し子がいたらしい。隠し子。いやな響きだ。「隠されていた子」の一生とはどんなものだろう。マスコミの連日の騒ぎに、どこでどんな思いをしているのだろう。こんな下劣な人間が父親だなんて、「隠し子」たちも知らない方がいいだろうと思った。

僕と母さんと父さんは、三人とも「真実」を告知された。

僕は、両親の実の子ではないということを。母さんと父さんは母さんの癌を。癌患者の孤独とはどんなものだろう。同じ真実でも命にかかわる告知の方が苦しみは大きいはずだ。僕は真実を知ったうえで、二人を両親として愛することを選んだ。でも、生きることがだれかを愛することならば、母さんはそれすら叶わなくなってしまう。

八月、凪の穏やかな日、母さんは息を引き取った。

最期の言葉は「二人ともジタバタしないの」だった。「先に逝く人はね、愛する人の死に目に会わない幸せをかみしめられるのよ」と笑った。母さんには、きっと随分前から運命を受け入れる覚悟が整っていたのだろう。いかに僕と父さんを悲しませないかと考えたに違いない。

母さんの葬儀には、生前に母さんが指定した遺影を使った。三角山の頂上で撮った写真だ。


僕と父さんは約束通り、三角山に母さんの骨壺を抱いて登った。僕たちが本当の家族になった、あの山の頂上だ。骨は細かく粉骨しておいた。

「いいか陽一郎」

「うん」

頂上で母さんの骨を撒いた。壺を少しずつ傾ける。さーっと滑り落ち、骨灰が次々と砂のように流れ出した。あっけなく宙にとけ込んだ。風に紛れて、母さんは散った。大地に還った。

母さんはもう、僕と父さんの記憶の中にしかいない。

なぜだろう。母さんが言い間違えた「たぶしか」という言葉を思い出した。僕が小さく笑うと、父さんが「どうした?」と聞く。

僕が「タブ鹿……」と言いかけると、父さんも「うん。タブ鹿な……」。二人で意味もなく笑った。

3

母さんが死んでから、僕は「不幸の切り抜き」をやめた。

相変わらず、新聞紙面や週刊誌、テレビのワイドショーは、不倫を重ねる毛賀沢教授の話題で持ちきりだった。不倫相手がクイズ番組で共演したタレントだった、隠し子がまた一人みつかった、養育費に莫大な費用がかかるはずだ、妻が不倫に対する巨額の慰謝料を求めている……。まるで生産性のない情報に、マスコミは電波や紙面を割き続けていた。

テレビで、また毛賀沢教授をみかけた。小綺麗ではあるが、どこかずる賢そうだ。本業は大学教授だが、テレビ番組、新聞や雑誌のコラム、全国各地の講演と、さまざまな足場があるから女性と知り合う機会も多いのだろう。僕は彼を心底嫌悪した。

同時に、テレビや新聞、ネットを騒がせているのが首都圏の連続殺人事件だ。世間の話題はもっぱら、毛賀沢教授の不倫騒動と、この凶悪事件だった。ネット上では犯人のなりすましが登場し、「次は○県で殺人が起きる」といった便乗したイタズラも横行し始めた。

この連続殺人事件も、僕にとっては他人事だ。最初のころは、推理小説のようで少しわくわくもした。次の事件がいつ起こるか、と心のどこかで待ち望んだ。

僕たち江原家には、何の関係もなかったはずだった。

あの日までは。

一本木透のモノローグ

1

「一本木さん、手紙です」
　編集局のいつものソファに寝転んでいたら、バイト学生が、私あての郵便物を手渡してきた。横型の白い封書の表には「太陽新聞　一本木透記者殿」と活字で打たれたシールが貼られていた。裏は西洋式のワインカラーの封蠟(ふうろう)で閉じられ、Vの字が刻印されている。右下に「Vaccine（ワクチン）」の横文字があった。封を切って中身をあらためた。
《一本木透殿
　おれは首都圏連続殺人事件の真犯人だ。ここでは「ワクチン」と名乗る。世間はおれの登場を待ち望んでいたはずだ。おれは状況を見極めていた。犯行声明をどうやって世の中に発信するのが一番効果的か、と。案の定ネットには「なりすまし」があふれ始めた。ツイッター、ブログ、電子掲示板、ライン、公開メール配信……。今やだれでも好き勝手に言葉を発信・公開できる。だが、電磁記録は発信源を捜査で突き止められる。

コミュニケーションツールは増えたが、随分言葉が軽く扱われる世の中になった。思いつきの軽口、一時の感情が安易に飛び交う。言葉は瞬時に揮発する。あるいはコピペされ、どこのだれの発言かもわからなくなる。発言内容は変質し、原形をとどめず拡散していく。真実は置き去りだ。憶測だらけの責任なき言動が増殖する、集団匿名無責任情報社会だ。

おれは、そんな言語圏域に生息しない。不特定多数のだれかに、おれの言葉はいじらせない。おれは歴史に残る凶悪犯だ。まずは発言の場所を担保したい。おれの「殺人哲学」を語り、言葉を歴史に刻印したい。ならばどのメディアがふさわしいか。デジタルのニュースサイトはだめだ。トップページは次々更新され、URLをたどっても、もう次のニュースに切り替わる。時間がたつと同じ体裁で確認できない。万人の脳裏に刻まれない。あとから改竄（かいざん）だって可能だ。

そこで思い至ったのが新聞紙面だ。全国紙ならば国会図書館や町の図書館にも縮刷版が残る。歴史にできる。太陽新聞ならば「リベラル派」とされ、権力構造と離れたメディアとして読者の信頼もある。歴史は権威ある媒体に紡（つむ）がれる。おれの言葉を大多数が目にした証を紙に残し、いつでも手にできる。

たとえば、ボクサーが世間の耳目を集めるためには、まずリングが必要だ。そこで強敵と闘ってこそ結果がレジェンドになる。そして、おれの知性に見合った相手、上質な言論人と対決したい。舞台は太陽新聞の紙面、挑戦相手に一本木透記者を指名する。

一本木記者の「シリーズ犯罪報道・家族」を読んだ。「記者の慟哭」か。犯罪報道のあり方を自問する記者の手記は初めて読んだ。お前は世間で言う「悪」の意味、生成過程を少なからず知っているようだ。報道する当事者の痛みも伝わった。悪を「悪」と断じるだけでなく、「正義」と信じられているモノの怪しげな輪郭も暴かなければ、社会は覚醒しない。お前らが一番知っているはずだ。「正義」は常に勝者や強者の手中にあると。

お前ならば、この連続殺人の謎を解明できるかもしれないぞ。

以後、おれの犯行メッセージは、太陽新聞の一本木記者だけに送ることにする。ワインカラーの封蠟で閉じ、ワクチン（Vaccine）のVの字を刻印する。

では、ここからだ。おれが真犯人である証拠を示す。いわゆる「秘密の暴露」だ。これまでの事件を一件ずつ解説していこう。各都県警に照会してみれば、偽者や偽物との見分けがつくはずだ。

今回の手紙では、最初の犠牲者について話そう。

そのブタ野郎は五月二十五日の夜、ＪＲ京浜東北線でみつけた。名前は知らない。四十代後半ぐらいで、紺の背広はヨレヨレだった。男は酔った様子で、有楽町駅から大船行きの普通電車に乗ってきた。車両は一番後ろで車内は混んでいた。男は中央付近で、おれの隣に立っていた。吊革に辛うじてつかまりながら、体を揺らして平気な顔でぶつかってきた。謝りもしない。

殺意が湧いた。そこで一人目をこいつに決めた。

　横浜を過ぎ、男は桜木町駅で降りた。千鳥足でホームを歩きながら唾を吐き、改札を出るまでに何度も周囲の人にぶつかった。駅を出ると外は細かい雨が降っていた。天気予報通りだ。傘をさせば、あちこちに据えられた防犯カメラから顔を隠せる。現場の足跡は雨が洗い流す。犯行には好都合だった。

　男は傘を忘れたようだ。駅を出てからカバンに入れてあったスポーツ新聞を頭上にかざして歩き出した。おれは傘で顔を隠して男のあとをつけた。すれ違う人にも顔を見られないように目線は上げず、男の足元だけをみつめて歩く。男は電信柱のそばで嘔吐した後、またフラフラと歩き出した。

　十五分ほど歩いた。住宅の塀沿いに小道が続いている。雨脚が強くなってきた。雨粒が激しくアスファルトをたたく。周囲はけぶり十メートル先も見通せない。ほかに人の気配もない。犯行はごく簡単だった。男はずぶ濡れで、なおも千鳥足だ。おれは男の背後に近づいた。

　隠し持っていたカナヅチで後頭部を一撃した。ブタはすぐに倒れ込んだ。すかさず頭部を打ち続ける。男がアスファルトに横倒しになると、さらに打ちつけやすくなった。それから七、八回は連打した。頭蓋骨が陥没したはずだ。転がったブタはかすかにうめいたが、身動きできなかった。

　はげ頭が雨に打たれ、水色のネクタイに血が飛び散っていた。やがてうめき声も聞こえなくなった。おれは一服した。最後にタバコの火を両手の甲に押しつけてやった。ブタの烙印だ。

雨は降り続けていた。水で薄まった赤い血がアスファルトに広がっていく。おれはそのまま歩き去った。凶器のカナヅチは持ち帰った。カナヅチの頭は円柱形、直径三センチ、長さ七センチだ。

あとで新聞で知った。あのブタは市役所の職員だったのか。畜生の分際で税金を餌にしていたのだから、当然の報いに思えた。

こうしてまず一匹目のウイルスを退治した。

おれは人間をウイルスと定義する。それを裁き、増殖を防ぐワクチンがおれだ。だれを犠牲者に選び、なぜ殺すのか。理由はただ一つ。人間だからだ。罪状は「人間」だ。つまり、だれでもいい。浅ましく愚かな生物、地上に巣食った病。人間こそが病原体だ。増殖を続けるウイルスだ。死は当然の報いだ。次にだれを殺すかは、その場で決める。

ここまでの記述を、警察の現場検証や司法解剖と照らし合わせれば、おれが真犯人であることが証明されるだろう。

一連の殺人事件の犯行現場近くでタバコの吸い殻がみつかった、同じ人物のDNA型が検出された――だと？　瑣末な情報に浮かれるな。おれに前科前歴のレコードはない。善良な市民として生きてきた。つまり警察には、それらを照合する検体・サンプルは存在しない。犯人にたどり着けないぞ。

一本木よ。おれの殺人を言葉で止めてみろ。ジャーナリズムと宣う商売道具で、おれを説諭し、善へと覚醒させてみろ。その過程で「言葉」の不遜を思い知るといい。これから一字一句の恐ろしさを教えてやる。それがお前に対する挑戦だ。

おれと一本木記者の対話には条件がある。おれの声明文が届いたら、即座に記事にして翌日の太陽新聞朝刊一面に載せろ。お前の反論は二日以内に載せろ。よく文章を練ってから掲載しろよ。このルールに背いたら、また一人犠牲者が増えるぞ。太陽新聞の読者諸君も楽しみに待っていろ。

ワクチン》

2

犯行声明は饒舌だった。この「ワクチン」を名乗る人物は真犯人なのか。すぐに横浜総局から神奈川県警に照会してもらった。

午後、横浜総局のデスク経由で返事があった。県警に照会したところ、現場の描写には犯人しか知り得ない情報が複数散見されたという。

私は編集局フロアに戻ると、黛デスクを探した。彼は「社会部」のプレートが下がる当番デスク席から十メートルほど奥に入った自席にいた。机に足を載せ、背もたれに頭を反り返らせて居眠りしていた。私が背後から近づくと「どうした?」と頭を上げた。事情を説明し封書をみせた。

「マジかよ」椅子をきしませ、黛デスクが体を起こした。窓際奥にいた長谷寺社会部長にも知らせ、三人そろって透明アクリル板で囲われた編集局長室へ向かった。封書に目を通した長峰編集局長が血相を変えて立ち上がり、内線電話で十五階役員室の吉村を呼ぶ。それから危機管理担当の編集局長補佐である久保原と、岡山執行役員（広報担当）、後藤田広報部長を加え、編集局長室に隣接する小会議室に集まった。

「これは殺人事件の絡む重大な危機管理案件だ。以後この件については、この八人のメンバーで話し合う」全員が集まったところで、編集担当の役員、吉村から説明があった。次に黛デスクが改めて報告する。

「連続凶悪犯が姿を現したんです。犯人によると文書を送った先はうちだけのようです」

「特ダネだ。あすの紙面で大展開しよう」長谷寺部長は興奮している。事件記者の血が騒いでいるのがみてとれた。長峰編集局長が制した。

「問題はこれをそのまま載せるかどうかだ」と吉村をみた。

腕組みしていた吉村が「そうだな」と思案顔で言葉を継いだ。

「みんな浮かれるな。まず報道機関としてどういうスタンスに立つかだ。ワクチンは一本木との対話を望んでいる。さらにヤツは声明文と一本木の反論を載せないと殺人を繰り返すと書いてきた。だが、犯人の要求通りにすべて載せることはない。残酷な描写は削らざるを得ないし、何より犯人の思い通りに利用されてはならない。警察ともつかず離れずでいこう。すべての情報を国家権力に差し出す必要はない。うちの主導で犯人と渡り合って、調査報道の本道を示そうじゃないか」

　浮かれるなという吉村の声も、その実、高揚していた。結局、我々が脅迫に屈して掲載するのではなく、まず社会に知らしめるべき重大ニュースと結論づけ、一面トップで扱うことになった。ただし、遺族感情にはくれぐれも配慮したうえで、次の犯行を防ぐ手立ても考える。私がワクチンへの問いかけを繰り返し、捜査に役立つ情報を引き出すことになった。

　次に整理部長を会議室に呼んだ。久々の一面特ダネだ。

「紙面で犯人とやりとり始めるって？」と驚いた直後、すぐに紙面展開をイメージした様子だ。

「ちょうど『シリーズ犯罪報道・家族』の最終章を終えたばかりだし、紙面コンテンツにも一貫性が出ますね。共通ワッペン作って、にぎやかに行きますか」紙面製作上、確かに「渡りに船」だった。今後、私とワクチンとの紙上討論を、好評シリーズの延長として扱い、読者にアピールできる。

「来たね、来たねえ！」

　整理部長が、今度はすぐにデザイン部長に伝えに行く。整理部デスクも入って、紙面で一段六行、二段六行、三段八行分の三通りの変形ワッペンが発注された。「ワッペン」とは、同じテーマの記事冒頭につくデザイン風のテーマカットで、小さなロゴマークのようなものだ。これまで「シリーズ犯罪報道」で使ってきたワッペンを元に、ニュース記事用に作り直し、次の殺人事件発生時や、捜査情報などの記事冒頭につけて目立たせる。読者も「ワクチン」関連の記事がすぐみつけられる、というわけだ。

新聞社には、それぞれの職責がある。たとえ凶悪な連続殺人事件であっても、多くの読者に読まれるような独自の「いい紙面」を作り上げることが至上命題だ。不謹慎ではあるが、読者を強烈に惹きつける特ダネや大ニュースなど、ふだんと違う派手な紙面製作ができるとあれば、紙面レイアウトを担う整理マンの血も騒ぐ。

デザイン部に提出しておいた原案のラフを元に「共通ワッペン」が出来上がった。文言は「vs.ワクチン」。上部に小さく「シリーズ犯罪報道」の文字も添えられている。太陽新聞がこのテーマで詳報していく決意表明だ。これだけの大事件であれば、逮捕後の振り返り記事や公判になっても、このワッペンをつけていく。記事の大小に合わせて、冒頭のワッペンもサイズを変える。一方、この特ダネをいつどうやって発信するかも重要だった。

ニュース配信は速報が命だ。今や「電子版新聞ファースト」だ。だが、他社が報道し得ない独自のスクープは「特ダネ」「デジタル公開不可」の指定をかけて、紙の新聞発行とのタイミングをはかる。朝刊なら配達がすでに済んでいるとされる午前六時をめどに電子版も配信する。新聞発行より先行させると販売部数に影響するからだ。

ワクチンの犯行声明は完全な独占スクープだ。販売局からも「新聞が配られるよりも早く報道しないでほしい」との要請が入った。結局、デジタル版の配信は、朝刊が各家庭に配られた後で、駅頭の売店でも新聞がある程度はける午前七時とすることで折り合いがついた。

こうして熱は社内にすぐ伝播(でんぱ)した。紙面展開のプランは即座に整った。

3

一方、警察の捜査に協力して、ワクチンの犯行声明文や封書を鑑定してもらう。太陽新聞の警視庁クラブに、刑事部捜査一課とやりとりをしてもらった。すぐに警視庁汐留中央署から「現物を預からせてほしい」との要請があり、同署の捜査一課員が東京本社まで預かりに来た。

ワクチンからの封書は「新宿（しんじゅく）西」の消印で、宛先は「東京・汐留郵便局　私書箱400号太陽新聞東京本社　一本木透記者殿」とあった。切手は貼られておらず「料金不足」「新宿西郵便局」のスタンプが押されていた。消印からは犯人の生活圏がうかがえる。

封書の宛名のシールと文書の文字はPCのワープロソフトで打たれていた。使われたプリンタやPC、ワープロソフト、用紙や用いた封筒の種類、ワインカラーの封蠟などは各メーカーを特定するまでは可能だろう。封筒や中身の文書に残された指紋や掌紋（しょうもん）の解析も進めてもらう。一方、活字であっても文体や文字の組み合わせ方、漢字の使い方にも「書き癖」は出る。ワクチンのこの饒舌な文面から、特定の思想や思考、知能指数が推し量れるかもしれない。

私たちも、汐留中央署の要請に応じ、自身の指紋採取に協力した。警察は消去法で犯人の指紋を特定できるかもしれない。汐留中央署では、警視庁の鑑識に我々の指紋データを回付するという。特に封書の中身の紙から「第二の指紋」が検出された場合は、すぐに「前歴者」の指紋や掌紋との照合作業に入る。

もっとも、ワクチンからの封書を無条件に警察に提供するわけではない。所有権は太陽新聞にある。凶悪犯罪の場合、捜査と取材は協力態勢になるのが常だが、国家権力の意のままに情報を提供してはならない。間合いがある。手紙を警察に渡してしまえば、すぐに発表されて他社も報じる。そこで今後は警察に「秘密の暴露」を確認した上で報道後、一日置いてから借用書をとって渡すことにした。同時に、警視庁クラブを通じて捜査情報との交換条件としても利用していく。

太陽新聞の報道でマスコミの取材合戦が始まるだろう。うちは常に一歩リードできる。とはいえ少しでも犯人に結びつく手がかりを独自取材で探し出し、犯行を食い止めなければならない。被害者の共通項から「殺された理由」を探り、犯人像に迫る。事件現場を管轄する各総局とも連携し、現場周辺の聞き込みもする。

調査報道の本領を発揮して、この凶悪犯罪に挑もう――。編集局はそんな気概に沸き立っていた。

社内の関係部署の代表を一堂に集めて、東京本社で会議が開かれた。

神奈川、埼玉の各総局からは総局長とデスクとサツキャップ。本社からは久保原編集局長補佐、長谷寺社会部長、黛デスク、警視庁クラブのキャップとサブ、警察庁クラブ担当、司法クラブのキャップ。本社の社会部遊軍からは私のほかに三人が加わり、総勢十七人が参加した。

その中に、二十数年来のなじみの顔があった。警視庁クラブのサブキャップは、群馬県の前橋支局時代の後輩でもある大熊良太だった。
まずは、警視庁クラブと各総局が、被害者の身辺を洗い出して結果を持ち寄った。
《神奈川県、市職員、村田正敏（45）／帰宅途中の暗闇で撲殺／妻子あり》＝横浜総局管轄
《埼玉県、IT関連会社員、本郷正樹（29）／会社の昼休みにビルから転落死／妻子あり》＝さいたま総局管轄
《東京都、運送会社社員、小林洋次郎（42）／通勤ラッシュの駅で刺殺／妻子あり》＝警視庁クラブ管轄

被害者の特徴を整理してみた。共通項はいずれも男性で金品は奪われていないこと。三人とも妻子はあるが離婚寸前か別居中で、どこも円満な家庭とは言えなかった。一方、職業に共通性はなかった。

警察の調べでは、多額の保険金がかけられているわけでもなかった。また、被害者の人品骨柄の評判はいずれも好ましくなく、怨恨の可能性も捨てきれなかった。通り魔だとしたら、見た目の横柄そうな男を狙ったとも考えられる。また、ワクチンは「だれでもいい」としながら、今のところ女性や子供、高齢者は襲っていない。

以後、事件と取材は三都県でどのようにリンクしていくかわからない。警視庁クラブと社会部遊軍は各総局とも連絡を取り合いながら、三都県を縦横に取材していくことにした。警察組織にとってみれば、都道府県などの行政区分が広域捜査の壁になるケースが多く、ワクチンはその弱点を見越していた可能性もある。

その晩、五階の編集局フロアの出入口に「13版以降は持ち禁です」の立て札が登場した。「持ち禁」とは社内用語で、発行前に社内で先に配られる新聞を社外に持ち出すな、という社員への警告だ。どこから情報が漏れるかわからない。外に漏れれば特ダネもパーになる。この立て札で、社員は何か特ダネがあることを察知する。もっとも今回に限っては、後追いしようもない「独占スクープ」に違いなかった。

4

翌日の朝刊一面トップ。黒地に白抜きの「事件見出し」が大きく躍った。

「首都圏連続殺人事件／真犯人から犯行声明　本紙記者に届く」

記事のリード（前文）は次の通りだ。

「首都圏三都県にまたがる連続殺人事件で、犯人から本紙の一本木透記者あてに十日、犯行声明文が届いた。犯人は自らを『ワクチン』と名乗り、犠牲者は『だれでもよかった』などと述べたうえで、声明文には犯人しか知り得ない犯行現場の詳細が語られていた。本紙からの情報提供を受け、警視庁と各県警でもこの声明文が犯人による『秘密の暴露』に当たると断定した。犯人のワクチンは一本木記者との紙上でのやりとりを要求しており、太陽新聞はワクチンとの対話を試みることにした」

犯行声明の全文は一面トップに掲載した。

社会面は見開きの展開だ。左側、第一社会面のトップは「『だれでもよかった』／真の動機はなお不明」、見開きの右側、第二社会面は「犯人、ネットに不信／太陽新聞選んだ理由は?」と見出しが張られた。

ただし記事では、犯行声明中の「ブタ」という表現は「犠牲者」「彼」などに置き換え、犯行時の残酷な描写は削らざるを得なかった。このため、記事の最後には「一部不適切な箇所は掲載を控えたか、表現を変えてあります」と「おことわり」を付記した。

犯人に対する返答は「一本木透」の署名記事で一面の肩（左上）に掲載した。文案は例の八人で協議を重ねた。これは犯人への返答であると同時に太陽新聞の「記事」であり、本紙の主張でもある。長峰編集局長からは「理性と格調を持って」と指示があった。また、返信の文章は問いかけを多くして、やりとりが続くようにした。

記事の右上に「vs.ワクチン／シリーズ犯罪報道」のワッペンがついた。

《ワクチン殿

ご指名を受けた一本木透だ。封書を拝受した。凶悪犯からの手紙に当初は戸惑った。対論の相手に私を選んだとのこと。光栄とは言えないが、こちらもあなたと対話する必要がある。あなたに伝えたい。いかなる理由であれ殺人は正当化できない。私たちは一切の暴力を否定する。あなたは、犠牲者は「だれでもよかった」と語った。そんな無責任な子供じみた理屈にだれが共感できるだろう。

あなたは人間をウイルスと定義した。それなら、なぜあなただけがワクチンなのか。あなた自身もウイルスではないのか。人殺しに聖者などいない。「殺人哲学」と言うのならば、その思想をきちんと説き明かしてほしい。世間一般と別のモラルがあるならば、正々堂々と理論立てて語ってはどうか。そうでなければ、私とあなたがやりとりする意味はない。歴史に刻む価値もない。

「シリーズ犯罪報道・家族」の記事で私が込めたメッセージの一つは、個人の「善や正義」が時に社会の「悪や犯罪」になることだ。だれかの正義に相対するのは、だれかが信じる別の正義であることもある。私にはあなたの殺人にも同じ予感がある。あなたは「罪状は『人間』だ」とうそぶく。ならば、あなたにも罪があるはずだ。改めて問う。人間存在が「罪」で、一連の殺人が「罰」だと言うのなら、その罪状を、観念の遊戯ではなく被害者や遺族にも、きちんとわかるように言語化してほしい。

議論を仕向けてきたのはあなただ。潔く応じよう。だからあなたも逃げずに答えてほしい。誠意ある回答を待つ。

一本木透》

この記事を掲載した日、広報部がマスコミ対応のために早朝から待機した。読者センターが六十人態勢で電話をとった。ワクチンからの手紙が来た経緯や、掲載を決めた理由などをA4一枚に応答用にマニュアル化して、そのほかの質問には「新聞紙面をご覧下さい」と対応した。

他メディアからの取材に対しては、太陽新聞の記事をそのまま紹介してもらう形をとった。ワクチンは、犯行声明を送ったのは太陽新聞だけだ、と宣言している。他メディアにも報道されていないか社内の記事審査室がチェックしたが、確かにワクチンの文面が掲載されているのは太陽新聞だけだった。

なぜワクチンは、太陽新聞の私だけを対話の相手に指名してきたのか。私たちは首を傾げていた。一方で、メディアが氾濫する今、ワクチンの語るように、発信者の原文をそのまま活字に残すには新聞が適していた。

ネット社会では情報リテラシーがいかに重要か。ワクチンはそれを知り、危惧する世代なのか。真意はつかめなかった。ワクチンは新聞が培ってきた信頼や格調を発言の担保にするという。奇しくもそれは、太陽新聞が世間にアピールしたい新聞の存在価値だった。

マスメディアに犯行声明を送りつけ、世間の耳目を集める手口は「劇場型犯罪」と言われる。米国では一九六八年から一九七四年に起きた未解決の連続通り魔事件「ゾディアック事件」が有名だ。ゾディアックを名乗る犯人が新聞社に送った犯行声明の末尾には、犯人の主張する襲撃者数が記され、最終的には三十七にのぼったとされる。やはり今回のワクチンと同じように「掲載しなければ殺人を繰り返す」旨の声明文と、奇怪な図や暗号文が届けられ、受け取った新聞社もその通りに対応した。

日本ではグリコ・森永事件の「かい人21面相」も知られる。神戸市須磨区の小学生殺害事件でも、犯人の中学生は、犯行声明文に「9」の文字を記した。奇妙な記号をつけるなど、ゾディアック事件を真似たとも供述している。

私の記事と連動させて「劇場型犯罪の歴史」の年表を、社会部泊まり班六人が突貫作業で作成した。犯罪心理学の権威の分析も添えた。

ネットでは、さっそくさまざまな憶測が飛び交った。

殺人の動機については「ワクチンは市役所の課長と知っていて襲ったのではないか」という見方がある。役所の内部犯行説もささやかれた。「パワハラ課長だった」「後輩職員に借金をしていた」「課長補佐が怪しい」。被害者の村田正敏が、ガールズバーで両脇に女性を抱えている写真もネットに公開され、「不倫してるぞ」の書き込みもあった。たとえ被害者であろうと次々にプライバシーが明かされていく。

5

三件の事件発生後、警視庁クラブや各総局のサツ回り記者が被害者宅を訪れ、遺族に話を聞こうとしたが、悉く取材を拒否されていた。

私と大熊は、ワクチンの犯行声明が掲載されたその日、第一の被害者、村田正敏の自宅を訪ねた。インターホン越しに女性が出た。おそらく妻だろう。

「取材はもう勘弁してもらえませんか」寝起きの声だ。

夕方まで待って再度訪ねた。玄関の扉をあけて出てきた女性は、ちょうど外出するところだった。いかにも「夜の仕事」風で、濃い睫毛に真っ赤な口紅をひいている。玄関にカギをかけて振り返った彼女は、喪に服しているようにはみえなかった。迷惑そうな表情で私たちをみた。

二階の部屋の電気は点いたままだ。私たちの視線をたどって言った。

「ようやく中学生の息子も家に戻ってきたのよ。だから、いい加減放っておいてくれない」

「戻ってきた？　これまでどこかへ行っていたのですか」

「そ。父親がうまい具合に死んだんでね」

私と大熊が顔を見合わせた。

「どこからですか？」

彼女が察して、私たちをにらみつけた。

「息子は犯人じゃないわ。ただ私も息子も、あの人が死んでくれてよかったのは事実だわ。酒に、女に、暴言と暴力……。家庭でも職場でもきっと同じだったんでしょうね。事件のあった晩だって、都内のホテルで女と食事していたらしいし。食事だけのはずもないけどね」

横浜総局に市の職員名簿を借り、村田の同僚宅を訪ねてみた。村田は離婚寸前で、不倫の噂も事実らしかった。

「ワクチンが犯行声明の中で明かしていた、村田さんの水色のネクタイ。あれ、愛人から贈られたんだって自慢してましたよ。みんなに彼女の写真みせつけてね、自慢したかったんでしょうね。確かに若くて可愛い娘でしたから」「パワハラが多くて、よく部下の椅子を蹴飛ばしてましたね」「野毛小路(のげこうじ)にある『奈津子(なつこ)』っていう店に入りびたっていて、僕らが呑み代を払わされることもしょっちゅうでした。店のツケもたまってたと思いますよ」

午後八時過ぎ、大熊と桜木町駅近くの野毛小路にある「奈津子」を訪れた。六人が座れる程度の狭い店だ。カウンターの奥にママがいた。

「村田さん？　ああ、ムっちゃんのことね。三日に一度は来てくれてたわ。ほら、これがボトル」黒いウイスキーボトルに白い油性のマーカーで「ムっちゃん」とある。

「大分前に警察も来て、あれこれ聞いていったわよ」

ママによると、村田のこの店のツケは十数万円。自分の奥さんのことを「ババア」、中学生の息子を「デクノボウ」と、よくののしっていたという。

「お酒が入ると乱暴でね。阪神が負けたからってグラスを壁に投げつけたこともあって」ママも彼を嫌っていたらしい。

「奥さんと息子を殴ったせいで指を骨折して、右手に包帯を巻いていたこともあったわ。不倫相手？　ああ、それならきっとガールズバーの娘ね。よくムッちゃんが『これからお姉ちゃんと待ち合わせ』って、うれしそうに出てったわ」

ガールズバーへは、いつも店からタクシーを呼んで向かっていたという。村田はその女子大生に大分貢いだらしい。一度その「礼子」という名の娘を、この店に連れてきたこともあったそうだ。ママが続けた。

「だれがみても美人なのに、ずっと結婚しない女っているでしょ。それって、みんな中年男と不倫してるからよ。中年男に弄ばれてるのに、性もお金も不自由しないから婚期も遅れるの。美女の宿命ね。私をみたらわかるでしょ。ワイドショーで話題になっている毛賀沢教授の相手も、きっとそういう娘じゃない。ムッちゃんが殺されたのも、弄んでいた若い娘の恨みを買ったんじゃないかしら」

「ワクチン、女性説ですか。確かに男と決まったわけじゃないですね」私がうなずいた。

ママにタクシーを呼んでもらい、「礼子」が働く店へ行ってみることにした。タクシーの中で大熊が言った。

「被害者の村田さん。ネットであんな風に書き込みされるのも推して知るべし、ですね」

「殺される理由がありすぎるな」

ガールズバーはタクシーで十分足らず。JR横浜駅西口前の雑居ビル四階にあった。従業員によると、事件後「礼子」は店を辞めていた。以来消息は不明という。

6

私のワクチンへの返信が掲載された翌日、早くもワクチンから二通目が届いた。郵便局の消印は、今度は「池袋(いけぶくろ)東」になっていた。

《一本木透殿
今日の朝刊を読んだぞ。紙面を大きく割いたな。太陽新聞の記事はさぞ注目を集めただろう。警察もあわてて動き出したようだな。

お前からの返信文を読んだ。ずいぶんと上から目線じゃないか。わかっているぞ。読者への手前、強い態度に出るしかないのだろう。新聞は徹底した偽善者だな。

暴力を否定する？　予想通りの優等生の回答だ。善人面するには最も収まりのいい主張だ。殺害の真の動機だと？　繰り返す。おれの殺人に理由はない。犠牲者はだれでもいい。裁きの罪状は「人間」だから、でしかない。

理由があるはずだ――新聞は、いつでもそうやって物事を定義し、解釈する。すべてを理由づけして、世の中はこうだと決めつける。理由がないことを許さない。言葉による真実の陵辱だ。何という不遜だろう。お前たちこそが歴史の真実を独占し裁定する「独裁者」ではないか。真実はそんな単純だろうか。理詰めで詮索したところで、言葉が真実をとらえきれないこともあるぞ。

そこまでして殺人の理由がほしいか。よかろう。これから何回かに分けておれの「殺人哲学」を語ってやる。すべてを語り終えたころに、読者の胸にワクチンがじわりと効いてくるだろう。今、これを読んでいるヤツラも自分の胸に聞いてみろ。自分に罪はないのか、と。人間はだれ一人として、永遠に自身の「罪」と和解できはしない。「シリーズ犯罪報道・家族」で一本木が触れた言葉を借りるなら、「罪は人の数だけある」だ。

お前には失望した。そんな表層的な新聞言語では、おれの連続殺人の真の理由は分析できない。人間のウイルス性は、すでにお前たちも目にしている。三人の犠牲者が報道されてから、世間のヤツラは何をした？

ネット掲示版やSNSなどで犠牲者周辺のプライバシーが暴かれた。「殺されて当然だ」「いなくなって喜んでる人多いよ」「ワクチンありがとう」という反応もみた。書き込まれたのは犠牲者への弔いではない。憎しみや嘲笑だった。

犠牲者たちは、こんなに恨まれていたのだ。やはりウイルスであると確信した。だが、世間のヤツラも事件に乗じて死人を貶め、嬉々として鞭打った。犠牲者を殺めたのはおれだが、彼らの尊厳を殺したのはだれだろう。彼らとおれの間に、どれほどの差があるだろう。個人のプライバシーを暴く異様な社会。ＰＣやスマホがウイルスに感染したのではない。画面をみつめる個々人こそがウイルスなのだ。このシステムを構築し、利用し、楽しんでいるのが人間社会というウイルスの巣窟だ。

面白い趣向を思いついた。

次回からは二人目の事件の「秘密の暴露」を交えて「人間＝ウイルス論」を語ってやろう。紙面を空けて待っていろ。一本木の反論も楽しみにしているぞ。

あなたにも罪があるはずだ？　いいところに気づいたな。確かにおれも人間である以上、罪深いウイルスだ。だからこそ一個のウイルスが自己変革を遂げ、ワクチンとなって全体を覚醒させていく。

おれは息子が生まれて間もなく妻子を捨てた。彼も今ごろ成人していることだろう。その息子が生まれた時の、おれの感情を話そう。子供はいらなかった。迷惑だった。愛情などなかった。かわりに別の感情があった。罪の意識だ。こんな世の中に命を与えてしまった。息子に「生」という苦しみを与えた。人の命を奪うことが罪ならば、人に命を勝手に与えることも罪になるはずだ。それが、おれの罪だ。ワクチンであるおれも、ウイルスを増殖させたウイルスだ。

さて。太陽新聞の読者のみなさんへ。告知します。

私、ワクチンが人間の罪を読み解く「人間＝ウイルス論・殺人哲学講座」は次回以降始まります。受講料は太陽新聞の購読代金です。一部百六十円。月決め四千四百円。それではお楽しみに。

この講座のマークも作ってくれ。まだまだ人が死ぬぞ。一本木には、この講座の特別ゲストとして参加してもらおう。

ワクチン》

マスコミや警察が注目したのは、ワクチンが「妻子がいる（いた）」と明かしたことだ。さらに息子が成人するくらいの年齢であるという。だが、自身の情報を進んで語り出すのは怪しい。捜査攪乱（かくらん）を狙った偽装の可能性もある。

我々と読者をあざ笑うかのようなワクチンの文面に、社内にも迷いがよぎり始めた。ヤツのペースに乗せられはしまいかと。だが、要求通りに犯行声明を掲載し、反論を載せなければ「また一人犠牲者が増えるぞ」と言う。何より、彼とやりとりをする意味は、この凶悪犯罪をやめさせることだ。

私と黛デスク、長谷寺部長が十五階の吉村の役員室に呼ばれた。論説主幹も一緒にいた。「ワクチンとやりとりは続ける。一本木は筆を弱めるな。近く社説でも改めて太陽新聞のスタンスを読者に示す」との話だった。ヤツの指示に従って次の反論を掲載した。

《ワクチン殿
まずは返信の礼を述べよう。そして、さっそく主題に入らせていただく。

あなたの語る「理由なき殺人」は、論理的に破綻している。殺人は「哲学」などという高尚なものではあり得ない。暴力を野放しにしたら法治国家も民主主義も崩壊する。あなたもわかっているはずだ。

人間が「罪深いウイルス」との御託宣には一部同意する。だからこそ英知を以てそれを克服する努力をするしかない。生まれながら肉体を持つ限り、所詮だれもエゴからは逃れられない。肉体存在がエゴだからだ。結局人間は、肉体と精神の相克、理想と現実の矛盾を生き抜くしかないと私は思う。社会の矛盾とは、突き詰めれば人間存在の矛盾ではないだろうか。だが、肉体のエゴを自身で抑制できるのが精神だ。それが、ほかの動物にはない人間ならではの存在意義であり、知恵の使いどころと信じる。

あなたがかつて「捨てた」という息子に最初に抱いた感情を、あなたは「『生』という苦しみを与えた」と語った。確かに、生きることは時に辛くもある。ただ、人間存在や生きることを私は否定しない。あなたは私の言葉を継いで語った。「罪は人の数だけある」と。それならば「幸福も人の数だけある」とは言えないか。それが、あのシリーズに書き添えられなかった言葉だ。偽善ではない。生を受けた以上、そう生きるのが一番賢く、生を自ら価値あるものに高め謳歌できる知恵ある生き方と信じる。

私たちにできることは、あなた自身がそこに気づけるように手助けすることだけだ。あなたの考えをもっと聞かせてほしい。あなたは、なぜ人間を「ウイルス」と定義するのか。それは「講座」ではない。あなたに課せられた社会に対する説明責任だ。

《一本木透》

吉村の指示通りに突き放して書いたが、きれいごとの語り口をワクチンに指摘されそうな気もした。だが、吉村以下、危機管理案件を巡るメンバーの会議でも、まずはワクチン自身に語り尽くさせるために問いかけを続けよう、という意見で一致した。

7

夕刊が降版した後、私はいつものように編集局の定位置のソファで寝そべり、手枕でテレビを眺めていた。

午後二時過ぎ、ワイドショーで新聞各紙の紹介コーナーが始まった。まずは太陽新聞一面だ。ワクチンの声明文に赤線が引かれキャスターが読み上げる。ゲストの犯罪心理学者が「全国紙の一面に出るので、ワクチンも麻薬のように感じてきたのでしょうね」とコメントした。

続いてスポーツ紙一面。こちらは毛賀沢教授ネタだ。「本誌記者のカメラ壊す／器物損壊で告訴へ」スポーツ紙の取材にブチ切れた毛賀沢教授が、記者のカメラを奪って地面にたたきつけたという。不倫現場を押さえられたようだ。撮った画像データは無事で、掲載写真にはラブホテル前で毛賀沢教授と腕を組む同伴女性。目には黒い線が入っている。

記事によると、毛賀沢の足取りを追うべく記者たちが連日あとをつけているそうだ。毛賀沢はタクシーを乗り換えたり、地下鉄の車両に乗ったかと思えば発車間際に降りたりと、尾行を撒いているという。

黛デスクが近づいてきた。何があったのか、あきれ顔だ。

「夕刊のデスク会でさ、科学部のデスクから、ワクチンの事件に毛賀沢教授からコメントを取ったら読まれるかも、なんて提案があってさ。『人間＝ウイルス論』を展開するワクチンに、生物学的な『遺伝子の指令』論をぶつけて議論を闘わせたらどうかって。横から『それ面白い！』なんて声も飛んでさ。結局、冗談ってことで落ち着いたけど、凶悪犯罪だぜ。そんな話題を出すこと自体、ちょっと違うんじゃないのって釘刺しといたよ」

懸念した通りだ。空気が緩んできた。連続殺人事件と不倫・隠し子騒ぎ。ワクチンと毛賀沢を結びつければ面白いだろう。

編集の現場には、こんな空気がふっと流れ込むことがある。日々緊張を強いられる職場ゆえか、とっぴな冗談が空気を和ませる。笑いも時には必要だ。だが、ここは言論機関だ。私と黛デスクが紙面でのやりとりに過敏になっているせいなのか。ワクチンの語る「ウイルス」が、社内にも蔓延し始めている気がした。

「一本木さん。ワクチンからです」

原稿ステーションで郵便物の仕分けを終えたバイト学生が、顔を紅潮させて私の席まで封書を届けてくれた。裏にはワインカラーの封蠟にVの刻印。ワクチンからだ。郵便局の消印は「新大久保(しんおおくぼ)」。過去二通ともまた違っていた。

手袋をして封の上部一ミリのところにハサミを入れて中身を出した。A4サイズで三枚。二人目の被害者の殺害の様子に触れていた。ビルの屋上から突き落とされた男性だ。今回もワクチンは饒舌だった。かなりの紙面を割くことになりそうだ。

《一本木透殿

先日は、立派なご高説をありがとう。お待ちかね、犠牲者二人目の秘密の暴露と「人間＝ウイルス論・殺人哲学講座」の始まりだ。ちょうどいいので、今日はこの事件を事例に講座を始めよう。捜査や取材のヒントにしろ。

六月十七日の埼玉県でのサラリーマン突き落とし事件だ。

その犠牲者は昼過ぎに、十四階建てオフィスビルの屋上でみつけた。屋上は喫煙者のたまり場になっていて、おれもここで一服していた。隅の方に三十絡(がら)みのサラリーマンがいた。男はフレームの下半分だけが赤いメガネをかけ、髪の毛をワックスではね上げていた。ブルーのワイシャツを腕まくりし、胸元は第二ボタンまで外して少しはだけていた。ほかのサラリーマンたちが去ると、一人残ってスマホを手にタバコを吸い続けていた。

男が電話をかけた。「プレゼン、午後二時からです。十二階のB会議室。パワポで作成した資料が十五枚あります」と言った。手短に通話を終えると別の人物に電話した。今度は威圧的だ。「モリグチ、午後二時からのプレゼンわかってるよな。おれの机の上にあるパワポ資料、至急二十部コピーしとけ。十分前には各座席に置いとけ。ちゃんと間に合わせろよ」電話は二回。通話履歴と会話の相手を調べればすぐわかる。

午後一時三十五分ごろ。屋上には、おれとその男二人だけになった。おれは、その横柄な口ぶりの男を二人目の犠牲者に決めた。

男に近づき「すみません。コンタクトレンズを落として、鉄柵の向こうに転がっちゃいましてね。みえないので探してもらえませんか」と頼んだ。話しかける直前に、レンズを柵の向こうに放っておいた。男はしぶしぶといった様子で鉄柵をまたいだ。囲いの外側は、ビルの縁まで数十センチの幅があり、突端の縁には三十センチほどの段差があった。その向こうには何もない。地上まで四十メートルはあった。

男は向こう側に降り立った。「すみませんね」おれも柵越しに男と並んで歩いた。数メートル歩いたところで、男がレンズをみつけた。「あった、あった」と男の顔が輝き、おれも鉄柵に駆け寄って身を乗り出した。

次の瞬間、彼を思い切り突き飛ばした。男は背中から落ちていく間際、「あっ」と叫び声を上げた。あの驚いた顔が忘れられない。

何秒かして、鉄柵の向こうから大きな段ボール箱が落ちたような、ドスンという音がした。悲鳴が響いた。おれは鉄柵を乗り越え、身を乗り出して下をのぞいた。男は歩道にたたきつけられて即死だった。上から眺めると、まるで床に落ちて割れた花瓶のように脆くみえた。鮮血が落下地点を中心に、放射状に飛び散っていた。あれは本当に人間だったのか。血と臓腑の詰まった袋が破裂したようだった。すぐに野次馬たちが取り巻いた。虫の死骸に黒アリがたかるように、人々の関心が死の点に吸い込まれていった。

何人かがこちらを見上げて指をさす。おれは太陽を背にしていたので、彼らの位置から、顔はよくみえなかったはずだ。すぐにおれは頭を引っ込め、階段を使って地上へ降りると、何食わぬ顔で現場を遠巻きに眺めた。

おれが驚いたのは、他人の死に対する周囲の反応だ。人が行き交う街なかの昼下がり、けだるい日常に紛れ込んだ刺激的なイベントは、彼らに格好の話題を与えたようだ。死体を取り囲んだヤツラは、嬉々としてスマホを構えて撮影し始めた。

十分と経たず、救急車とパトカーが到着した。消防や警察の行動を一部始終動画で撮影する者もいた。ビルの陰で周囲に背を向けながら、スマホを手で囲い「おれ今、すげえもん見ちゃった。あとで写真送るから」と電話する男もいた。

死体は、あり得ない角度に手足が折れ曲がり人形じみていた。その非日常を楽しむ異常な目とはしゃぐ声。彼らの前には、つぶれた顔も、道路を染めた血も、ウニのように飛び出した脳味噌も、だれかに伝える「衝撃映像」なのだ。

死への悼みも同情もない。それどころか、現場に居合わせた者同士が目顔を交わし合い、驚きと興味を分かち合う奇妙な和すら生まれていた。

この光景の中に、殺人事件とは別種の罪や狂気は潜んでいないか。それは日常に保護色のように溶け込んでいて、ふとした瞬間に露わになる。現場には腐臭が漂っていた。犠牲者からではない。男の死体を取り巻いていたのは「倫理の屍」だ。

さて。この群れの中に、この文章を読んでいるお前はいなかったか。現実にこの場所に居合わせたか、ではない。お前も同じ行動をとる群像ではないのか、と問うている。殺人を実行したのはおれだ。だが、お前はそれを他人事として安全圏内から楽しんでいないか。

これが人間社会だ。おれはこの病巣を憂う。ウイルスは自身をウイルスと自覚しない。狂人は自身が狂っていると気づかない時点で狂気のなかにいる。だれが正気でだれが狂気か。どちらがウイルスでどちらがワクチンか。

太陽新聞の読者も、おれと一本木のやりとりを楽しみにしているはずだ。それこそが人間の正体だ。ヤツらは世の中に深く密かに侵攻している。地上に巣食うウイルスの群体だ。さあ増殖を許していいのか。少しでも食い止め、退治していこう。おれは「人間罪」の私刑を執行し続ける。

ワクチン》

ワクチンの犯行声明を受けて検索してみると、ネットの動画投稿サイトに「衝撃映像！　連続殺人犯ワクチンの殺人事件現場（閲覧注意）」がアップされていた。動画自体は以前から上がっていたらしいが、のちに「ワクチンの犯行現場」とわかり、タイトルも変えて発信し直されたようだ。視聴回数は五万を超えていた。

再生してみた。スマホを掲げる群衆が映った。現場保存の警官に制止されながら、何人かはスマホを掲げて画面をみつめたまま白い歯をみせている。動画投稿者が、取り囲んだ人垣の中に入り間近で映像と音声を拾った。「マジ？　死体、初めてみた〜」ＯＬ風の若い女性が有名人でもみるように、背伸びをして頭を左右に動かしていた。「グロい」「キモい」「ヤバい」とはしゃぐ野次馬たち。そこには、ワクチンの語る「ウイルス群体」がそのまま映し出されていた。のちに倫理規定に触れたのだろう。動画は投稿サイトの運営側によって削除された。

8

私と大熊は、二人目の被害者、本郷正樹の会社を訪ねた。

本郷が墜落した地点には、洗い落とせなかったのか、黒ずんだ血の痕が残っている。屋上にも上がってみたが、今も現場保存されたまま KEEP OUT の黄色いテープが張られており入れなかった。近くで制服警察官が手を後ろに回して立っていた。

被害者の勤めていた「さいたまテック・センター」では「警察が捜査中ですので」と取材を拒否された。仕方なく一階のオフィスビル玄関口で「テック・センター」の社員が出入りするのを待つ。近くで張り込んでいた刑事が、すぐに私たちに職務質問してきた。太陽新聞の名刺を出すと鼻白んだ様子で苦笑した。

昼下がりだった。ネクタイをした男性二人がビルの入口に来た。刑事は動かない。このビルのテナントの社員だ。昼食を終えてオフィスに戻るらしい。談笑しながら「テック・センター」の郵便受けのダイヤルを回し、郵便物を取り出した。すかさず大熊と二人で声をかけた。太陽新聞の名刺を渡す。すんなり取材に応じてくれた。

二人は、本郷と同じ営業推進部の後輩社員だった。本郷と三人で、よく合コンしたという。本郷は「イケメンで口がうまいので女性にモテた」という。カードマジックが得意で、女の子にトランプの山から一枚をひかせ、よく切った後、その一枚を当てる。黄色い歓声に包まれて「ドヤ顔」になるという。

ワクチンの一人目の被害者、村田と同様、やはり女性関係の噂は絶えなかったようだ。背の低い方の若い後輩社員が話してくれた。

「本郷さんはマジでどこに女がいるかわかんなかったすよ。しょっちゅうスマホでラインしてたし。奥さんは高校時代の同級生です。お互い二十歳の時の『出来ちゃった婚』で、八歳の息子が一人。てか本郷さん、奥さんもまだ若くて美人なのに『もう女じゃない』って言ってました。『これから本当の恋愛を楽しむんだ』って。おれにも『あんまり早く結婚すると後悔するぞ。ガキんちょはウゼエし。やりたいことばっかりあるのに、マジで青春奪われるから。男は三十代後半まで遊んどけ』ってね。もっとも今は本郷さんがいなくなったんで、社内のお目当ての女の子が少しはこっちを向いてくれるかな、みたいな。あ、だからって、おれ事件に関係ないすよ。だって、あの事件の時、おれは本郷さんに頼まれてコピーしてたんですから」

彼が、ワクチンが語っていた、本郷が突き落とされる直前にスマホで電話していた後輩社員、「守口（もりぐち）」さんだった。

「その電話で本郷さんとは、最後にどんなやりとりを？　今、だれと一緒にいるとか」

「新聞に出ていた通りです。そばにいたワクチンは実に正確に会話を覚えてるなあ、と思いました」

もう一人の長身の若い男性が口を開いた。

「うちの社員に犯人はいませんよ。本郷さん以外、みんなオフィスにいたか、会議室にいたんですから」

私は念のために聞いてみた。

「本郷さんが女性社員と付き合っていた可能性はありますか？」

聞かれた二人が顔を見合わせた。

「う〜ん、どうかなあ」「そこが本郷さんのうまいとこで。わかんないようにやるんすよ」「女性から恨まれていたか？　ああ、あるかもしれませんね。奥さんも含めて、捨てられた女、メッチャ多いはずですから」

次に私と大熊は、本郷の自宅を訪ねた。

家族構成は二十九歳の妻と八歳の一人息子。一人目の被害者、村田と同じように家庭環境はよくないようだ。やはり彼も不倫をしていたのだろうか。

自宅はオートロックのマンションだ。インターホンにカメラがついている。呼び鈴を鳴らすと「はい」と奥さんらしき女性が出た。先方のリビングのディスプレーには私と大熊の姿がみえているはずだ。二人して誠実な顔をにわか作りした。

「新聞記者でしょ？　もう勘弁してくれませんか」犯人への心当たりを尋ねても「まったくないから」とにべもない。

「そもそもうちの旦那、やれ出張だ、夜勤だ、飲み会だ、でほとんど家に戻っていなかったんですよ」

奥さんも、本郷が女のところに入り浸りだと察していたらしい。

「私ね、どっかの男と、女を取り合ってたんじゃないかって思うの。そういえば一度変な電話があったわ。『お前の亭主は浮気している。おれの女に手を出したら命がないぞ、と言っておけ』って。でも、それを伝えようにも主人が帰ってこなかったんですから。それにもう、浮気も勝手にしてくれて結構だったし」

「事件前にご主人に脅迫電話があったんですか」私は声を上げた。大熊に、画面に映らない位置でメモをとるよう目顔で知らせた。大熊がインターホン脇に隠れ、メモを構えた。

「そう。それもスマホか何かに文字を読み上げさせたような男の音声でした。ほら、そういう音声機能があるでしょ。一語一語たどたどしくなって、イントネーションや言葉の繋がりに違和感のあるデジタル音声」

新しい情報だ。奥さんは警察にそのことを話していなかったという。その脅迫電話があったのは月曜日の午後四時半過ぎだったらしい。大熊がメモをとり続けた。

地取り取材では、このように警察の聞き込みが終わったあとに行くと、思わぬ収穫に出くわすことがある。聞かれる側も、警察が訪ねた時には緊張しているものだ。犯人の心当たりを聞かれても、すぐに思いつかない。ところが少し経つと「そういえば……」と思い出すことがある。

記者は「警察が何を聞いていったか」も聞き出す。案外話してくれるものだ。その時、警察の把握している容疑者の周辺情報がポロリと聞けることもある。刑事が顔写真や似顔絵をみせたり、だれそれと連絡を取っていなかったか、などと聞いていたりすることもある。一方、本郷の奥さんを訪ねた二人の刑事は、特に犯人に関する情報は語っていなかった、という。

脅迫電話の件は「我々が警察に伝えておきましょう」と言っておいた。情報が他に漏れるのを防ぎ、独自取材を潜行するためだ。電話がかかってきたのは一回だけという。だが、そのワンフレーズを機械音声が二回読み上げたようだ。本郷宅を離れた。

「一人目の村田さんにも脅迫電話の件、確認してみるか」

「はい。僕がまた訪ねてみますよ」

大熊が村田宅に戻り、私は三人目の被害者を訪ねようとした。そこで、黛デスクからスマホに電話が入った。ワクチンへの返信記事の催促だった。私は社に戻り、次のように綴(つづ)った。

《ワクチン殿

「人生は不治の病だ」と説いたのは、英国の詩人、エイブラハム・カウリーだ。人間をウイルスに喩えた学者も多い。言葉の選び方から、あなたもかなりの学究肌と見受ける。

私は人間をウイルスとは考えない。再び問う。あなたは、なぜ人を「殺す」のか。では問いを真逆に変えてみよう。「殺さない」という選択肢はないのか。本来まっとうな人間は、理由がなければ人間を殺せない。

私は家族を築けなかった。愛する人を守れなかった。私自身が「罪」を背負ってきた。今でも胃の中にガラスの破片があるように、償いようのない罪が私を苦しめている。

だれにも内奥の罪はある。あなたの告発を認めよう。人間の本質を見抜いたあなたの指摘は読者に響き、効いただろう。

だがそれは人間の弱さや未熟さでしかない。あなた自身にも内在しているように。殺される理由にはなり得ない。個々人の罪の自覚と、あなたに命を奪われるという関係性は何ら結びつかない。

あなたの殺人には確たる理由がある、と私は確信している。

あなたは「だれでもよかった」とうそぶきながら、実に用意周到に殺人を計画しているからだ。あなたは逃げている。何を恐れているのか。議論をしかけておきながら、あいまいで抽象的な言葉でごまかす。饒舌な詐術を弄して、真の動機を隠そうとしているだけだ。私はあなたの中に人間の弱さをみた。

読者の誤解を恐れずに言おう。一方で、あなたの語りの中に、かすかに、命に等しく植えつけられた良識の芽さえもみた。内面の良心に背いているのは、あなた自身ではないか。あなたは殺人によって何を得たのか。失っただけだ。その理性ゆえに、罪の意識に苛（さいな）まれ、喪失感が募（つの）ったはずだ。

もしあなたが次に何かを得るとしたら、自身の罪と向き合った時だろう。あなたの殺人の本当の動機。その解析と善後策を考えることこそが、あなたも望む、社会を覚醒させるきっかけになるはずだ。

あなたの本当の罪を語ろう。

積み重ねた殺人や「子供を捨てた」罪だけではない。あなたは、自身に与えられた生きることの尊厳を自ら捨てた。自身の生に誠実に向き合わず粗末に投げ出した。それこそが最も重い「裁かれ得ない罪」だ。

自身をもウイルスと定義したあなたの罪は重く、悲しく、みじめだ。

一本木透》

9

汐留のレストラン街に昼食に出て、本社に戻った。ゲートでＩＤカードをかざし、一階からエレベーターに乗った。受付のある二階からドッと人が乗り込んできた。

毛賀沢教授が入ってきた。吉村がつき添っている。私に気づいて「よっ」と言った。政治部長、科学部長、CSR事業本部長が続いた。毛賀沢教授は「太陽新聞CSR・読者大賞」の選考委員だ。毎月一回、第二月曜日にこの審査があり、翌火曜日の朝刊三社（第三社会面）に審査結果と毛賀沢教授の講評が載る。

もはや彼はお笑いタレント教授だ。マスコミ全体が、彼をそんな括りで許容している。エレベーターの中で毛賀沢が語り出した。

「ここに来る時も週刊誌の記者らしいのにつけられてさ。不倫も楽じゃないよ。今は来年の参院選の出馬に備えなきゃ。ほしいのは女よりもカネなんだけどね。テレビや本で稼がないと。選挙資金も不倫の慰謝料も半端じゃないからね。女は怖いね。愛人発覚のたびに、結局『カネ寄こせ』でしょ。女房も週刊誌みててさ。複数の不倫疑惑を知って慰謝料の額を上げるらしい。でも証拠は残さないから。そんなヘマしないよ。そんなわけで選挙費用もありません」甲高い声で笑った。政治部長が「それは党の大沢代表が何とかするでしょう」と返した。科学部長とCSR事業本部長も同調して笑った。

不倫騒動でNHKの経営委員は辞めさせられても、我が社のCSR事業本部の選考委員はそのままだ。科学面では「バイオの光」という毛賀沢教授のコラムも週一回連載されるようになった。そのほか、彼にはバイオ研究のニュース解説の執筆も依頼している。

政治部は、毛賀沢が来年の参院選に立候補すれば、人気投票で確実に当選し、のちに民政党の幹部になるであろうことを見越して、今から近づいておこうという算段だ。以前の編集会議の論争も、そんな立場が透けていた。吉村でさえ、著名人に不倫騒動はつきもの、ただのお笑いネタだ、ぐらいの感覚なのだろう。

毛賀沢教授が聞いた。

「今日の読者大賞の選考って、二、三時間もあれば足りるんでしょ。今日も忙しくてね。このあとテレビ局に二カ所、厚生労働省主催の細胞科学会にも顔出さなきゃならんのでね。不倫はその合間。もう忙しいのなんのって」

エレベーター内が再びドッと沸いた。自分を貶めて笑いをとる人種だ。同じ空間にいて好印象は受けなかった。

毛賀沢教授によると、週刊誌がワクチンと教授の誌上対論を提案し、ワクチンに呼びかけるらしい。出版社の編集者が描いたのは、教授と殺人鬼の知的で危ない対論だろう。やがて、電車内の週刊誌の中吊り広告に大きな見出しが載った。

「生物学の毛賀沢教授が挑戦状／『ワクチンに問う。命とは何か』」

私とワクチンは奇妙なルールを守り合っていた。ワクチンは他メディアからの呼びかけに一切応じなかった。私も新聞紙面での対論形式だけで対応し、ツイッターやブログなど別の場での記述は控え、あくまで新聞紙面優先の対話を続けた。

五階の編集局フロアを歩いていると、黛デスクが遠くから叫んだ。

「ワクチンからまた来たぞ」

郵便局の消印は一通目と同じ「新宿西」。すぐに預かり、封を切った。三人目の被害者、都内の運送会社員、小林洋次郎の殺害の様子と、いつもの「講座」だ。

《一本木透殿

この前の記事。またまた、たいそうな説教をありがとう。お前は何様だ。世論をリードしているつもりか。のぼせ上がるな。

お前は暴力や殺人を否定する。ならば、それらを正確に定義したことがあるか？　こぶしを振り下ろしたり、武器で人を殺傷したりする行為か。安直だな。

おれならこう定義する。

「弱者への不当な力」だ。暴力行為の主体は、社会、組織、全体、集団、国家権力……。まだあるぞ。マスコミだ。これらは、極めて周到かつ狡猾に「暴力」にみえないように、非力な大衆を抑圧してきた。有無を言わせぬパワーとして。それこそが、人類というウイルスが築き上げた巧緻な社会システムだ。

お前たちがジャーナリズムを自任するならば、そんな非人間性の「暴力構造」をこそ、撃つべきではないのか。こぶしや武器をみせず、証拠も残さない。告発もされず、根を絶つこともできない。何と狡知なカラクリだ。

本当の「暴力」は、社会的、構造的な「弱者」への力と換言できる。この「潜在暴力」は立証できず、され得ない。なぜなら元来、人間個々人の内に潜み、その差異をこそ強者が欲し、手離さないからだ。この「内面の罪」は、暴力を知性で否定してみせるエリート新聞こそ熟知している。知性もまた形を変えた暴力だ。人間というウイルス群体が、不可視の淵源に巣食っている。

お前は殺人を否定した。そもそも殺人とは何か。おれの殺人と、国家による死刑や、外交政治と経済政策ですらある「戦争」と、どこが違う。人の命に軽重がないように、人殺しに何の差異もないはずだ。国家だけに「正しい人殺し」が許される。政治的、国家的な制度の大量殺戮と私的殺人は、どちらが人道にもとるだろう。人類史上の大罪だろう。

暴力や殺人を否定するならば、その大罪を見逃し、追従し、協調してきたお前たちメディアこそ重大な犯罪者だ。国家の横暴を追及するのが、お前たちの役目ではなかったか。巨大メディアの何という体たらく。背景には太陽新聞の経営悪化が絡んでいる。権力やネット世論への迎合だ。不倫教授の話題が一面とは。紙面から「ジャーナリズムの死臭」がにおう。

さて、待たせたな。本題に入ろう。「殺人哲学講座」だ。

三人目の犠牲者だ。朝の人混みの中での殺人事件発生だ。この状況下での殺人こそ「だれでもよかった」証だ。

犯行現場はラッシュアワーのＪＲ京葉線の八丁堀駅。人であふれかえった電車の中で、背広姿の男が背中を刺された。防犯カメラの死角だ。この犯行は最もスリリングだった。高揚したぞ。哲学者ニーチェの言葉を借りる。「生存から最大の収穫と最大の享受とを刈り入れる秘訣は、危険に生きるということ」だ。

おれは、東京駅へ向かう新木場駅のホームで、電車を待つ大勢の最後尾に立った。どいつを刺すか物色した。競馬新聞をたたんで読んでいる男がいた。今回はこいつに決めた。さしたる理由はない。ただ狙いやすそうだったからだ。八両編成の武蔵野線直通の電車が来た。混雑する時間帯だ。扉があき、身動きとれぬまま体を密着させて乗った。

八丁堀駅に着いた。降りる客、降りない客、ともにドッと吐き出された。その瞬間、おれは手提げから包丁を取り出し、男の背中に突き刺した。あばら骨をすり抜けて貫通するように、包丁は横向きに入れた。かなり深く刺した。刃が肉に食い込んだ。ひと突きだけで用は足りた。内臓を貫いたはずだ。肉を断った感触が手に鈍く残った。刃渡りは十五センチ。遺体の解剖で合致するはずだ。刺した包丁はすぐにバッグの中に引っ込めた。何度も練習した動作だ。

その後、おれは素早くホーム上の人の波に紛れ込んだ。ドアが閉まるまで、男の様子をうかがった。男は崩れるように電車の脇に倒れ込んだ。ホームのアナウンスが「まもなく扉が閉まります」と伝えた。二、三人の乗客が、倒れた男を横目に電車に体を押し込んだ。

目の前で人が倒れているのに、だれも助けようとしない。電車に乗り込む者、ホームから出口に向かう者。人々の流れは、ぶつかり、すれ違い、動き続けた。遠くの駅員は気づいていない。

扉が閉まり、電車が走り去る。男が一人倒れている。異様な光景だった。ようやく駅員が気づいて駆け寄った。構内にアナウンスが流れた。ホームはすぐに次の電車を待つ人で埋まり始めていた。

「業務放送、業務放送。けが人発生。救急隊がただいま二番ホームに向かっています。二番ホーム、乗降客の整理をお願いします」

さて。この時、現場に居合わせた何人が、倒れた男を介抱しようとしただろう。

前回も触れた。犯罪の当事者として現場にいると、人間の本質を垣間見る。人は日々演技をしている。だれにも覚えがあるはずだ。都合の悪い相手や場面に出くわすと、手元のスマホに目を落とす。よくみる光景だ。みんな生来の役者だ。

あの時、だれもが知らん振りを決め込んだ。自発的無関心だ。かかわりを持てば責任が生じる。瞬時の損得勘定だ。鈍感なのではなく、鈍感を装ったのだ。何と鋭敏だ。これが人間の所作だろうか。

では聞こう。これを読んでいるお前はどう行動する？　朝、仕事へ急ぐ駅構内で、血だらけになった人をみた。そこへ電車が来た。大事な会議や得意先とのアポがある。倒れた人と面識はない。責任もない。駅員の業務だ。だれかが助ける。ではどうする。

みなかったことにする――。これが正解だ。自身を納得させる言い訳だ。何と真面目で正しい世渡りだろう。従属する組織、集団、全体の方が重要だからだ。不必要な関係は徹底して避ける合理主義、人任せ、事なかれ主義、関わらないイズム。無関心は意志の不在ではない。そう決め込んだ揺るぎ無さにおいて、厳然たる「主義（イズム）」だ。

これは現場で起きた、もう一つの事件だ。ここでも、殺人の当事者であるおれと、組織への忠誠を貫き、見て見ぬ振りをした彼らにどれだけの道徳的な差異があるだろう。組織や全体に誠実であることが、時に倫理や人道を飛び越える。それが、いつのまにか罪や狂気にならないか。そこに、底知れぬ忌むべき病理はないか。

あの朝、殺人事件の凄惨な現場は「平穏な日常」を装われた。氷のような計算で。すべてがドサクサに紛れ、電車に詰め込まれ、走り去った。

つまりは所詮、他人事なのだ。だから数々の不祥事が起きる。建設工事の耐震偽装、企業の粉飾決算、自動車部品の欠陥や検査データの改竄、廃棄食品の横流し……。人間。何と狡猾な仮面をつけた動物だ。スーツ姿の群体は一斉に同じ方向へ逃げ去った。だれもが個人の「良心」を殺して生きている。

今、これを読んだ読者は笑っただろう。「殺人鬼が言えた義理か」と。よかろう。では、次はお前を殺しに行こう。おれは、お前の後ろにいるぞ。お前自身が確かめろ。死に行くお前は、だれにも助けてもらえない。命が尽き果てる直前に、幻影のように人間の正体をみるだろう。無数のウイルス群体が通り過ぎていく。

「何もしない」暴力。ジャーナリズムにその深い罪がみえるか。この実景を読み解く視力があるか。人目に触れず裁かれ得ない「罪悪」がある。一本木の説く、矮小な「暴力」や「殺人」の定義こそ、笑いあきれる。お前の偉そうな反論を待つ。

ワクチン》

10

こうして、ワクチンからの三通目も朝刊一面に掲載された。暴力への嫌悪感。国家システムによる殺人。まっとうな論点ではあった。だが「理由なき殺人」の詭弁はあやふやなままだ。議論もかみ合わない。むしろ真の動機を隠そうとしている、とみた。

捜査も取材も「現場百遍」だ。足で情報を集める基本は同じだ。ヒントは現場にきっとある。私と大熊は引き続き三人目の被害者・小林の周辺を訪ね歩いた。

この事件はあまりに大胆だった。現場は通勤ラッシュ時の駅構内。電車が到着した時に刺殺したという。ワクチンにしては確かに無用心だ。駅構内には防犯カメラが数多く設置されている。犯行現場が死角だったとしても、別のカメラの記録から犯人の「前足」「後足」と言われる犯行前後の行動もわかる。こちらは警察庁の科警研と警視庁の科捜研での画像解析が進んでいた。事件発生前後の、現場付近のすべての人の流れをチェックしているはずだ。

我々は小林の殺害現場を確かめた。JR京葉線の新木場駅から八丁堀駅まで、毎朝すし詰め状態の電車で会社へ通っていたという。警視庁への取材では、小林は新木場駅で三両目の四番目のドアから電車に乗り、八丁堀駅までほぼ同じ位置にいたらしい。ワクチンは彼の背中に密着したまま、抱えたバッグの中から包丁を取り出し、同駅でドアが開き、乗客が一斉に降りる場面で背中を突いたと思われる。

大熊と二人で、同じ時間、同じ車両に乗ってみた。確かに身動きがとれない。駅に着くまでアカの他人とピッタリ体を密着させる。大熊は「男のコロンの臭いが体について殺意が湧いた」と言ったが、相手の男も大熊の体臭が染みついただろう。

この体勢でドアが開いた瞬間に刺されても、犯行自体はだれも気づかないかもしれない。ドアが開けば人が吐き出される。降りた乗客は駆け出して一斉に上りエスカレーターに向かう。

私たちは事件発生時間に合わせて、現場の八丁堀駅二番線ホーム、三両目付近で聞き込みをした。警察の情報提供を呼びかける看板が立っていた。大熊がエスカレーター前の長い行列に「事件当時の様子をご存じの方いませんか」と声をかけた。みんな視線をそらす。表情が微動(びどう)だにしない。

ワクチンの語った通りかもしれない。彼らが「見なかったこと」にした人たちなのか。次の電車を待つ人が、すでに乗車口に列をなしていた。二人で聞いて回ったが、やはりほとんどの人たちがスマホを取り出し、目を落としたままだった。「かかわると損をする」と決め込んだ顔だった。忙しくてそれどころじゃない人もいただろう。現場の状況は確認できたが、収穫はそれだけだった。

この後、八丁堀駅近くの小林が勤めていた運送会社を訪ねた。彼は営業主任だった。だが、営業所長から「警察が捜査中なので取材はお断りします」と言われた。無駄足を嘆(なげ)いていたら取材にならない。すぐに気を取り直して、都内江東区辰巳二丁目の小林の自宅に向かった。

小林の自宅は、新木場駅から徒歩二十分。アパートの三階だ。呼び鈴を押すと中年の女性がドアをあけた。小林の妻だという。

「マスコミの方でしょ。警察に全部話しましたから」

この人も最初に疑われた口だろう。即座に否定してきた。

「私も娘も犯人じゃありませんよ。関係ないですから」

奥で人気男性アイドルグループの音楽が鳴っている。娘は中学生という。平日だ。学校はどうしたのだろう。ドアを閉められかけた。小林がどんな人物だったのか、瞬時に探り出さなくては。聞けるとしたら、あとひとことだ。

「生前のご主人の、何かお人柄のわかるような、いいお話がありましたら……」

「あるわけないでしょ。あんな男」ドアが閉まった。カッ、カッと二重にカギがかけられた。

脅迫電話の件は聞けなかった。

大熊が時間を置いてから、声色を変えてスマホで電話した。

大熊の宴会芸だ。空手チョップの手を喉(のど)にあて、声を震わせる「デジタル音声」だ。言葉を不自然な位置で切り、抑揚(よくよう)をつけず、アクセントを「メッチャヤぎこちなくする」のがコツという。

「はい。小林ですが」奥さんが出た。

「奥サン。旦那、ニ注意シナカツ　タノデ　殺シタ」

「あ」奥さんが一瞬絶句した。

「アナタ　注意シ　タノニ。モウ遅イ。ニュース見タカ　殺シタ」

「ちょっ、この間、電話してきた方ね。あなたが犯人ね。こっちが疑われて迷惑してるのよ。何が目的なの？」

それで十分だった。大熊の方から電話を切った。やはり同じ脅迫電話が入っていた。

11

私は五階の編集局で、パソコンに向かいワクチンへの反論を準備していた。黛デスクが「一本木ちゃん、ちょっといい」と、堅物(かたぶつ)そうなオピニオン編集長を連れてきた。オピニオン面で、ワクチンの事件について大掛かりな特集を組むという。編集長は「読み応えのある議論を載せたい」そうだ。先日の紙面でも、ワクチンに対する「ひとこと」を募集していた。ここらで世間一般の声を聞き、識者の談話も載せてみよう、という。

そこで、私からのワクチンへの返信は短くすることにした。一面にはワクチンへのメッセージを。社会面に「街の声」と「識者の分析」を載せ、中面の見開きオピニオン面では「ワクチンの言説を斬(き)る」と題する特集を組むことになった。一面右下のインデックス欄には「vs.ワクチン」マークを小さく添えて、これら関連記事の掲載項目を並べ罫線で囲んで目立たせた。一面では次のように反論を載せた。

《ワクチン殿
さきのあなたの手紙で、私的殺人を国家の殺人に敷衍し比較するあたりは、レトリックに長けていた。だが、比較考量で「だから個人的な殺人の方が罪は軽い」かのような理屈は破綻している。あなたも、そんな稚拙な論法を悔いたはずだ。

あなたの「理由なき殺人」の説明はあいまいなままだ。一方、あなたは大衆の行動原理の側面を言い当てていた。「側面」としたのは、人間にはそうではない面も多くあるからだ。

今日の紙面では、別の角度からあなたに問いたい。この連続凶悪殺人事件に対する世間や識者の反応を載せてみた。私の「偉そうな」論評ではなく、多くの方々の声に耳を傾けてほしい。あなたの語った「ウイルス群体」とは、およそ異なる良識ある人間も多いことに気づくだろう。今日のあなたへの反論は、紙面を大幅に拡充した。これをきっかけに、硬直した議論の発展に繋がると信じる。紙面に対する感想を待つ。

一本木透》

一面にこの文面を載せ、一社の「街の声」は、全国の総局に協力を要請して、街頭でワクチンへのひとことを集めてもらった。「あなたは人を愛したことがないの?」「殺人に哲学なんてない」「自分もウイルスなら、自分はどうするの?」。私への激励もあった。「とにかく次の殺人を防いで」「理論で打ち負かして」。

二社の「識者分析」では、光星大学社会心理学教授の論考を載せた。「犯人は自身のアイデンティティに執着している。劇場型犯罪を好む自己顕示欲が強いタイプだ。犯罪を楽しみながら、メッセージの発信者としての居場所に拘っている。言葉遣いや文面から、四十代以上の知識階層で、ネット社会を嫌悪し、新聞の権威を信じている世代と想像できる。国家や資本主義の懐疑性に触れるなど、全共闘世代の思想をひきずる年配者の可能性もある」

中面の見開きオピニオン面「ワクチンの言説を斬る」では「異論・持論/勝手にトーク」のコーナーで、ワクチンの「人間=ウイルス論」への賛否を掲載した。評論家やタレントなどが登場した。

賛成派は「今の政治状況をみよ。権力に盲従する人間のウイルス性を垣間見る思いだ」「時代がワクチンに人間をウイルスに喩えさせたのだ」「ワクチンは殺人犯とはいえ、かなりの知識階層だろう。その発言は人間観察に長け哲学的な示唆に富んでいる」「出勤時に犠牲者を前にしたら私はどうするか。正直迷うかもしれない」などの意見が載った。

反対派は「議論をはぐらかす殺人鬼の愚かさが滲んでいる」「姿をみせず、人間をあざ笑う彼こそが正真正銘のウイルスだ」「人間を憎むワクチンは、だれにも愛されたことがないのではないか」などのほか、「こうして新聞に載ることに味をしめたら、また殺人が起こってしまう」「太陽新聞が進んでワクチンを持ち上げている」の苦言もあった。

この大掛かりな紙面展開に、ワクチンがすぐに反応した。二日後に次の手紙が届いた。今度の消印は「高田馬場」だ。文面に怒りが滲んでいた。

《一本木透殿

おれをなめるな。自身の返答を放棄して世間の声を聞けだと？　議論を放棄するな、と説教をたれたのはお前だろう。あきれたのは、あのオピニオン面だ。おれに対する反論は当然だ。だが、連続凶悪殺人犯の言説ですら賛否を両論併記か。新聞お得意の「バランス感覚」「中立主義」「脱・偏向報道」か。どうした。殺人犯を許すな。「絶対悪」はきちんと断罪しろ。不当な暴力の糾弾に、意見の中立・公平は不要だ。バランスは真実の敵だ。「凶悪犯」に指摘されるとは恥を知れ。読み応えや鮮度か。敵を作りたくないのか。お前たちの商魂にはあきれた。

もっとも世の中から「悪」が消滅したらジャーナリズムは不要だ。商売あがったりだものな。金儲けに欠かせないのが「悪」の存在だ。お前たちは殺人犯の言説さえも、あの手この手で商品にすりかえる。ネット全盛時代だ。メディアは選択され淘汰される。お前たちは、異論を排除する「偏狭メディア」の烙印を押されるのが怖いのだろう。メディア環境はジャーナリズムまで変質させた。権力批判を避け、こぞって大衆迎合に傾いた。

オピニオンリーダーが売りならば最後の良識は守れ。殺人こそ「絶対悪」だ。議論の余地はない。おれのすべての言説を否定しろ。

お前らの紙面は、限られたスペースで世の中を料理して豪華そうにみせかけるコンビニの

「幕の内弁当」だ。ニュースを読み応えあるように調理する。事実の断片を寄せ集め、「知性」を衒（てら）った巧言の添加剤で味付けする。おいしそうにみせようとする魂胆がフタの上から透けている。

弁当作りは他社との差別化、競争でもある。時には過剰な事実の味付けも必要だ。だが、新聞が世間に論点を示して言論をリードできる、というおごりはないか。殺人犯のおれに説諭されるとはな。とんだお笑い種（ぐさ）だ。

本当の社会悪は、社会の木鐸（ぼくたく）のはずが、ビジネスに魂を奪われたお前たちではないのか。絶対悪や絶対暴力を許すな。それが新聞の役目だ。

だがいい。おれもお前たちを利用しているのだから。持ちつ持たれつでいこう。お前たちも読者も、そろそろ次の殺人を待っているのじゃないか。

ワクチン》

ワクチンの指摘は一部的を射ていた。だが誤解もある。オピニオン面での展開は、殺人自体の賛否ではない。読者にこのまま納得されても困る。ただ、紙面の構成や体裁については誤解を生みかねない反省面もあった。次の反論をすぐに載せた。

《ワクチン殿

あなたは、絶対悪である殺人鬼の言説をすべて否定せよ、と説いた。一方で、あなたの「人間＝ウイルス論」では、世間に対して、失われつつある人間性の回復を求める件があり、一片の真理をみた。殺人事件の現場にこそ倫理の欠如が逆照射された。あなた自身も共感を得ると確信しての記述ではなかったか。

再び、読者の誤解を恐れずに言う。殺人行為は「絶対悪」だが、殺人犯の言説のすべてを私は否定しない。議論の価値ある、問われるべき視点の提示があれば、新聞は対論の場を設ける。発言者の出自を先に問うて言説を排除するならば、むしろ自由な言論空間とは言えない。あなたなら理解できるはずだ。むろん、新聞が正義だけを語っているとは言わない。私は新聞の「懐の深さ」を言いたいだけだ。

私があなたに新たに聞きたいのは、「街の声」で拾った「あなたは人を愛したことがないのか？」という問いだ。あなたは過去に「息子が生まれて間もなく妻子を捨てた」と告白した。息子に「『生』という苦しみを与えた」と悔いた。それは、あなた自身が抱き上げた命を一度は慈しんだ証左ではないか。一度でも愛そうとして、やめたことの悔悟ゆえの発露ではなかったか。その罪悪感の源は、命への畏敬と愛ゆえだったはずだ。

私は「絶対悪」の存在を訝っている。「シリーズ犯罪報道・家族」でも触れたように、人は善と悪のあいまいなゾーンにいると確信している。弱く未成熟な善が、いつのまにか悪に変貌する。あなたはどうか。あなたが、第二の被害者の描写で用いた表現を借りれば、「花瓶のように」壊れそうな人間の脆さを記録しない限り、歴史を真実の教科書にはできない。

オピニオン面は、あなたの中にもある人間性に賭け、凶悪犯罪を思いとどまらせる端緒にできると信じて掲載した。そうでなければ、あなたと語り合う意味もない。退屈な空論も概念の遊びも不要だ。改めて問い直す。あなたには、かつて愛した人や信じた言葉はないのか。聞かせてほしい。

私は、殺人犯であるあなたの文面に、静かな理知、かすかな倫理を見出す。精神を制御できる意志すら感じた。だからこその疑問だ。あなたにとって、犠牲者は本当に「だれでもよかった」のか。「だれか」でなければならなかったはずだ。私はあなたの中にいる、まともなあなたと向き合いたい。私はあなたと、人を「殺せない」側の理由を語り合ってみたい。その理由にたどり着くまで何度でも問い続ける。

一本木透》

12

このころからだ。

私や黛デスクに社内で声がかかってくるようになった。未曾有(みぞう)の劇場型犯罪に、社内が浮かれ立っていた。編集、広告、販売、デジタル……。十五階(経営陣)もだ。すべてが活気づき、動き出していた。新聞が売れ、広告がつく。新聞ビジネスが軌道に乗った。ワクチンの声明文は太陽新聞の独占手記だ。間違いなく広く読まれていた。

首都圏の太陽新聞の販売店では「太陽新聞vs.ワクチン」と題した当該記事を集めたリーフレットが販促に使われ始めた。購読申し込みのフリーダイヤルも掲載され、都内マンション群の各戸の郵便受けに配られた。これで他の新聞から切り換えた家庭も多かった。もちろん、殺害現場近辺や遺族の住む地域は避けてある。

ジャーナリズムを標榜する新聞社の経営哲学とは何か。私の胸にはずっとわだかまりがあった。それからは、ワクチンの犯行声明がいつ届き、私の反論がいつ載るのかが、社内で専らの関心事になった。ワクチンの指定したルールだと、犯行声明は届いた翌日の紙面に掲載し、二日以内に私の反論を紙面で展開することになっている。必然的にこのタイミングが、広告の「ビジネスチャンス」になる。

八階の社員食堂で、キツネうどんを啜っている時だった。スマホの電話が鳴った。相手の内線番号が表示されている。社員だ。これまで着信履歴のない人物からだった。電話に出ると、音割れした甲高い声が響いた。

「一本木ちゃん？　広告の芹沢です」

芹沢？……。思い当たらない。

「ほら、社内の部局間横断のビジネス・フリートークで一緒だった同期の芹沢だよ」

思い出した。以前、一度だけ会議で同席した広告局の同期で太った黒縁メガネの男だ。だが、彼とはほとんど会話をしたことがなかった。

「今、ちょっとだけいいかな？」

　社内の会議室からか、後ろで話し声が聞こえる。馴(な)れ馴れしい口調は周囲に聞かせるためか。上に言われて探りでも入れてきたのだろう。

「一本木ちゃん、ごめんね。えっとさ。今日、ワクチンからの私信とか来てる？」

「それは言えないよ」

「てかさ、あすの紙面に載るかどうかだけでいいんだけど。ね？　一本木ちゃん頼むよ。ちょこっとだけ教えてくんないかな」

「ふざけるな」私は即座に電話を切った。

　犯行声明の載る日と次の日の紙面あたりが、広告の「売り」であり、クライアント側の「買い」になる。仲介の大手広告代理店「電報堂」の営業マンが、うちの広告局に情報を伝えてくれるように、ねじ込んできたらしい。新聞広告には、掲載日の指定がない「日幅(ひはば)」のある出稿もある。広告段数のサイズが合えば差し換えの融通(ゆうずう)も利く。そこを巧みに調整して少しでも高値で売る、というわけだ。

「不埒(ふらち)な……」自然に口をついて出た。黛デスクにも同じような問い合わせがあり、彼も疑問を感じていた。だが、新聞ビジネスは我々の思いとは別次元で一気に加速していた。

　朝、自宅マンションの郵便受けで太陽新聞を手にした。目を疑った。配られた新聞の一面右下のインデックス欄だ。

「対論／ワクチンvs.一本木記者の全文は、太陽新聞デジタルで。ＵＲＬは……」告知が小さな囲みで掲載されていた。誘導していたのは太陽新聞デジタルの「有料会員域」だった。

これはまずくないか。殺人事件をビジネスに利用している。私と黛デスクには何の事前説明もなかった。本社へ着くなり、整理部デスクを問い詰めた。編集局長室に言われて降版間際に突っ込んだ、という。私と黛デスクは「金魚鉢」の編集局長室へ向かった。五メートル手前、透明アクリル板のドア越しに「どういうことですか！」と声を張り上げた。

「金魚鉢」の中で、私たちに気づいた長峰編集局長が、顔をしかめて革張りの椅子から立ち上がった。なだめるように片手で制し「わかってる」と口が動いた。こちらからドアを押して入った。長峰局長が先に言った。

「デジタル誘導の件だろ」

「どうしてこんなこと許したんですか」私が詰めよった。

「読者や各マスコミからも要望があったんだ。今までのやりとりは日付も記事の位置もバラバラだ。まとめて読んでもらうためだ。有料域ではあるが、ほかの記事コンテンツも全部みられる」

ほかにも、これまで解せないことがあった。ワクチンの声明文が載った一面下の左右の「突き出し広告」や、関連記事を載せた同じ社会面の下三分の一を占める広告スペースに、出版社の推理小説のラインアップや、玩具メーカーの探偵アプリ、戦闘ゲームソフトの広告が掲載されていた。

「言論機関が、殺人事件を売り物にするんですか。ワクチンはそこを見透かしているんですよ」

黛デスクもチクリと言った。

「一本木の言う通りです。しかも我々にデジタルへの誘導文言の入った一面インデックスのゲラをみせないまま降版したんですね」

長峰局長もバツが悪そうな顔をしている。

折しも、デジタル有料会員・拡大キャンペーンのさなかだった。さらに、デジタル版には「社会への提言」コーナーが登場し、その中に「ワクチンへの手紙」の項目がアップされていた。

デジタル有料会員になれば、百文字以内で発言を掲載することができる。即座に人気のコーナーになった。これを含めた「社会への提言」と大きくくくった点がミソだ。ほかの項目は「年金問題に物申す」「派遣社員のひとりごと」「イクメンたちの雑記帳」などなど。

つまり、このコーナーはあくまで社会一般の諸問題に対する意見掲載欄で、その中の筆頭項目に「ワクチンへの手紙」がある。投稿数はここだけ躍り出た。このページの広告も右側縦一列、スクロールすると下までギッシリついていた。「読者参加」を建前にしながら、明らかにワクチンの騒ぎをビジネスに利用していた。

「ボードの判断ですか?」

長峰局長の困り顔がかすかに緩み、一センチ程度うなずいた。

「あれもこれも、役員の吉村編集担当からの要請だ。デジタル担当、広告担当、販売担当も絡んでる」

編集局は、経営陣から独立しているはずだ。ただ「経営を左右する危機管理案件」ならば例外で、ボードの判断が加わることになっていた。「vs.ワクチン」報道に関しても、我が社のスタンス、報道の影響、今後の編集方針について、ボード内で議論が繰り返されているという。

だが、凶悪犯とやりとりする問題と、会社経営の建て直し戦略を一緒くたにして「危機管理案件」とくくる理屈はおかしくないか。確かに新聞は「単一商品」であり、販売・広告収入が七、八割を占める。紙面作りいかんで経営基盤が大きく揺らぎかねない。多くの部門に影響が出るならば「危機管理案件」というわけか。まして創業以来の経営危機だ。その結果、私とワクチンのやりとりのゲラも、すべてボードメンバーに回っているという。

だからといって、殺人犯とやりとりする紙面に、広告が高値でついていいのか。これこそが社内情報の秘匿事項ではないか。殺人事件に絡めて部数や広告収入の売り上げ増を検討する「危機管理」などあるものか。自分たちの都合で言葉の解釈が変わる。社内は、こうして「危機管理」の特例解釈でまとまっていた。

役員の吉村に電話した。

「一本木です。ちょっとお時間ありませんか」

「おお。ちょうどよかった。ワクチンからの封書、今日は来たか？」

「いえ。まだですけど」

「来たら教えてくれ。原稿チェックだ」

会議中なのか。忙しそうだ。

「今バタバタしてるんで、時間ができたら、こっちから電話する。ここんとこ飯食う暇もなくてな」吉村から電話を切った。

今度は社会部の先輩で、現在は出版担当役員の赤木(あかぎ)がやってきた。向かい側の椅子を引き寄せて座った。顔を近づけ、冗談めかしてささやいた。

「一本木ちゃん。ワクチンとのやりとり……いつまで続きそうかな。この際、本にできるぐらい引っ張れないかな」

13

この件について、編集局内でも葛藤が出始めた。

ワクチンからの犯行声明をこのまま記事にし続けるかどうかだ。次の殺人事件が起きるかもしれないタイミングでもあった。

急遽(きゅうきょ)出稿部の「特別部長会」が招集された。呼びかけたのは吉村だ。週刊誌や読者からの「太陽新聞は殺人事件を売り物にしている」という批判に対して、意見を聞きたいという。吉村の計らいで、私と黛デスクのオブザーバー参加が許された。

久保原編集局長補佐が司会をして、吉村と長峰編集局長が見守った。犯行声明文の掲載続行に概(おおむ)ね異論は出なかったが、しばし議論は白熱した。慎重論はこうだ。

「犯行声明を一面で展開してきたが、一社に格下げしたらどうだろう」「このまま記事にし続ければヤツはますます増長する。結果的に次の犯罪を誘発することにならないか」「載せなければ『人を殺す』と言っているが、一度試してみてはどうか」

現状の掲載容認論は、次のようなものだ。

「これはスクープだ。警察権力に与しない紙面捜査、調査報道だ。新聞独自のスタンスを貫こう」「犯人の生の声を掲載できるのはうちだけだ。ワクチンの考え方、どんな人物像か、示し続けることが報道の使命だ」「一本木の署名で、矢継ぎ早に質問し、主導権を握っていこう」

現実的な意見も出た。

「うちが載せなければ、ほかのメディアがワクチンとやりとりを始めるぞ」

結局、載せるならば犯人とどう距離を保つか、いかに再犯を防ぐよう導けるか、という議論になった。この「特別部長会」には、論説委員室からも論説主幹と副主幹の二人が参加しメモをとっていた。

丁々発止のやりとりの末、この議論を踏まえた太陽新聞のスタンスを、論説主幹名で「拡大社説」として一面に載せることになった。

文面は次の通りだ。

「ワクチンに、かく対峙する／太陽新聞論説主幹・根木博人」

《我々は社内で激しい議論を何度も重ねた。改めてこの凶悪犯罪に真正面から立ち向かうことを宣言する。なぜ報道するのか。事件の真相を明らかにする責務があるからだ。これまでの事件取材では、犯人は逮捕後、ほとんど発言の機会もなく、マスコミも接触できず、真相が闇に埋もれてきた。容疑者とやりとりできるのは逮捕前しかない。それは、捜査機関の発表を鵜呑みにしてきたマスコミの反省でもある。

「リスク・コミュニケーション」という言葉がある。情報を共有し、危険を回避・軽減するという考え方だ。犯罪や事故を、個人や社会にとって共有すべき「リスク」とみなし、分かち合い、同種の事件の再発を防ぐ。それは国民の「知る権利」の実現でもある。それには、事件がなぜ起き、犯人がどう裁かれたかまでを追い続け、伝える必要がある。今回の事件をまったく報道しなかった場合を考えてほしい。世の中の異変を伝えなければ、対応する術も再発を防止する策を講じることもできない。

「公共の関心事」「公共の利害」として情報を共有するのが民主主義社会の基盤だ。そして警察の発表に頼るのでなく「調査報道」での真実の追究こそが新聞の社会的使命だ。ただし、被害者や家族感情への慎重な配慮は必要だ。私たちはここに、犯人とのやりとりを逐一国民に知らせていくことにした。犯人に利用されないように心掛けるのは言うまでもない。何より、死者を悼み、その犠牲を無駄にしないためにも》

「知る権利」「公共の利害」「犠牲を無駄にしない」は、新聞ビジネスにとって最も都合よく利用できる言い回しだ。この「拡大社説」では、社内で再三議論を重ねたことに触れ、太陽新聞の対応は最終判断だった点を強調した。犯罪報道が「売り物ではない」という懇切丁寧な解説だ。

この社説をみて思った。

すべてはシナリオ通りだ、と。社内で真面目に討議した。議論は熱気を帯びた。個々人の真摯さに芝居はなかった。言論機関内の言論の自由を尊重し、結論も民主的な手順を踏んだ……。ただ、吉村以下編集幹部は、この議論の経過とその公表までも計算していたに違いなかった。

かくして社内論議を経たことで、犯人とのやりとりをビジネスにできる社内コンセンサスと、社外への大義名分が整った。議論の経過すらも自演する。私はその「あざとさ」をワクチンに見透かされている気がした。

ワクチンとの紙上討論が始まってから太陽新聞の部数、デジタル会員数は伸び、広告出稿も軌道に乗った。すでに上半期でV字回復をとげ、今期の通年見通しでは次期株主総会で黒字回復の報告ができ、役員退陣は免れることになった。その陣頭指揮をとったのが編集担当兼営業統括の吉村だ。相変わらず忙しいのだろう。スマホ内線はすぐに留守電に切り替わった。

14

一方、捜査状況も目が離せない。

警視庁は大熊にまかせるとして、特別合同捜査本部を統括するのは警察庁だ。サツ庁担当のベテラン記者も新たな情報をつかめていなかった。

私は「ディープ・スロート」に連絡をとってみることにした。新聞界では、独自の人脈で築いた「内通者」「情報提供者」をこの名で呼ぶ。

牛島正之。

二十数年前。あの「シリーズ犯罪報道・家族」第三部に登場した、当時の群馬県警捜査二課長だ。つい先日、彼から便りが届いた。現在は警察庁長官官房審議官（刑事局担当）だという。階級は警視監。九段階あるうちの警視総監に次ぐ階級で、実質的には刑事局の次長に相当する。彼とは十年ほど前、彼が「サツ庁」に戻った時に再会したものの、以後は年賀状だけのやりとりだった。

ワクチンの事件は刑事局捜査第一課の案件であるが、牛島の立場は刑事局内のすべてを統括する。サツ庁指定の重要事件なだけに、彼も捜査指揮の中枢にいるはずだ。このパイプを生かさない手はない。彼となら本音で語り合える。警察官と新聞記者。地方時代に積み上げたお互いの人脈が、こうして中央で再び生きることもある。

二十数年前、牛島は、飲み会で知り合った地元の丸三デパートのOLと結婚した。あとで判明したのは、彼女の父親が中村知事側の建設会社幹部だったことだ。狭い地方都市の人脈だ。つまり、あの事件で彼女の父親の会社は「負け組」に転落した。彼女と牛島との間にはすぐに子供ができたが、牛島と義理の父親との関係がギクシャクしたこともあり、まもなく離婚した。奥さんが一歳の息子の親権を得て、父親と三世代で暮らすことになったという。

それから牛島は、その辛さを仕事に振り向けたのだろう。二つの県警本部長を経験後、東京に転勤になり出世街道を歩み続けた。私と同じ「仕事の虫」だった。その後、前妻が交通事故で亡くなったと聞いた。牛島は幼い息子のことが気になったが、今はどこで何をしているのかも知らないという。仕事優先で家族を犠牲にしてきた男の顚末だった。


牛島を警察庁の庁舎からさほど遠くない、日比谷公園近くのカフェに午後のお茶に誘った。サツ庁からは歩いて十分もかからない。官庁街を少し外れたところ、オフィス街のビルの谷間におしゃれな店があった。中二階のテラスだ。周囲に木々の植栽が施され、丸いテーブルに木漏れ日が落ちていた。テーブルは予約しておいた。ウエイターが二人分の水を置いていく。右上の階段を降りてくる、長身でスマートなスーツ姿の男がみえた。体型は変わっていないが、白髪が増えていた。

「よ。久しぶり」

階段の途中で向こうも私に気づき、手を上げた。

「お互い老けたね」牛島がポツリと言った。

飲み会ではしゃいだ日のことや、群馬県汚職事件の話で盛り上がった。あの時、太陽新聞の報道がなければ、県警の上層部は動かなかった、と聞かされた。地方都市では県警でも県庁でも、社会的な地位のある者同士は、幼なじみや、同窓生、血縁関係も多いだろう。確かに東京から来た私や牛島が火をつけなければ、あの汚職事件はあげられなかったかもしれない。

歳月は流れた。牛島のオールバックの髪も大分減って、白髪の間から地肌が透けていた。いかにも警察庁のキャリア官僚の風格だ。

ワクチンの事件について、牛島が聞いてきた。

「太陽新聞、読んでるよ。ワクチンとのやりとり面白いじゃないか。で。取材で何かわかったことはある?」

牛島も知っての通り、私あての犯行声明の現物は、警視庁の汐留中央署に貸し出し、警察庁の科警研と警視庁の科捜研に回っていた。

牛島によると、どの手紙も封筒や中の紙からは犯人らしき指紋は検出されていない。さらに、封筒、紙、印字された文字、インキなどは製造元がそれぞれ判明したが、使用機器や使われた紙などは製造自体がかなり古く、たどることはできなかったという。ワインカラーの封蠟も外国で購入したものらしい。

つまり、数々の物証からも購買者の特定までは不可能だった。

また、犯行現場が警察の管轄区域を故意に散らしている点や、犯行声明の用意周到ぶり、文面や筆致などから、ワクチンはかなり知能指数の高い人物で、いわゆる「ホワイトカラー」の部類に属するはずだ、という。一方、犯行声明の郵便物の投函地域は、新宿、池袋、新大久保、高田馬場……。それぞれ異なるものの二十三区内西部に集中していた。犯人の生活圏を推し測る手がかりになるという。

牛島には、ワクチンからの手紙が来たら逐一伝えるかわりに、捜査情報をもらうことにした。

「一本木ちゃん。ワクチンは最初の犯行声明で、一字一句の恐ろしさを教えてやる、と語っていたね。もしかしてワクチンは、あの群馬県汚職事件のシリーズを読んだ当時の関係者の可能性もないかな。タイミング的にも怪しい。実は、もう群馬県警とも連携して網を広げてある。県庁内の旧中村知事派の職員や県議、当時の勝ち組だった業者、白石出納長や中村知事の親族関係……。一本木ちゃんには、当時の関係者にワクチンらしき人物の心当たりは？」

なかった。というよりも我々の報道により、その後の人生を狂わされた人たちは数知れない。事件に火をつけたのは確かに太陽新聞だ。群馬県では、その後の県政刷新には繋がったものの「負け組」に転じて、今なお我々に恨みを抱いている関係者は多いだろう。

「一字一句の恨みか。それで私に復讐……ですか」

「その意味では僕だって当事者さ。太陽新聞と一緒にあげた事件だ。前妻の父親のことは、結婚が決まるまで知事との関係に気づかなかった。彼女も黙っていたからね。別にそれだけが原因じゃなかったけど、結局妻子と別れた。彼女の一族に今も恨まれている可能性はある。家族を作らなかった君の方が、後腐れもなくてよかったかもよ。サツ庁人事は新聞にも載るから、僕も身辺は注意する必要があるだろうね」

「でも、今回殺された人たちと、昔のあの事件に接点はなさそうですが。我々への復讐だとしたら、ほかに方法がある気もするし」

「確かに。ただ、この件で君と僕がまたかかわるところが、何となく運命じみた感じがしないかい？」

「なるほど。何の因果でしょうね。どこかに必然性があって、あの事件が尾を引いているのでしょうか」

牛島には、例の事前の脅迫電話については聞かなかった。調査報道で大熊とやろうと決めたからだ。

それから私たちの会話は、重大事件の捜査は「まず金の動きを追う」という一般論になった。事件後に利するのはだれか。よくあるパターンは生命保険や金銭トラブルだ。

もっとも「利」にもさまざまな形がある。

コーヒーが来た。牛島はミルクを入れるがスプーンでかき混ぜない。カップの方をまあるく揺らす。二十年前と同じだ。牛島によると、保険会社に照会したところ、一連の被害者は生命保険に入っていても、家族の受け取りはごく一般的な額で不審な点はなかったという。金の流れからは三人の被害者を結ぶ線はみえてこない。

牛島がコーヒーをすすってから意味ありげに笑った。

「でもさ。この事件で一番儲けているのは太陽新聞じゃない？」

「それもお見通しですね」

「つまり……」牛島が刑事ドラマ風に芝居がかってきた。コーヒーをまたひと口。視線を手元に落とし、カップを受け皿にコツリと戻す。「犯人は……」ふいに顔を上げ、私を射るようにみた。

「君だ」

「よくわかりましたね」

二人で笑った。のどかな午後だった。木漏れ日がコーヒーの中にも落ちていた。


牛島は再婚していた。二番目の奥さんとは見合い結婚だ。宮内庁幹部の紹介という。例の「拳銃の握り方」は今、二番目の妻との間にできた中学生の息子に教えているそうだ。だが、高級官僚のエリートによくあるパターンで、女遊びをしてこなかった過去を取り戻すように、最近もガールズバーに通っているらしい。銀座や六本木（ろっぽんぎ）など都内のいろんなクラブにも結構なツケがあるらしい。

その晩は有楽町のキャバクラに案内された。あの日の飲み会のように、拳銃の握り方で盛り上がった。牛島は積極的に女性を連れ出し、腕を組んで飲み屋街に消えていった。

15

スマホが鳴った。大熊から電話だ。

「一本木さん。一人目の被害者、雨の路上で襲われた村田さん宅も同じでした。奥さんに聞き直したら、やっぱり旦那への脅迫電話を受けてましたよ。台詞もまったく同じ。曜日と時間もほぼ一致してます。第二月曜日の午後四時半。声はやはり機械音声でした」

「おれの女に手を出したら命がないぞ……か。三人の被害者は、いずれもワクチンと不倫相手の女性がかぶっていた、ということか?」

「ですね。ワクチンはモテモテですね。そんなに女を囲えるってのは、社会的に相当身分の高い人物でしょうね。ボクもそんな台詞、言ってみたいすよ」

この脅迫電話の件を牛島に伝えることにした。通信記録を確認してもらうためだ。調査報道にもやはり限界はある。通信会社から聞き出すには、捜査権を行使しなければ不可能だ。ここから先は国家権力に頼るしかない。ギブがなければテイクもない。

「よし大熊。こっちでサツに聞いて発信源を突き止めてもらう。被害者が三人とも不倫していたことはわかっている。それぞれの恋敵が、たまたま同じような電話をしていた可能性もゼロではないだろう。だが、もし同一人物からの事前の予告だとしたら、たとえ脅しや偽装工作だったとしても、重要な捜査情報ではあるな」

「承知です。お願いします」

通勤途中、電車の中で週刊文潮の中吊り広告が目に飛び込んだ。「ワクチン事件の大特集！」とある。「ワクチンvs.一本木記者のやりとり全文」のほか、「ワクチンは、エセ知識階層／自己顕示欲の塊か」「ワクチンはこんな性格！　ＡＢ型の犯人像」「Ｖ字封蠟でＶ字回復！　太陽新聞内部犯行説」「なぜ太陽新聞だけに？　全国紙四社から怨嗟の的」。

被害者の家族への無神経な見出しや、警察を揶揄する文言も並ぶ。

「夫の死を悲しまない妻たち／多額の保険金？」「夫の死で解決したこと、あれやこれ」「各都県警、広域捜査の盲点つかれる」「三つの現場に『立て看板』の情報不足」「試される三都県警察の捜査能力」。

その横には、またも毛賀沢教授の不倫騒動が載っていた。中吊り広告は時代を映す鏡だ。今、世間の話題はもっぱらこの二つだった。

「毛賀沢教授、愛人の子に入試問題教える？」「銀座のママ暴露・毛賀沢の汚らわしき不倫人生」「『遺伝子の指令』で隠し子計九人に？」。

別の大手出版社「春田書店」は、この騒ぎを逆手に、毛賀沢教授の書き下ろし本『遺伝子の構造と役割』を出した。表紙は、いたずらっぽい顔で舌を出している毛賀沢の写真だ。アインシュタインのあの顔を真似たらしい。演出にしては度が過ぎている。たちまちベストセラーになり、本屋にヒラ積みされていた。帯にはこうある。

「反骨の生物学教授・毛賀沢達也／ワクチン『人間＝ウイルス論』に反駁！／増殖ではない。繁栄だ！」


私の頭には、ずっと「側」という言葉がこびりついていた。

経営の側、報道の側……。編集担当であり営業統括でもある役員の吉村には二つの顔がある。経営陣の一人であり、記者の頂点でもある。私が記者として尊敬してきた吉村は、今どちらの側にいるのか。私とワクチンのやりとりによって広告がつく。新聞が売れる。吉村も経営陣だ。だが、底意はないと信じたい。

夕刊降版後の午後三時過ぎ。私は地下二階の印刷工場を見渡すガラス窓の前にいた。今は輪転機も止まっている。周囲にだれもいない。ここで待ち合わせた。廊下を右に折れたエレベーターホールから靴音が来る。角を曲がった。吉村だった。

「おう一本木。待たせたな」

午前中からの経営会議が長引き、やはり昼食もろくに取れなかったらしい。時間があくのは、いつも夕刊を降ろした後のこの時間になってしまうという。

私の疑念を見透かしたように、吉村から口を開いた。

「ワクチンで金儲け……。お前が気分を害しているのは知っている。だがな、やりとりをしているうちにヤツは必ずボロを出す。話が矛盾し整合しなくなり、ついには何かヒントを漏らす。

ぞ」真顔だった。

それを待つんだ。おれたちは利用されてなんかいない。ヤツはいつか必ず語るに落ちる。警察もそれを望んでいる。それがヤツと唯一対話のできるおれたちの……。いや、お前の使命だぞ」真顔だった。

私は単刀直入に聞いた。

「『シリーズ犯罪報道・家族』を前に『記者の慟哭』を書くように求めてきた読者の手紙がありましたね。あれがきっかけで私が連載を書いた。あの手紙……。吉村さんが書いたのではないですか」

吉村が体を印刷工場の窓に向けた。スーツのズボンのポケットに手を入れたまま、しばらく黙っていた。目を合わせない。輪転機を眺めながら、口元を歪めた。

「さすが一本木だ。記者の嗅覚は鈍ってないな」

「なぜそんな工作を？」

「お前に書かせるためだ。生半可な企画記事では、うちの新聞は変わらない。お前しかいないと直感した。ちょっとだけカンフル剤になってもらったわけだ」

「やはりそうでしたか。でも、あれでも部数は変わらなかった」

それはもういい。そこから先だ。あの手紙がきっかけで連載をスタートした。それを読んだワクチンが記事に感化され、私を指名して紙面でのやりとりが始まった。その結果、太陽新聞は売れ、広告がつき、デジタル会員も増えた。経営はV字回復をとげ、今年度の見通しですでに黒字転換は確実となり、役員らは退陣を免れた。編集担当兼営業統括の吉村こそが、最もワクチンの恩恵を受けたことになる。そのことについて、何かわだかまりがないのか聞いておきたかったのだ。

「吉村さんにとっては、まさに『渡りに船』のタイミングでしたけど」

「結果的にな」

「あまりにも出来すぎたシナリオみたいな気がして」

「確かにワクチンのおかげかもしれない」

「なぜワクチンは私に挑んできたのでしょう。しかもほかのメディアには一切声明を出さず、太陽新聞だけに」

「それはわからん」私に向き直り、続けた。「想像するに、ヤツは手ごたえのある相手がほしかったんだろう。ちょうど、おれがお前にあの連載を書かせようと思ったようにな。一方的な警察への挑戦状や犯行声明ではなく、対論形式で世間にやりとりをみせるのがヤツの目的だ。なりすましや発信者がうやむやになるネット社会への不信感もうかがえる。太陽新聞の権威も利用しながら、自分であることの証明を担保したかったのだろう」

「吉村さんは、ワクチンがここまで理論家だと想像していましたか」

「最初の犯行声明で直感した。お前に挑戦するぐらいだ。なかなかの策士だろう」

「それが結果的に読み物になってしまっていることに、私はやましさを感じるのですが」

「ヤツと接点を持てるのはお前だけだぞ」

「だからって、それを売り物にするのはもう……」

「ヤツは自分の文章を載せた上で、お前の反論がなければ殺人を犯すと予告している。六八年に全米を震撼させたゾディアック事件を真似ているのだろう。いいか一本木。今はヤツが饒舌になるよう導くんだ。ヤツはお前が問えば必ず応じる。利用されているのでも、経営がどうのこうのでもない。ジャーナリズムの役割を忘れるな。とにかくやりとりを引っ張れ」

私は皮肉を込めて聞いた。

「引っ張る……。本になるぐらいですか」

「なんなら、出版担当の役員に言って、やめさせてもいい」

「そんな話が本当に進んでいたんですか」

吉村はバツが悪そうな顔をした。しばらく黙り込んだ。

「吉村さん。広告や販売、デジタル担当の役員とはどんなやりとりをしているんですか。記事がいつ載るとか、情報を伝えているんですか」

吉村は言葉を選んで、静かに言った。

「ジャーナリズムとコマーシャリズム……。本来、水と油の関係だ。なあ一本木。おれの立場になったらわかる。報道機関も所詮は企業なんだ。矛盾がないわけじゃない。経営基盤がしっかりしていないと社会正義も実現できない。算術がまったくないと言えばうそになる。お前ならそんなこと言わずもがな、だろうけどな」

納得できない。にらみ返した私に吉村が小さく言った。

「おれたちの給料。だれが稼いでくれてるか知ってるか。広告や販売、デジタルに事業……収益部門の苦労は編集出身者にはわからん。おれもそうだった」だが、すぐにおどけて「おれは賞与カットでカスカスなんだ。銀座のクラブのママにツケも払わんとならんしな」

私の肩を横からポンとたたいた。

十五階に戻る吉村と一緒にエレベーターに乗った。私は五階の編集局に戻る。扉が開いて私だけ降りた。振り返って聞いた。

「吉村さんも四人目の被害者を期待してますか」

「ばか言うな。んなわけないだろ」顔が歪んだ。扉が閉まった。一人になった吉村は今、どんな顔をしているのだろう。

16

編集局の自席に戻った。黛デスクが「ワクチンから来たぞ」とささやいて封筒を手渡してきた。今度の消印は「目白西(めじろ)」。やはり二十三区内西部だ。すぐに封を切った。
《一本木透殿
敏腕記者さん、お久しぶり。いよいよ面白くなってきたな。まだまだ続くぞ。どうだ、おれと一本木の共著で、このやりとりを本にしないか。おれも望むところだ。きっと売れるぞ。ただし、おれは印税は受け取れない。

そこで提案だ。米国の「サムの息子法」を知っているな。犯罪の被害者救済と、悪事による利得を認めない趣旨で、一九七〇年代に導入され米国の多くの州で同様の法整備がなされた。今回の事件の遺族に対して、お前たちが基金を作り五年間供託しろ。遺族は基金から救済金を受け取る。お前らはすでに儲けている。おれは自身の言説を歴史にできればそれでいい。これは、お前らの「商魂」への戒めでもある。慈善活動ならジャーナリズムに恥じないぞ。

大そうな社説も拝読した。「公共の利害」か。ならば毛賀沢教授の不倫もそうか？　いつのまに「言論の自由」が「言論の自分勝手」に変質し、読者の覗き見趣味に応えるようになったんだ。

さて本題だ。

おれが人を愛したことはないのか——だと？　挑発すれば、おれが出自を明かすとでも思ったか。魂胆が見え透いているぞ。

愛か……。お前はおれが最も訝しむ言葉を使った。

子供は男女の愛の結晶？　いや、性欲の産物だ。そんな不純な産物である子供をおれは捨てた。邪魔だった。男女の愛などウイルスが増殖するためのプログラム機能にすぎない。人間は性行為によって伝染する病原体だ。男女の愛は、性欲を美化するための少女の哲学だ。愛情とは欲情だ。

むろん愛にも種類はある。親子の愛？　自分の遺伝子を残すためだけの執着、保存を優先した利己心のことだ。友愛？　世渡りの打算だ。肉体のエゴは本来個体防衛のためにある。食べたい、寝たい、殖やしたい。エゴは野放図になり、増殖し、もはや人類レベルで補正が必要になった。本来は自身を保護するための体内装置が「自由」という名で享楽を認め合う「わがまま放題」のシステムに変貌した。今や幼い子供を教え諭すような保護と指導が必要になった。皮肉なものじゃないか。

かくして人間は、欲望の赴くままの身勝手な個の集合体に変質した。だから「みえない暴力」の姿形も判別できない。

さて。読者やお前たちも、そろそろ四人目の犠牲者を期待しているはずだ。早く殺してほしいだろう。退屈させたな。よかろう。いつもの「人間＝ウイルス論講座」も再開しよう。次の講座では、四人目の犠牲者の詳細と、「世の中で最も大事なもの」を殺し続ける恐ろしき凶悪犯を告発する。楽しみに待っていろ。

ワクチン》

ワクチンがとうとう四人目の殺人を予告した。私はすかさず同じ紙面上で短い返信を出すことにした。

《ワクチン殿

これまでのやりとりで私は確信した。あなたは殺人の動機について真実を語っていない。隠し続けている。そして自分自身に追い詰められたとても弱い人間だ。あなたは自分が認められないから他人を殺める弱者だ。自分の弱さに勝てない者に、人の心を説く資格はない。警世家を気取って語るあなたは、理論家でも、思想家でも、哲学者でもない。自分を律しきれない哀れな敗者だ。

世相が危ういのは認めよう。だが、人々にはそんな「弱さ」に立ち向かう勇気が、少なくともあなたよりはある。人は殺さない。こんな時世だからこそ、多くの人が理性にムチ打って生きている。

あなたは人を殺さずにいられない。殺さない勇気がない。それが他人が憎くて怖い「弱者」の証左だ。そうでなければ人を殺す必要がない。違うなら「殺さない」ことで証明してほしい。この世に存在する「理由」の中で、連続凶悪殺人犯が殺人をやめる悔悟の瞬間にこそ、私は人間としての崇高な理知が訪れると信じる。そこに真摯な人間性を見出せると思う。殺人を思いとどまることでこそ、あなた自身が救われる。

一本木透》

翌日の朝刊にこの記事を載せたところで、千葉総局のデスクから私のスマホあてに電話があった。声が上ずっている。

「一本木さん。今朝、浦安市の海岸で通り魔殺人がありました。ワクチンの犯行声明はまだ出ていませんか？　各社でいま速報が出ました。うちも太陽新聞デジタルにアップするところです」
　時を置かずに牛島からも電話が入った。やはり「ワクチンの犯行なのか知りたい」という。犯行声明が来ていたらすぐに連絡する、と伝えた。報道は次のような内容だった。

〈太陽新聞　二〇XX年　十月二十八日　夕刊社会面〉

「早朝の護岸エリアで男性刺され死亡／千葉県浦安市」

二十八日午前六時二十分ごろ、千葉県浦安市日の出八丁目の護岸堤の舗装地帯に、男性が倒れているのを、散歩中の女性がみつけ一一〇番通報した。

千葉県警浦安南署の調べでは、男性は同市明海五丁目、会社員、沢田則夫さん（38）。沢田さんは早朝にジョギングをしており、背後から鋭利な刃物で刺されたとみられる。現場に凶器は残されておらず、腰につけたポーチ内の現金や所持品も奪われていなかった。

　現場はJR京葉線の新浦安駅からバスで十五分ほどの東京湾に面した護岸堤前の舗装された一帯。沢田さんは毎朝このコースを、出勤前に一人で走っており、事件発生時の目撃情報は得られていないという。同署は、沢田さんが何らかの事件に巻き込まれたとみて調べている。

17

ワクチンの仕業か。まだわからない。本社へ急ぎ、編集局に着いた。

声明文の封書は、いつもはバイトが私か黛デスクに持ってきてくれる。五階の編集局で、彼らが郵便物を振り分ける原稿ステーションをまず訪ねた。「今日はまだッス」その足で一階の文書受付係の部屋へ下りた。

汐留郵便局の私書箱から届いた大量の郵便物を、係が三人がかりで部局別の棚に入れている最中だった。私も加わり、底の深い衣裳箱のようなケースを漁った。その日はなかった。翌日、また封書の山をかき寄せた。崩れてくる手紙類の中に、見慣れたワインカラーの封蠟つき封書をみつけた。V字の刻印。ワクチンからだ。今度の消印は、何通目かと同じ「高田馬場」だった。

《一本木透殿
ごきげんよう。ニュースの通りだ。また一人殺した。四人目の犠牲者だ。さて「秘密の暴露」といこう。そのあとに面白い考察を加えてやる。前回触れたように、世にも恐ろしき本当の「殺し屋」を告発する。
その日も空が高かった。秋の朝は肌寒い。海辺のジョギングは今の時期なら人も少ない。殺人事件の現場にもってこいだ。四人目の犠牲者はジョギング中の男だ。日の出は六時前。暗いころから起き出して、おれも早朝のジョギングとしゃれてみた。周囲にはだれもいなかった。防犯カメラもない。今までで一番条件のそろった殺害現場だった。

おれはベンチに座って獲物を待った。あのウイルスはどこのどいつだったのか。また新聞紙面で教えてくれ。さて、あの朝は夜来の雨も上がり海も凪いでいた。陽が昇り雲が茜色に染まった。護岸堤沿いの舗装されたアスファルトに水溜りが広がっていた。茜雲を映してきれいだった。海には海鳥の群れが点々と水面をたゆたう。平和な朝だった。

おれはリュックサックに包丁を忍ばせていた。三人目の犠牲者で使ったのと同じ物だ。警視庁と千葉県警で連携しろ。司法解剖ですぐ判明するだろう。護岸エリアは延々二キロは続く市民のジョギングコースになっている。おれがベンチに座っていると、遠くから小太りの男性ジョガーがやってきた。前を通り過ぎた。男は足が遅かった。水色の上下のジャージ姿だ。腹が出ている。

包丁をリュックから取り出した。すぐにあとを追った。ヤツは耳まですっぽりニット帽を被り、耳にイヤホンを入れて走っていた。音楽を聴いていたのだろう。小刻みにリズムをとるように、朝日に向かってゆっくり走っていた。影は後ろに長く伸びている。背後から走り寄るおれに、ヤツはまったく気づかなかった。

両手で包丁を構え、勢いをつけて一突きした。刺したのは左脇腹後方からだ。その瞬間、おれは時代劇のように正義の侍を気取って叫んだ。水色のジャージに刃が食い込んだ。包丁の柄を握ったまま走り抜けようとした。悪党をスパッとカッコ良く斬り捨てたつもりだった。

だが刺したあと、刃がすぐに抜けなかった。ジャージの繊維が引っかかった。糸がよれて残った。刃はかろうじて肉を切り裂きながら脇腹から抜けた。三人目のようにうまくはいかなかかった。多くを語る必要はあるまい。どうせこんな残虐な生々しい描写は削られる。お前たちの「一部不適切な……」という絶妙な包丁さばきで斬って捨てられる。今回も載せないはずだ。

さあ。この説明で犯人しか知り得ない暴露になるだろう。ヤツはすぐに倒れ込んだ。時計をみた。午前六時十分。遠くに赤白のツートーンが映える巨大タンカーが左後方の港を目指していた。一キロ手前にはオレンジ色のライフジャケットを着た釣り人が一人いた。警察と一緒に確かめろ。時間が一致する。

さて今日の講座に移る。

議題は「真実」だ。一本木は前回のおれへの反論で「あなたは真実を語っていない」と書いた。その言葉をそっくりお前に返そう。今回、新たな犠牲者が出たのは、お前たちへの戒めだ。最初の警告を忘れたか。「一字一句の恐ろしさを教えてやる」だ。

お前たちは、おれがこれまで書いた犠牲者の殺害方法の仔細と遺体の状況描写を「一部不適切な……」という「おことわり」をつけて悉く削った。「真実」を包み隠した怒りの刃傷は深いぞ。四人目の犠牲者は、お前たちに斬り捨てられた「真実」かもしれないぞ。

新聞紙面に『死亡した』と書かれた人々は、どれだけ真実を省かれて報道されただろう。

「人が死んだ」と記されながら、遺骸の見た目も臭いも感じさせない。血が飛び散り、腕がもげ、内臓が飛び出し、首が転がる様子を描写しない。

それで何が伝わるというのだ。

おれが「だれでもよかった」と語るのと同じように、お前たちも「どこかのだれか」の「どうでもいい死」に変換して伝えていないか。「死」は概念の表記、記号でしかない。そうして出来上がる記事は、差し障りのない事実の表層、代用品の言葉の羅列、出来合いの抽象と抽象を組み合わせたパッチワークだ。犠牲者の死への恐怖と凄惨さの実相はついぞ伝わらない。読者の脳裏に立ち上がる風景を限定し、単純化し、強要する。世の中の事象は、お前たちの尺度によるオーダーメイドではない。何と不遜な「事実の加工業者」だろう。

おれが二人目の犠牲者に触れた時、興味本位で「衝撃映像」を撮る輩を批判した。お前は矛盾していると反論するだろう。違う。おれは死体に真摯に向き合って伝える態度を問うている。つまり、死体を興味本位な怖い物見たさで語るなということだ。極めて厳粛に、血の臭い、肉の感触を伝えろ。惨状はきちんと文字で描写しろ。

残酷なものは描写しない、という新聞特有の倫理、遺族感情への配慮、モラル、節度、格調、品位か？

お前たちは、戦争も大災害も殺人事件も、いや交通事故でさえも、血や肉を描写しない。それで「犠牲を無駄にしない」リスク・コミュニケーションになるのか。お前たちは、リアリズムを装いリアルを伝えない。それこそが書かない作為、いや悪意だ。

それでリスクを共有も回避もできるはずがない。

なぜなら、本当のリスクは「嫌悪」と背中合わせだからだ。読み手に嫌悪を強い、血なまぐさい現場に立ち会わせろ。肉体が滅ぼされた具体を示さず、切実でもない悲劇を、どう皮膚感覚で受け取れるだろう。それでは「真実」の実風景はいつも現場に置き去りだ。

お前たちに血は描写できない。つまり正銘のリスクや災厄の実相は、最初から、かつ永遠に読者には伝わり得ない。この逆説のロジックは、お前たちこそが知悉（ちしつ）している。よって、お前たちには、暴力も、殺人も、戦争も止められない。

押し黙るしかない、絶対暴力からの悲劇に言葉を与え、虐（しいた）げられた事ごとを、時代や社会組織に抗しきれない痛手から救い出すのが、お前たちの役目ではないのか。おれが伝えようとしても、みせまいとする。お前たちこそが言葉を殺し、学ぶべき歴史の過ちを封印してきた。

お前たちマスコミは、事物を穿（うが）つ裁定者のような面構えで、不遜に似非（えせ）「真実」を量産し続ける病魔だ。お前たちの定義した意味と解釈によって批判され、既製服を着せられ、大衆の興味本位に応えるように「書かれた側」の人間がどれだけいただろう。

四人の犠牲者についての犯行声明と同時に、おれは人間の罪について重要な警告を重ねてきた。だが何が伝わったのか。お前たちには失望した。事実の規格化、観念の合理化、真理への背徳、書かない作為……。では読者のみなさんに問題です。

「真実」を殺した犯人はだれでしょう。

さて。ここまで四人の犠牲者の紹介とともに「人間＝ウイルス論・殺人哲学講座」を展開してきた。読者もおれと一本木のやりとりを、さぞ楽しんだことだろう。きっと、さらなる刺激を求めているに違いない。

ここらで趣向を変えよう。さらにスリリングな新展開をおみせする。捜査は行き詰まり、一本木君も窮地に立たされている。そこで今回は、おれの正体に迫れるかもしれない、大いなるヒントとチャンスを与えてやろう。

二週間ほど前から、首都圏で無作為に「殺人予告状」を届けた。

封書の中には「因果応報」という文字だけがある。郵送ではない。おれが直接、各家庭の郵便受けに放り込んできた。宛名も消印もない。白い封筒だ。ただし、裏には太陽新聞に送り続けてきたものと同じ、ワインカラーの封蠟にV字の刻印がある。地域は、都内、埼玉、神奈川だ。チラシ配りを装って、閑静な住宅街を選んで無作為に投げ込んできた。そのうちの世帯主をだれか一人、殺すことにしよう。受け取った家庭は、せいぜい用心することだ。

嫌がらせのイタズラも横行するだろう。不確かな場合は、太陽新聞の一本木透記者か、警察に照会しろ。脅迫状を受け取った家主は「因果応報」の言葉をかみしめて、せいぜい身辺警護に努めることだ。ただし、この脅迫状を何通届けたかは伏せておく。

さあ、読者のみなさん。郵便受けを確認してくれたまえ。もう届けてあるぞ。おれは、お前の家を知っている。お前の後ろにいる。お前が五人目の犠牲者だ。何とスリルある展開だ。犯行を遂げた後、また一本木記者に報告する。どうかお楽しみに。

ワクチン》

18

新たな殺人予告だ。

これまで送られてきたのは、事件後の犯行声明だっただけに、確かにこれは「スリリングな新展開」だ。しかも殺人予告状は「これから送る」ではなく、すでに「直接、各家庭の郵便受けに放り込んできた」という。だが、ワクチンはなぜそんな足がつくようなことをあえてしたのか。どんな意図があるのだろう。

まず、この文章を載せるか否かを吉村以下、当初の危機管理担当の八人で議論した。ワクチンは封書を届けた家庭の中から世帯主を一人殺す、と予告している。一方、この殺人予告を要求通りに載せれば、ワクチンの意のままだ。完全に利用されてしまう。我々をあざ笑うかのような文面を載せるのにも抵抗があった。

だが、もしワクチンが予告通りに殺人を実行するとしたら、これをすぐに報道し危険を知らせなければ、無防備なままだれかが殺される。

つまり、ワクチンはゲームを仕掛けてきたのだ。我々は利用されているとわかっていながら、やはり報道せざるを得ない。ヤツはそれを楽しんでいるに違いない。

「これは重要なリスク・コミュニケーションだ」

社内は、やはりこの言葉でまとまった。一面トップは「千葉の海岸殺人、ワクチンが犯行声明」。左肩で「新たに四人目の殺害予告」「家庭の郵便受けに『白い封筒』」の五段見出しで報じた。

この記事の後ろには、罫線で囲った欄を設けて、ワクチンから犯行声明を受け取った読者への情報提供を呼びかけた。

朝刊を刷り始めたころ、サツ庁の牛島に事態を連絡した。首都圏の警察も所轄署を通じて住民に情報の呼びかけをするという。他メディアもすぐに同調するだろう。それにしても、予告通りだとしたら首都圏でいったい何通届けたのだろう。また、果たして本当に実行するのだろうか。むしろ捜査攪乱の可能性も大いにある。慎重にことを構える必要があった。私はすぐさま、以下の返信を紙面に書いた。

《ワクチン殿

あなたとは随分やりとりを続けてきた。私からの問いかけに、あなたはついぞ何も受け取ってくれなかった。むなしさが残った。どうしたらあなたを改心に導けるのか。私はなお悩み続けている。そのうえ次の殺人予告だ。私はこれまでのあなたの言動に理性すら感じた。だが、そう信じた人物像とあまりにかけ離れた殺人予告の児戯(じぎ)に、今はあきれ返るばかりだ。

「真実」を巡るやりとり。あなたは確かに新聞の限界をついていた。だが、真実を穿(うが)てなくても、真実へのアプローチを諦(あきら)めるつもりはない。

この世界で一番確かなことは、目にみえない――。ニューヨーク・サン新聞の社説に掲載された「サンタクロースっているんでしょうか?」の中の名文句だ。言葉が形象化できないものはある。言葉がすべてを穿てるなどと不遜なことは私も言わない。語ろうとしても語りきれない観念の際はある。

私の取材体験を語ろう。戦時中の特攻隊員たちを見送った方を取材したことがある。鹿児島県の知覧高等女学校の女学生だった方に、当時のいたたまれなかった体験を聞いた。飛び立つ前の特攻隊員に桜の枝を渡した。その時「お元気で」と言えるはずもなく、「かける言葉がなかった」と振り返った。

人が人に渡す言葉が、そこには存在しなかった。なぜ何も言えなかったのか。時代の空気が言わせなかったのか。私たちが挑むべきは、彼女たちが「何をどんな言葉で語ったか」ではなく、「何も言えなかった理由」の正体を突き止め、言語化することだろう。それが言葉を生業とする者たちの使命だろう。今でもそう確信している。

先入観や偏見を排除するのは難しい。どこに視点を置くかも問われる。たとえば、紙の上に正円を描いてみる。自分では整った丸を描いたつもりでも、裏返して光に透かすと歪んでいる。世の中はこうだ、と姿や形を示すのは不遜だ。だから、私たちにせめてできるのは、世の中は「決してこうではないはずだ」というメッセージを、一つひとつ確かめながら、発信し続けることだと思う。

私たちは言葉で意思疎通する。だからこそ、より的確な言葉をみつけ出し、不条理な現実を少しでも変えていく作業は諦めない。

こんな言葉を例示しよう。セクハラ、パワハラ、マタハラ、DV（ドメスティック・バイオレンス）、児童虐待、受動喫煙……。近年、これらの言葉ができたことによって、人権意識が芽生え、社会に認知され、そこから抑制作用も生まれた。言葉は、矛盾だらけの人間や社会を成熟させる唯一のツールとは言えまいか。

だが、まだまだ言葉は足りない。もっと多くの不条理な事象を言葉にしなければならない。私たちにできることは、未完成な世の中を「より良く」することしかない。だから、このやりとりでも、今回の被害者たちを「どこかのだれかの、どうでもいい死」にしたくはない。

今の社会が覚醒すべきなのは同意する。であればこそだ。人間をウイルスと定義し、私刑を続けるあなたの殺人の真の理由をこそ、みつめたい。そこに、だれも堕落しない、だれの死も無駄にされない、あなたが望む社会へと覚醒するカギがあるはずだ。返事を待つ。

《一本木透》

犯人のワクチンが無作為に届けたとされる殺人予告状。だが、社内の議論でも「あまりに大胆なこの行為は、やはり無差別性を強調し捜査攪乱を意図したものだろう」という見立てが大半だった。

我々は引き続き、これまでの被害者周辺から目をそらさないことにした。被害者宅や近隣にも何度も足を運び、どんな些細（ささい）な情報でも集める。そうして、殺された四人の共通項を何としてもみつけ出す必要がある。それが犯人にたどり着く一番の手がかりになると思う。同時に、ワクチンからの「因果応報」の封書を受け取った人物も探すことにした。もしこれが本当に予告状だとしたら、事件が起きれば初動捜査の瑕疵（かし）になり、マスコミとしての役目も果たせなくなる。

牛島と連絡をとった。予告状を受けて各都県で捜査員を増やすという。ワクチンの狙い通りか。確実な捜査妨害になっていた。

第三章　罪

江原陽一郎のモノローグ

1

「陽一郎。これをみてくれ」

父さんが一通の白い封筒をみせてきた。声が小刻みに震えている。封筒の裏にはワインカラーの封蠟にV字の刻印、中にはA4サイズの紙が折り畳んである。開くと「因果応報」の四文字が大きく印字されていた。

「父さん。まさかこれ」

昨日、太陽新聞の朝刊で読んだ。ワクチンが「二週間ほど前から、直接各戸の郵便受けに投函してきた」という殺人予告状そのものに思えた。

「これ、いつ来たの？」

「十日ぐらい前だったと思う。宛名のないこの封筒が郵便受けに入っていた。最初は気にも留めていなかった。ほら、よくあるだろ。地域の不動産屋や車のディーラーが、豪華そうな仕立てのまっさらな封書を家庭の郵便受けに配って歩くやり方。これも、どうせマンションか車の販売案内だろうと思って、開封しないまま書斎の机の上に放っておいたんだ。陽一郎も、少し前から父さんの書斎の机の上に、この白い封書があるのをみなかったか。

父さんは、僕がよく書斎に本を借りに行くのを知っていた。十日ぐらい前にも、確かに出入りした。でも気づかなかった。

「いや、みなかったよ」

「父さんも昨日の太陽新聞のワクチンの記事をみてギョッとしたんだ。そういえば……と白い封筒が前に来ていたのを思い出した。慌てて机の上に埋もれていたこの封書を取り出した。裏をみたらワインカラーの封蠟にV字の刻印が……」

僕と父さんは、もう一度昨日の太陽新聞の紙面を広げて確かめた。やはり、ワクチンの殺人予告状の体裁と同じだった。「二週間ほど前から……届けた」という時期もピタリと合う。僕はすぐにその封書を預かった。

「それならこれ以上指紋をつけちゃいけない。これは僕が色々調べてみる」と、ビニール袋に入れて保管した。考えがあった。

「実はな。陽一郎には黙っていたが……」と父さんが打ち明けた。

「昨日この記事が出たあとで、どうも気になったので記事と一緒にこの封書を持って江戸川南署に届け出てみたんだ。今朝になって副署長から連絡があって、署に出向いたら封書を返された。『太陽新聞に、ワクチンが殺人予告状を送っているという記事が出てから、首都圏でこういう嫌がらせやイタズラが横行しましてね。うちの管内ではあなたで三人目です。心配いりません。ほとんどイタズラですから。まあ気にしないことですね』と笑っていた。父さんが『この封書は報道以前に届いていたんです』と話しても、信じてもらえなかった」

「警察なんて信用できないよ。僕が太陽新聞に持ち込んでみる」

太陽新聞も紙面で情報提供を呼びかけていた。きっと警察もイタズラでテンテコ舞いしていて、この封蠟やV字の刻印が、これまで報道されてきたものと同じなのか、すぐには確認もできないだろう。それよりも、ワクチンとやりとりをしてきた一本木透という記者にみてもらえばすぐに判明するはずだ。その方が警察よりも早い。

それにしても、もしこれが本物ならば、ワクチンが僕たちの家の前まで来たことになる。一刻も早く対応しないと。

僕が父さんを救う番がきた。これまでの父さんだったら、僕に不安を与えないように、そんな手紙を受け取ったことすら隠していただろう。母さんの癌(がん)も僕には黙っていたぐらいだ。だが父さんは変わった。白髪が急激に増えて弱々しくなった。丸メガネの奥のタレ目も、優しいというより悲しげになった。

母さんを失ってからだ。父さんは、僕を少しずつ頼りにするようになった。あの三角山の夜から、もう一切隠し事はしなくなった。「何でも打ち明けるのが家族だ」と語った。だから父さんがこの手紙をみせてきた時、僕は驚きや不安と同時に、強い親子の絆(きずな)を感じた。今は父さんの不安を少しでも解消してあげたい。

僕は、テレビや新聞紙面で騒がれていることが、自分たちの日常と地続きであることを肌で理解した。

同時に、僕はワクチンを心底憎んだ。自分の愛する家族を、平然と、理由もなく、遊び感覚で殺されたとしたら……。そして頭をよぎった。もしかしたら世間も、父さんの命が奪われるのを楽しみにしているのではないか、と。冗談じゃない。そのことが、かつてワクチンの事件を一度でも「他人事」と思い、推理小説のようにわくわくしてしまった自分への「因果応報」に思えた。

ワクチンは太陽新聞の紙上で、一本木透記者とやりとりを重ねていた。少し前、太陽新聞の記事で、その一本木記者が書いた「シリーズ犯罪報道・家族」を読んだことがある。「記者の慟哭(どうこく)」を綴(つづ)ったものだ。ちょうど僕が「不幸探し」をしていた時期でもあった。「社会的使命」と「愛する人」のどちらをとるか。一本木記者は自身に選択を迫られた。そして「スクープの代償に未来の家族を失った」と振り返っていた。

僕は、一本木記者の葛藤に共感した。迷わずに正義を貫く記者よりも、よほど人間として信じられた。その彼がワクチンに対峙してきた。一本木記者なら、きっと「家族の大切さ」がわかる。僕が失えないものを知っている。

父さんが言った。

「それにしても、もしこれが本物のワクチンからの殺人予告状だとしても、こんな足がつきやすいことをしないと思うんだが……」

謎も多い。僕は封書を持って、すぐに太陽新聞を訪ねることにした。

2

太陽新聞の東京本社。日本を代表する全国紙だ。最寄りの駅は、地下鉄大江戸線の汐留駅だ。この線は大学へ通うのに使っている。

地下鉄内で週刊誌の中吊り広告をみた。

「ワクチン独占手記で太陽新聞が大儲け／手段選ばぬ斜陽産業」

一時は「緊急経営報告」が社員向けにあった、と報道され、来年の株主総会を前に、役員の首のすげかえも取りざたされていた。それが、その後のワクチン騒ぎで経営が一気に盛り返したという。

汐留駅で降りた。太陽新聞の社屋には、中学生の時に見学に訪れたことがある。地下の印刷工場で巨大な輪転機をみた。社屋は当時に比べて随分小さくみえた。あの時よりも空が狭くなったように感じるのは、高層ビルが次々と建ったせいだろう。今や周囲のビルに見下ろされている様は、新聞社が時代に取り残されていく姿と重なってみえた。

太陽新聞の受付は、正面玄関を入ってエスカレーターを上がった二階にあった。女性に一本木記者への面会を申し出た。まずは広報部に繋ぐという。「ワクチンからの脅迫状があるんです」と伝えると、受付嬢がそう伝え直してくれた。「そちらでお待ち下さい」と促され、背もたれのない長椅子でしばらく待たされた。

出てきたのは広報部員だ。「こちらにどうぞ」と受付ホール内にある、すりガラスで仕切ったスペースに通された。テーブルを挟んで向き合った。いかにも、すぐに帰ってもらう来客用の設いだ。

ビニール袋に入れた封書を渡した。広報部員は「新聞で情報提供を呼びかけてから、偽物ばっかり持ち込まれてね」と少し戸惑って、ビニール越しにV字の封蠟をみた。僕は「これは、ワクチンの新たな殺人予告が報道される十日ぐらい前から、すでに届いていたんです」と伝えた。信じてもらえたのか、顔色が変わった。すぐに一本木記者に連絡する、という。

それからまた二十分ほど待たされた。来客用スペースの外にある長椅子に腰掛けていると、警備員が立つ出入口の自動ドアが開いた。薄茶色のジャケットを着た猫背の中年男性が歩いてきた。ネクタイの結び目は緩んでいる。胸元にペンをさし左手に丸めたノートを持っている。首から下げたＩＤカードで、彼が一本木記者とわかった。

新聞記者を初めてみた。第一印象は何だか目つきの悪い人種だ。人を探るようにみる。この人はきっと仕事一筋で生きてきたに違いない。

「江原陽一郎君……ですね？」

一本木記者は、座っている僕の顔をのぞき込むように、少し顔を斜めにして言った。

「ええ」僕は立ち上がって、深く頭を下げた。

「一本木です。ワクチンからの脅迫状をお持ちだと」

「はい」

一本木記者に封書を渡そうとした。彼は注意深くビニール手袋をした後に受け取った。しばらくV字の封蠟に視線を落とした後、顔を上げた。

「この封筒を触ったのは君とだれ？」

「あとは……僕の父と地元の警察官でしょうか」

「これは本物だよ。この封蠟は私が受け取ってきたワクチンの封書と同じものだ」

一本木透のモノローグ

1

五階の編集局。私は連日のワクチン関連の取材と執筆で、疲労がピークに達していた。いつものソファで表面が黒光りしたオレンジ色の毛布を被って寝転んでいた。

胸ポケットに入れてあるスマホが振動した。十四階の広報部からだ。「またかよ」つい口に出た。ワクチンからの殺人予告状を持った青年が、本館二階の受付に来ているという。

新聞紙面で情報提供を呼びかけたこともあり、我々も警察も偽情報に振り回されていた。ワインカラーの封蠟・V字印つきで「因果応報」の紙が入った封書を受け取った、と届け出てきたケースは、合わせて百五十件にのぼった。そのほとんどが、送り主か、持ち込んだ人のイタズラだ。一方、そのうち十三件は本物のワクチンからの封書で、受け取り主は、都内、神奈川、埼玉で、世帯主の職業・年齢ともバラバラだった。

太陽新聞の本社へ直接持ち込んでくるケースも多く、真偽のほどはワインカラーの封蠟の材質やV字の刻印の大きさと形で判別できた。最初に面会するのは広報部だ。広報部には、予め本物のワクチンの封書をみせてあり、明らかにイタズラとわかる封書が持ち込まれたら、その場で丁重に謝意を告げ、お帰りいただいていた。

だが、その青年が持ち込んだ封書は、広報部から「ワインカラーのV字の封蠟が酷似している。我々では判断がつかない。取材に繫がるかもしれないので直接会ってくれ」と言われた。

上着を引っ掛けた。指紋がつかないようにビニール手袋を用意し、取材ノートを丸めて手に持った。五階の編集局からエレベーターで二階に下りて受付に出た。二十歳ぐらいだろうか。実直そうな青年が、受付前の長椅子に下を向いて座っていた。受付嬢に「あちらでです」と促され、青年のもとに近づいていく。彼も私に気がついた。

名前は江原陽一郎君といった。

封筒は、自宅の郵便受けから取った父親がしばらく持っていたが、太陽新聞の報道をみて、彼にみせてきたという。封書は間違いなくワクチンからのものだった。彼の父親は江原茂さんというそうだ。私は陽一郎君に、この封書が本物であると告げると、彼の顔がみるみる青ざめた。

「やはりそうでしたか。地元の警察に父が届けたのですが、持っていったのが、ワクチンが『殺人予告状を届けた』と報道された後だったので、イタズラだろうと相手にしてもらえなかったそうです」

「それで私を頼ってきたと」

「一本木さんが、犯人とやりとりをしているのを知っていたからです。一本木さんなら助けてくれると思って。それに……」

「それに？」

「僕はつい最近、母を亡くしたばかりです。だから、もう二度と大切なモノを失わないように……。後悔のないように行動したいと思ったんです」

「大切なモノ？」

「家族です」彼はそう言って、私の目を避けた。

「そう……。わかった。これは私から警察にも連絡しておこう。この封筒はこちらで預かってもいいかい？」

「はい」陽一郎君はすがるような目をしていたが、「ありがとうございます」と少し安心した様子だった。

「君もお父さんも十分に気をつけて」

私は気持ちを込めて言った。なぜだろう。彼の目の中に守ってあげたい何かがあった。

家族――。たぶん、その言葉だ。私が失ったものと重なった。

ややあって、陽一郎君がつけ足した。

「うちの父さんは、僕の本当の父親ではありませんが……」

「というと」

「血の繋がった父親ではないんです。里親です」

　彼は耳を赤くしてうつむいた。恥じ入る話ではない。だが、そのことが彼の内面に暗い影を落としているのが透けていた。

「君のお父さんは、里子の君を善意で育ててくれたのかい」

「ええ」

「不躾なことかもしれないけど、ちょっと聞いてもいいかい？」

「何でしょう」

「君の本当のお父さんはどこにいるの」

「わかりません。でも……」陽一郎君が少し言いよどんだ。「そのことはもうどうでもいいんです。僕の父さんは、今の父さんですから」

　里親の両親とのこれまでの暮らしぶりを聞いた。陽一郎君は、実の子ではないという「真実告知」に苦悩したあと、すぐのちに「母さん」を亡くし、骨灰を山の頂上に散骨した、という。

　陽一郎君は、里親である父、江原茂さんのことをごく普通に「父さん」と呼んで話し続けた。

「父さんは、アリも殺すな、と僕に教育してくれました。子供のころです。僕がアリを踏みつぶしたら目をむいて叱りました。でもその時父さんは、アリの身になってみろ、とは言いませんでした。『そのアリが父さんや母さんだったらどうする？』と問いかけたんです」

「なるほど」

「父さんは言いました。自分自身に置き換えても痛みなんかわからない。でも、自分の大切な人と置き換えれば、命の重さがわかると」

子供を捨てたというワクチンがいる。一方で、子供をもらい育てた江原茂さんがいる。真逆の存在だ。そんな江原氏が狙われるとしたら、そんな理不尽な話はない。陽一郎君が続けた。

「父には、だれかを愛することが本当の幸せなんだ、と教えられました。そうすれば、すべての憎しみも消えるとも。そんな父さんの命を狙うワクチンが許せません。一本木さんがワクチンと随分やりとりをしてきたのは知っています。ワクチンは『愛』という言葉を毛嫌いしましたよね。きっと父さんと正反対の人間です。僕は一本木さんがワクチンの語ったことに『一部同意する』『理知を感じる』としたことが納得できませんでした」

「読んでくれていたんだね。感想をありがとう」

「それに、ワクチンは子供を捨てたというじゃないですか」

「それもワクチンを憎む理由なのかい?」

「許せません。ワクチンに捨てられた子供が、僕の父さんのような人に育てられていることを祈ります」

「むしろ、その子はワクチンと血が繋がっていると知らないままの方が余程いいだろうね。でも、もし犯罪者の血がその子に継がれるとしたら……。君は、犯罪は血統だ、という説についてどう思う? 私はかつてそんな取材をしたことがあるんだ」

「一本木さんが愛した保母さんのことですよね。あの連載も読みましたよ。父親が贈収賄事件に手を染めた時、その父親が娘に『犯罪と血の繋がりは関係ない』と手紙に綴った場面がありましたよね。一本木さんこそ、関係あると思いますか？」

「私は関係ないと思っている」

「僕は、似てる部分があっても不思議ではないと思います。だって人間一人ひとりが矛盾した生き物なんですから。それは人間同士が似てるってことだと思います」陽一郎君が真顔になった。すぐにいたずらっぽく言い添えた。

「それって一本木さんがワクチンに語った内容の受け売りですけどね」

初めて陽一郎君が笑った。空気が和んだ。

私の頭に遠い日がよぎった。父親を憎みながら、父親の罪を最後に許した琴美のことだ。琴美はあの時、声を震わせてこう言った。

《どうしても載せるの？　私の父なのに？》

私は陽一郎君に聞いてみた。

「もし、君の実の父親がみつかったとして……。その父親が犯罪者だったら、君は許せるかい？　たとえばワクチンは、子供を捨てたと述懐している。これはまったくの仮定だけれど……。もし、ワクチンが君の実の父親だったら、君はどう思うだろう」

陽一郎君の顔がまた曇った。

「許せないでしょうね。まず父親として認めないと思います」

彼は江原茂さんについて語った。

「僕は、父さんから実の親子でないと説明された時、『もう隠し事はしない』と約束しました。だから今の父をだれよりも信頼しています」

私は陽一郎君に、この脅迫状のことを私から警察に伝えて所轄署にきちんと警護してもらうようにお願いする、と改めて約束した。「だれか一人を殺す」という殺害予告が出ている以上、江原茂さんが襲撃にあうことも、陽一郎君に危険が及ぶ可能性もある。うちの記者も警護をかねて周辺の取材に張りつかせることにした。

私の名刺を彼に渡した。

「君のお父さんにも会っておきたい。そこにスマホの電話番号を載せてあるので、お願いしてみて」

「わかりました。ありがとうございます」彼は立ち上がって、また深々と頭を下げた。

「一本木さんに会えてよかったです。あの……僕からもちょっと聞いていいですか？『シリーズ犯罪報道・家族』で、スクープの代償に未来の家族を失った、という点。今振り返ってみて、彼女の父親のことを報道しないという選択肢はあったんですか？」

「なかった」と言いかけた。なぜだろう。私は今、そのことを彼ではなく、琴美に問われている気がした。

私は言葉を失っていた。「わからない。今もわからないんだ」

「そうですか。すみません。変なこと聞いちゃって」

ふっと気持ちが通った。二人とも照れ笑いした。

陽一郎君と正面玄関まで出た。

「僕の話を真摯に聞いて下さってありがとうございました」

去り際にも、彼は深々と頭を下げた。

「お父さんにくれぐれも身辺に気をつけるよう伝えて。連絡はいつでもOKだよ。あ、君のスマホと連絡先を交換してもいい？」

「はい」取り出したスマホの画面は、家族三人の写真だった。両親に挟まれて笑顔の陽一郎君が主人公だ。その母は亡くなっている。

「これ、山の頂上で岩の上に置いて撮ったんですよ。岩が傾いていたんで、少し斜めになってるでしょ。それも僕たちらしくていいかなって。ここ。三人が本当の家族になった場所なんです」そう言って歯をみせた。彼が地下鉄の入口を下りていくのを見送った。爽やかな青年だった。

ふと、頭の中で何かが重なった気がした。

あの笑顔。だれかに似ている。つい最近会った気もする。だれだろう。思い出せない。テレビでみたのか、直接知っている人物か……。記憶の糸をたぐる。わからない。最近、そんなことばかりだ。寝不足だからか、記憶力も落ちてきた。今はこんな頭で何も考えたくない。

受付の前を通り、警備員の立つ扉にIDカードをかざして、二階からエレベーターに乗った。ちょうど、吉村が一階から乗ってきた。二人だけになった。今のことは吉村の耳にも入っていた。

「ワクチンから脅迫状を受け取った青年が来たって?」

「ええ。父親が郵便受けに入っていた奇妙な封書に気がついて、息子の彼にみせたそうです。それが本物でした」

「ほんとか」吉村が目をむいた。「取材で何かわかりそうか」

「これからです。その江原陽一郎君という青年は、父親とは血は繋がってないそうです。父親が彼をもらい育ててくれたそうです。ワクチンとは真逆の父親ですね」

そこまで言って、私は無神経な発言を悔いた。吉村も「息子を捨てた」と自ら語っていたからだ。私は五階で降りた。

「そうか。じゃ。ワクチンから封書が来たら、また教えてくれ」吉村の沈鬱な顔が狭まり、扉が閉まった。


牛島からスマホに電話があった。

「一本木ちゃん? 例の被害者宅への脅迫電話。確かに三件とも各家庭にかかっていたね。いずれも奥さんが出ていた」

「で。発信元の特定は」

牛島は返答に困った様子だ。重要な捜査情報だからだろう。だが、逡巡しながらも、受話器を手で囲って声を潜めてくれたようだ。

「あれね。全部第二月曜日の夕方に、同じ場所からかけてた」

「どこです」
「太陽新聞の本社二階のコンコースからだよ」

2

「おれの女に手を出したら命がないぞ」という被害者宅への脅迫電話。発信元はいずれも太陽新聞本社の受付を出た先にある公衆電話からだった。ここは一般の人も通行できるコンコースで、レストランやコーヒーショップ、書店などが並び、黒い御影石(みかげいし)のモダンな腰掛けもある。そんな場所から電話すれば、足がつくのはワクチンにも予想がついたはずだ。これは何を意味しているのか。

つまり挑発だろう。ワクチンは楽しんでいるのだ。わざわざ太陽新聞まで来て、我々をからかうように痕跡を残した。先日の個人宅に届けた殺人予告状もそうだ。すべては、私や世間に対する「おれはお前たちのすぐそばにいるぞ」という脅しだろう。ワクチンの不気味な足音が、すぐ後ろに聞こえた気がした。

その晩、私の疲労はピークに達していた。自宅は千葉県千葉市の美浜(みはま)区だ。JR京葉線の海浜幕張(かいひんまくはり)駅で降り、自宅マンションへ向かった。暗い夜道にさしかかった。公園を抜けて、向こうに林立するマンション群へ歩みを進めた。

視界を覆う樹木の上に、高層マンション上部の赤い航空障害灯が明滅している。夕方の雨で、舗装された路面は濡れていた。まばらな街灯の光をアスファルトの地面が映していた。静かだ。自身の革靴で歩く、ジリッジリッという足音だけがする。

通り道には「痴漢注意」の黄色い看板。一帯はこんもりとしたクスノキに覆われている。ツツジの植え込みが続き死角が多い。灯りが少ない。だれが潜んでいてもわからない。歩いていると心細くなる。

前方から、遠くの灯りを背に人影が動いた。こちらに向かってくる。先方も少し用心しているようだ。見知らぬ影と影同士が近づいた。年配の男性だ。お互いに少し距離を置いてすれ違った。

しばらくして、背後でジリッと別の足音がしたような気がした。私はとっさに振り向いた。暗闇に目を凝らした。すれ違った男性は、もう遠くに歩き去っていた。ほかにだれもいない。だれかが息を潜めて身を隠しているのか。虫が鳴いている。鼓動が高鳴る。気のせいだったのか。私は向き直ってまた歩き始めた。小走りになった。怖かった。時折、後ろを振り返った。この暗がりから逃れたかった。全力で駆け出していた。

百メートル先の歩行者用デッキまで走り抜けた。明るくなった。デッキの下を車が行き交う。車道を挟んで歩道橋の向こうはマンション群だ。遠くに人影もみえた。

ここなら安全だ。すっかり息があがってしまった。ひざに手をついて呼吸を整えた。暗い公園を振り返る。こんもりとした闇が広がっている。

やはりだれもいない。気のせいだったのか。

私と大熊は、なおも四人の被害者周辺の取材を続けていた。

「ワクチンからの『因果応報』の脅迫状を受け取った」として、本社に持ち込まれた情報提供は三百件にのぼった。このうち、先日の江原陽一郎君も含め二十件が本物と判明した。だが、新たな五人目の被害者はまだ出ていない。わざわざ本社からかけた脅迫電話の件についても何らかの計略とみるのが、やはり自然だろう。

一方、犯行予告状が戸別に郵便受けに投函されたのは事実だ。とすれば、地域住民の証言や防犯カメラの解析などから、ワクチンや協力者の「前足(まえあし)」「後足(あとあし)」などもわかるだろう。そちらは各総局のサツ回り記者が取材を進めてくれることになった。

江原陽一郎君の父、茂さんから私のスマホに電話があった。陽一郎君に渡しておいた名刺をみて連絡をくれたらしい。江原氏は最初に、陽一郎君が私を訪問したことを詫(わ)びた。

「実は、私も一本木さんにお会いしたかったんです。ぜひ直接お話しできませんか。できればなるべく早く。ですが、とても重要なことなので、陽一郎には内緒にしておいてほしいのですが……」

江原茂氏の声は、明らかに何かに怯(おび)えていた。なぜ陽一郎君に黙っておくのか。とにかく、江原氏と日時を打ち合わせて、都内の自宅へお邪魔することにした。

3

江原氏の自宅は、江戸川区南葛西の住宅街にあった。英国庭園風の公園沿いの一画で、洋風の戸建てやモダンなマンションが並んでいた。周囲には防犯カメラは見当たらない。ここならばワクチンが直接郵便受けに投函しても、だれにも気づかれないだろう。

待ち合わせは土曜日の午後四時。陽一郎君には少し遠くまで防犯グッズを買いに行ってもらったので帰りも遅いという。石彫りの「江原」の表札をみつけた。洋風の白い家で、小さな庭にはモミジやヤツデが植わっている。縦長の格子状の窓が庭に向いている。天井まである本棚がみえた。江原氏の書斎だろう。呼び鈴を押した。

江原氏は、五十歳前後にみえた。丸メガネをかけた細身の中背で、人好きのする顔立ちだ。目尻を下げて「お待ちしていました」と迎えてくれた。茶色いモノトーンの書斎兼応接間に案内された。ガラスの低いテーブルを挟み、ソファに向き合って座った。

コーヒーを淹(い)れてもらう間、書斎を見回した。奥さん、つまり陽一郎君の「母さん」の遺影があった。あちこちの本の隙間に家族の写真が並んでいる。この部屋には何人の陽一郎君がいるのだろう。成長の過程がほぼたどれた。「江原茂殿」と書かれた社会福祉関係の永年表彰の表彰状や写真、盾も飾られている。

江原氏が「どうぞ」とコーヒーカップをテーブルに置いた。「うちはずっと太陽新聞なんですよ」と笑う。地元の新聞販売店の方とも仲がいいらしい。謝辞を告げると、江原氏が言った。

「陽一郎から一本木さんのことを聞きました。あなたから警察に連絡して下さったんですね。当初は信じてもらえませんでしたから。ありがたいお話です」

「いえ。せめてものことです。それで……お話というのは」本題を促した。江原氏が真顔で語り出した。

「実は、陽一郎が一本木さんにおみせしたワクチンからの『因果応報』の脅迫状ですが……。送り主に心当たりがあるのです」

私は絶句した。

「あなたはワクチンをご存じなのですか。だれですか」

私は慌てて聞いた。江原氏は落ち着いている。

「まずは聞いて下さい。私も先日の脅迫状で初めてわかりました。彼がワクチンであると……。ですが、そのことも含め、これからお話しする一切を陽一郎には知らせないでいただきたい」

「あなたは息子さんに隠し事をしないと決めたのではなかったのですか」私は陽一郎君から聞いた「父子」の絆を思い出していた。

「いえ、最後まで語れないことは、やはりあります」

「わかりました」

江原氏は、いったん目を落として、再び私をみつめた。

「ワクチンは、陽一郎の実の父親なのです」

　書斎の窓から夕陽が差していた。ヤツデの葉が風に揺れた。こんな瞬間にも戸外はのどかだ。私は手にしていたコーヒーカップをソーサーにゆっくり戻した。カップがカチカチ鳴った。江原氏を見据えた。

「ワクチンはだれですか」

「まだ言えません」

「ではなぜ、あなたはここまで私に話して下さったのですか」

「今後、もしものことがあった時のためです。いえ。間もなく新しい展開があると思います」

「というと」

「私はワクチンに脅されているのです。陽一郎を返せと。さもなくば一千万円を要求すると。従わなければ私を殺すとも。彼はお金に困っているようです。何に使うかはわかりません。それで、私が手続きもせずに陽一郎を育てたことにつけ込んで、接触をしてきたのです。親子鑑定をしてもいいと。でも、私はもう陽一郎の父親です。捨てた子供を返せ、などと今更言われて、どうして応じることができるでしょう」

「きちんと特別養子縁組をして、里親になったのではなかったのですね」

「それが実は、陽一郎を預かった時は、どこのだれの子かわからなかったのです。山小屋の管理人である石橋さんという方に、赤子が捨てられていると聞きました。私と妻で山小屋を訪ねました。赤子は山小屋の軒下にいたそうです。私たちは何かの運命を感じました。陽一郎を抱き上げた時、自分たちが、この子に親として選ばれた気がしたんです。それで、石橋さんと、彼と懇意にしていた麓の小さな病院の理事長も巻き込んで、本来の手続きをしないまま、陽一郎を自分たち夫婦の間に生まれた実の子として届け出たのです。でも、そのあとに石橋さんの山小屋に『その子を捨てた』という女性が現れて……。銀座のクラブのママだったそうです。そのママが言うには、客の男性との間にできた子だそうです。一度は山の中に捨てようとしたけれども……」江原氏は涙目になった。「どうしても忍びなくて、だれかに気づいてもらおうと、山小屋の軒下に置いてきた、と言ったそうです。その後、彼女はその子がどうなったかが気になって様子をうかがいにきたのです。でも、石橋さんから里親に渡したと聞いて、彼女はホッとして、また行方をくらましたそうです」

「その銀座のクラブのママと懇意にしていた男性客がワクチンだったと」

江原氏がうなずいた。

「でも、ワクチンはどうやって陽一郎君が自分の子だとわかったのでしょうか」

「山小屋の石橋さんが、その女性に、私が里親になったことを話したのです。彼女がワクチンに、その経緯を語ったのでしょう。今は江原という家庭で育ててもらっているが、特別養子縁組の法的手続きをしていなかったと。それを知ったワクチンが、今ごろになって私たちを利用しようと企んだわけです。実親と名乗り出て、親子鑑定の検査をすれば、生物学上の父子が証明され、親子関係は生きていることになる。はなから陽一郎を引き取るつもりもないくせに『おれの息子を奪った』と迫ってきたのです。私は一千万円を払うことも、陽一郎を渡すことも、はっきり断りました。彼は『ではお前を殺して陽一郎を取り戻し、将来扶養してもらう』と言いました。人を殺すだなんて。私は脅しだろうと信じませんでした。そこで彼は、初めて自分がワクチンであることを白状し『おれはもう何人も殺してきた』と脅してきたのです。その証明に、あの封蠟つきの『因果応報』の文章が入った手紙を寄こしましたが、それだけでは信用されないと思ったのでしょう。太陽新聞紙上で『二週間ほど前から、直接各戸の郵便受けに投函してきた』と明かした。あの白い封筒が郵便受けに入っていた時期と合いました。それで私も、彼が連続殺人犯のワクチンであると確信したのです。血も凍るような瞬間でした」

「江原さん。すべてを警察に知らせてはどうですか？」

「それができないのです。ワクチンはこうも言いました。もし一本木記者や警察に真相を言えば、すべての計画が破綻する。そうなったらお前も陽一郎も殺すと。ですから、あなたにも警察にも、ワクチンがだれであるかは、まだ言えません。私が何か言ってしまえば、すべてが制御できずに動き出すと思ったのでしょう。私と陽一郎の安全のためにも、まず私の立場を理解していただければ」

「それでもあなたは今、ここまで話してくれた」

「実はここからがご相談です。私は彼を説得しようと思っているのです。お金も、せめて半分の五百万円は何とか用意して交渉しようと。それには妻の生命保険金を使います。でも、もし、この交渉が失敗して私が殺されたら、あなたに真相を警察に語ってほしいのです。ですから、次の事態まで推移を見守っていただきたいと思ったのです。私の説得が成功したら、ワクチンのことをあなただけにお話ししましょう。でも、どっちに転んでも、陽一郎には、ワクチンとの実子関係は永遠に伏せてほしいのです」

「ワクチンの連続殺人は終わるのですか」

「彼は近くこの殺人を終結させると語っていました。邪魔者はすべて始末し、あとは将来の備えとして金が入ればいいと。あの殺人予告状は一石二鳥だったようです。太陽新聞の紙面を利用し、私に対しては、自分がワクチンであることを証明しつつ、かつ二十通も犯行予告状を出して、捜査も攪乱できる。連続殺人の方は、まもなくあなたに終結宣言の手紙がいくはずです」

「では連続殺人の本当の目的は何だったのですか。ワクチンのこれまでの四人の被害者は、やはり無差別殺人ではなかったと？」

「最初から彼らを狙(ねら)って襲ったようです。『生物学上の宿敵』と言っていました。極めて個人的な怨恨のようです。その動機がばれないように、太陽新聞を利用して無差別殺人を装ったのでしょう」

「女性の奪い合いということでしょうか」

「恐らくそうでしょう」江原氏が憎々しげに歯をかみしめて続けた。

「そしてワクチンは、私がワクチンの存在をばらすはずがないと確信しています。なぜだかおわかりになりますか」

「あなたが真相を語ると、陽一郎君が事件の全容から、実の父親がワクチンだと知ってしまう。あなたがそれをするはずがないと」

「その通りです。それは陽一郎にとっては最悪の結末です。ヤツは私の思いを知って狡猾な要求をしてきたのです。でも、このワクチンからの封書は、もう陽一郎にみられてしまった。最初は陽一郎に心配はかけまいと思いましたが、妻を失ってからは、家族は私と陽一郎だけです。もう何も包み隠さずに支え合って生きていこうと決めたんです。そして、警察はまともにとり合ってくれず、陽一郎はあなたを訪問した。でも陽一郎は、なぜあの脅迫状が私のもとに届いたのか、本当の理由を知りません。私も、ある程度まで一本木さんにお話ししておいて、最後にはすべておすがりできれば、という気持ちになっています」

私は江原氏に穏やかに促した。

「私も随分ワクチンとやりとりしてきました。ワクチンがだれかを教えていただければ、私にも何かできることがあるかもしれません」

「それだけはご勘弁下さい。私と陽一郎の安全をまず考えていただければ……」

「金の受け渡しは、いつどこでするつもりですか？」

「私たち家族がよく出かける山があります。その麓の吊り橋で。近く話をつけてきます。その山の頂上には妻が眠っています。妻の月命日には、陽一郎と二人でその山に登っているんです」

「それでは、あなたの命も狙われるのでは？　ヤツは金を受け取っても口止めを考えるでしょう」

「いいえ、何とか頼み込んでみます。もし五百万円で足りなければ、その時はその時です。ただ、もし仮に私が殺された場合は……、真相を知るのはあなただけです。だからその時には、陽一郎のことを考えた報道をしていただければと。それがせめてものお願いです」

私と江原氏はしばらく黙ったまま、お互いの視線を避けた。

「あなたも紙面で書いていた通り、彼だって理知ある人間に違いありません。私が何とか諭してみるつもりです。陽一郎の育ての親から、生みの親へのお願いとして。きっとわかってもらえると思うのです」

「だが、ヤツが最初からあなたを殺そうとしていたら？」

「彼は私を殺せないと思います」

「なぜですか？」

「私が陽一郎を育てたからです。私は、あなたとワクチンのやりとりを太陽新聞で読ませてもらいました。その中で、彼が一度だけ自分の罪を語った。『息子に「生」という苦しみを与えた』と。あなたもその部分を見逃さなかった。あなたが指摘したように、彼は理性の側にいます。悪人にはみえない人物です。これまでの被害者は、彼の個人的な激しい憎悪で殺されたのです。でも彼が、自分の子供を育て上げた私を同じように憎み、殺せるでしょうか。彼の目的は金です。彼には理性も良識もあるのです」

「あなたは金を渡したあと、ワクチンを野放しに？」

「私から理解を求めてみます。彼には、罪の償いをするよう諭したいとも思っています。どこまで伝わるかわかりませんが」

「私も彼への説得に出向かせてもらえませんか」

「いえ。私にやらせて下さい。ただし、ここでお約束しましょう。すべてがうまくいったら、タイミングをみてワクチンがだれであるかをお伝えします。ただし、重ねてお願いしますが、ワクチンが陽一郎の父親であることだけは伏せて報道して下さい」

「わかりました。陽一郎君への配慮は最大限にします。ですが、彼の殺人をやめさせるためにも、ワクチンがだれかだけ教えてもらえませんか。すぐには報道しません。あなたから聞いたことも絶対にわからないようにします。警察に漏らすこともありません。ただ、これ以上殺人を繰り返させないためだけに、ぜひ知っておく必要があります」

「殺人はもう終結したはずです」

「起きない保証はありますか」

江原氏はしばらく迷った。少し戸惑って下を向いた。

「確かに……。でもどうか、しばらく機会をうかがわせて下さい。然るべきタイミングがきたら、まずあなたにお伝えしますので。それまでは勘弁して下さい。ただ……今、言えることは……」

江原氏が慎重に言葉を選んだ。

「ワクチンは、おそらく……」伏せていた顔を上げ、私をみた。

「あなたも知っている人物です。でも私がお伝えするには、まだ危険すぎる」

私は、自分の顔から血の気がひいていくのがわかった。

彼の命が危ないのも理解した。待つしかないと察した。

江原氏宅をあとにすると、夜になっていた。公園沿いの並木道を歩いて環状(かんじょう)七号線に出てタクシーを拾った。汐留の本社に戻りながら、車窓から外を眺めた。

もう一つの不安がよぎった。

江原氏はワクチンと山の麓で会うという。その時、江原氏がワクチンを殺す可能性はないだろうかと。

4

早朝にスマホが振動し起こされた。大熊だ。

「一本木さん。特ダネっす」興奮している。いま千葉県浦安市の護岸堤にいるという。四人目の被害者が出た場所だ。

「犯行現場のすぐ近くに別の釣り人がいたんです。犯行時はワクチンの死角です。それは捜査の死角でもありました。海岸線は護岸堤のさらに海側にテトラポットが組まれていました。その陰で当時釣りをしていたのが、溝口(みぞぐち)さんという五十絡(がら)みの男性です。警察は事件があった時刻の現場の様子を必ず捜査します。僕も同時刻に護岸堤に行ってみたら、刑事もいて職質を受けました。でも、刑事はその釣り人にはたどり着いていませんでした」

「その釣り人が何か見たのか?」

「いえ、溝口さんはワクチンらしき男の叫びを聞いていたんです。彼が警察に届けなかったのは、余計なことに首を突っ込みたくなかったからだと。自分が犯人と疑われるのもいやだったそうです。その場所には『立入厳禁』の立て札があるし、彼自身も窃盗事件で警察に世話になったことがある、とも言ってました」

「どんな声を聞いたって?」

「『タカシのカタキ!』という叫び声です。ワクチンが被害者を後ろから切りつけた時の言葉でしょう」

「そういえばヤツは『正義の侍を気取って叫んだ』と語っていた。場面が符合する。被害者と『タカシ』の関係を取材してみよう」

大熊の取材によると、釣り人の男性は、テトラポットが幾重にも組まれた突端にいて、護岸堤からはまったくみえない位置だった。だが、海は凪いでいたので、大きな怒鳴り声がはっきり耳に残ったという。時間は午前六時十分ごろ。ほかに釣り人は約一キロ離れた場所にオレンジのライフジャケットをつけた中年男性がいた、という。ワクチンの現場の説明ともほぼ一致する。大熊が続けた。

「その人、僕が声をかけたら、注意されたと思って慌てて釣り道具を担いで逃げようとしたんです。でも、あとを追って説明したら、案外きちんと話してくれましたよ。『真犯人を捕まえてくれたら、自分も法廷で証言してもいい。警察にもやっと貸しができるし。でも自分が疑われかねないので、今は警察に行きたくない』と。僕もそこは了承しました」

二十年前を思い出した。また、大熊の特ダネだ。

「一本木さん。この件、打ちますか？」

「いや……」と私はためらった。

「重要な動機部分になる可能性がある。その言葉から真相にたどり着けるかもしれない。調査して脇を固めてから、ドンと行こう」

「ＯＫっす」

彼の脳裏にも、二十年前の一面トップの記事がよぎったのだろう。スマホの向こうから、あの時と同じ声が弾んだ。デジタル音の元気な大熊の声。なぜか耳に痛かった。複雑な思いの記憶が蘇った。でも、今度はまるで違う。愛する人の犠牲はない。自分に背かずに立ち向かえる。これは私と大熊でやろうと決めた。

「タカシ」とはだれか。取材を進めた。

同時に、江原氏のことが頭に浮かんだ。タカシとワクチンの件が、何か結びつくかもしれない。彼に聞いてみる手はある。ワクチンと接点を持つ江原氏ならば「タカシ」の謎もわかるかもしれない。

時間はない。大熊が被害者の遺族に、私は江原氏に、それぞれこの謎をぶつけてみることにした。まず陽一郎君が外出する時間を江原氏に確認し、改めて電話で尋ねた。だが、江原氏は考えあぐねた。

「タカシ……。タカシ……。タカシですか」

江原氏は電話口で思いを巡らせ続けたようだ。やがて答えた。

「すみません。まったく思い当たりません。本当にワクチンと関係のある人物ですか？」

進展はなかった。四人目の被害者、沢田の遺族に当たっている大熊からの情報を待った。

5

「タカシのカタキ」——。

あの釣り人の証言を、その後警察が把握した可能性もある。だとしたら、そこから進展した捜査情報を引き出せるかもしれない。牛島に電話したが出なかった。何度かけても繋がらない。

午後になってようやく出た。

「今、会議中だけど、ちょっとならいいよ」サツ庁内にいるという。そのまま席を外して廊下に出てくれた。ストレートな会話は不可能だ。「イエスorノー」クエスチョンで聞く。

「牛島さん。四人目の被害者の件、もしかして進展してませんか」

牛島はいつものとぼけ口調だ。

「うん。そうだね。そうそう」

「こっちも重要な証言が出ました。でも警察が把握しているかどうか」ここからがディーリングだ。牛島の声は明るい。

「こっちもあるよ」

「ワクチンらしき人物が叫んだ言葉を、釣り人が聞いた話？」

「ビンゴ。同じだ」

やはり、警察も彼にたどり着いていたのか。ならば話が早い。お上のお墨付きなら特ダネにもできる。捜査情報とはいえ、これは急展開をみせる可能性もある。大熊の喜ぶ顔が浮かんだ。抜かせてもらえるように牛島に頼もう。

「タカシですね」

「ん？　あ、いや。一字足りないな」様子が変だ。

「一字？」

「歯抜けだよ。歯が一本抜けちゃったんで、歯医者で詰め物してもらうんだ。歯抜けで笑うと間抜けでしょ？」

牛島の機転のきいた芝居だ。「タカシ」に「ハ」が抜けている。

「タカシに『ハ』抜け……。タカハシ……高橋ですか？　タカシでは誤報になりますか？」

「うん。そう。奥歯にものが挟まったかな」

タカシかタカハシか。情報が違う。大熊が例の溝口という釣り人から聞き間違えたのか、警察の聞き間違いか？　どちらもなさそうだ。念のため、もう一度大熊に当たってもらうことにした。

もし「タカハシのカタキ」なら、どんな意味を持ってくるのか。牛島はどこまで知っているのか。さらに牛島に、四人目の被害者の妻へも例の脅迫電話が入っていたか、を聞いてみた。

「うん。それも前の三本と同じ虫歯だった」

「牛島さん。例のカフェで午後四時ごろ、会えません？　情報を突き合わせたいんで」

「いいよ」

この翌日だった。江原氏の言った通り、ワクチンからの「終結宣言」が届いた。

第四章　理由

江原陽一郎のモノローグ

1

朝、僕は父さんに起こされた。太陽新聞を手に動揺している。

「陽一郎、みろ。ワクチンの終結宣言が出たぞ」

「え」僕は声を上げていた。太陽新聞の一面に記事が出ていた。

「ワクチンの終結宣言届く」「文末に毛賀沢教授の名」「交際相手巡り被害者殺害?」。

記事にはこうある。

《「ワクチン」を名乗る人物の首都圏連続殺人事件で、事件の終結を宣言するワクチンからの文書が十六日、本社の一本木透記者あてに届いた。殺害の動機は「犠牲者の男たちと自身との、交際相手を巡るトラブル」と明かし、文末には、名峰大の毛賀沢達也教授の名前が記されていた。消印は「目白西」。同大の近くからだった。警察では、ワクチンが毛賀沢教授であるのか、確認を急いでいる》

ワクチン終結宣言の全文は次の通りだった。


《前略　一本木記者ならびに読者のみなさまへ
恋ひとつのために自然はわれわれをこの世につくったのである――。

ロシアの劇作家、アントン・チェーホフの戯曲の言葉だ。

一本木記者には、ここまで私のシナリオに付き合ってくれて感謝する。ここに壮大な戯曲の幕を下ろす。読者諸君も、私と一本木記者の思想交換の遊戯を、さぞ楽しんでくれたことだろう。

さて。私の素性を明かそう。私は長年、細胞やウイルスの研究をしてきた。生命という謎の現象を解明しようとしてきた。そのうちに、「人間」と名づけられた一番やっかいな生物に興味を持った。

そこで、一人間である自分をヒントに、人間を解明しようと考えた。知識は存分に蓄えた。だがどうも人間の正体がつかめない。次に私は思い立った。自身の獣性を解放してみようと。テレビに登場しただけで、周囲の人間の態度が変わることも知った。私は人気者になった。

金が手に入ると、欲望も際限がなくなっていった。女はすぐ手に入った。私は贅の限りを尽くし、肉欲の享楽に溺れ、不倫を次々と重ね、子供を捨てた。

　そのまま本能に添うとどうなるか。

　今度は、オス同士が同じメスを奪い合うことになった。どういうわけか、不倫相手の女性は、また別の男とも不倫していた。これだけ不倫が世にはびこるのなら、一本木記者が語った善悪の考察に似て、もう倫理との境界も定かではないのかもしれない。

　ワクチンの犠牲者は、私と不倫相手の重なった男たちだ。リストを添えよう。不倫相手の女性の苗字と、天敵＝犠牲者名の一覧だ。これですべての謎は解決するだろう。一本木記者の見抜いた通り、無差別殺人ではない。動機は、人間という動物の性への戒めだ。

　私は彼らを次々と殺めた。それは自身にも宿る人間の醜さへの憎悪でもあった。彼らの中には女性を弄び、平気で捨て去るような男もいた。正義の刃を振るったとはいわないが、彼女たちの苦衷を知らしめてやったケースもある。四人目がそうだ。「高橋」というスナックのママのカタキをとってやった。

　だれも肉体のエゴからは逃げられない。私は人間の最たる弱点を彼らと自身の内にみた。そうして肉体解放の検証を終えた私は、一本木記者とやりとりしたように、自らが罪深いウイルスであると知った。私も愚かしい人類の一部に過ぎない。肉欲に溺れ、金の誘惑にとりつかれ、際限なく欲望を満たそうとした。そんな醜悪な自分に愛想が尽きた。

　ここに最後の総括をする。これで私のシナリオは完結する。

五人目の犠牲者は私自身だ。動物でしかない人間の自分に見切りをつける。国家に吊るされる前に、私は自ら肉体存在を放棄する。

だが、私は一本木記者に敗れたのではない。

この結末、つまり死に方を私の最後の生き方にする。

一本木記者は、人間が「肉体と精神の相克(そうこく)を生き抜くしかない」と記した。だが、生きている限り、精神が肉体に勝てる日はこない。私は数十年、生物を研究してきて、精神を持った人間の原型は、肉体を離れた「魂」の状態だと気がついた。そしてその葛藤に悩む動物が、人間だけであることも知った。

ソクラテスはプラトン著の「パイドン」の中で「正しく哲学している人々は死ぬことの練習をしているのだ」と言ったとされている。同感だ。人間が、動物であることから救われる日は永遠にこない。人間は「人間」になりきれない。だが、やがて死を迎え、意識が肉体のエゴを離れ、動物から解放される。その時にだけ、何にもたぶらかされない、本来の「人間」に戻れる。死んだ者だけが「人間」になれる。

私は「哀れで得体の知れぬ、知恵ある故(ゆえ)の下劣な人間存在」の真理を公化(こうか)・社会化するために、世間にいう「凶悪犯罪」という様式を借りて、太陽新聞に言説を刻んだ。人類に必要な記憶だからだ。歴史は未来の預言者だ。

私がワクチンであることの証明は、すべての現場近くに残したタバコの吸い殻や足跡、研究室に残したワインカラーの封蠟(ふうろう)やV字を刻む鉄印などからも、明らかになるだろう。

私は、人間がウイルスであることを、なおも否定しない。「人間革命」を諦めていない。歴史に刻まれた私の行動を知っただれかが、いつか再び「ワクチン」として出現し、理性が肉体に勝る、本来の「人間」としての蘇生を促すだろう。

毛賀沢達也》

ワクチンは、毛賀沢教授か――。

太陽新聞朝刊に掲載されて、マスコミは朝から大騒ぎだった。一本木記者の反論はまだこの日の紙面には載っていなかった。急に飛び込んできたのだろう。

不倫リストは公表されていない。だが記事によると、毛賀沢氏の不倫相手は計九人。被害者四人の男性とワクチンが奪い合った女性は名前だけ書かれていた、という。被害者たちが不倫をしていた、という部分は、言葉でこそ表現されていないが、同じことだった。

父さんと新聞を読んだ。文面通りなら、毛賀沢教授は自殺している。これが真実なら、父さんの命も救われる。だが、父さんはまだ不安そうな顔だ。もっとも、自殺を装っただけの可能性も否定はできない。

「父さん。もう大丈夫だよ」

そう伝えた。僕の人生で、きっと、父さんに初めて言えた言葉だった。僕は父さんの、すっかり細くなった肩を抱いた。父さんは小刻みに震(ふる)えていた。僕は母さんの遺影に手を合わせた。

これですべてが終わりますように、と。

「母さん。父さんと三角山に行くから。待っててね」

そうだ。もうすぐ母さんの月命日だ。行くんだ。あの場所へ。

一本木透のモノローグ

1

五階の編集局は騒然としていた。社会部の当番デスク席で、黛デスクが高周波音を発している。ワクチンの「終結宣言」が届いた昨日から、毛賀沢教授が行方をくらましていた。どこかで自殺を図ったのか、あるいは自殺を装って逃亡したのか。そもそも、ワクチンは本当に毛賀沢教授なのか。警察も逮捕状請求まで行き着いていなかった。

警察から入手した捜査情報をまとめる。

まず、すべての現場近くに落ちていたタバコの吸い殻に付着していた唾液のＤＮＡ型が、毛賀沢教授のものとピタリと一致した。警察は、ワイドショーにもたびたび登場した、毛賀沢が勤める名峰大学研究棟十三階にある喫煙室の吸い殻を入手して唾液を採取。科警研と科捜研で照合していた。

さらに、犯行声明の封書が投函されたのは、新宿、池袋、新大久保、高田馬場、目白のポスト。二十三区内西部に集中しており、いずれも名峰大学の最寄りの目白駅から数駅の範囲だ。そして、殺害現場で採取した足跡が、毛賀沢の靴と同メーカーの同サイズだった。

かつ、いずれの犯行期日にも、本人のアリバイが確認できなかった。そして、被害者宅への脅迫電話が、太陽新聞東京本社二階コンコースの公衆電話からかかっていた件は、毛賀沢が太陽新聞のCSR・読者大賞の選考委員として本社へ赴き、帰った日時とほぼ一致した。

これらのことから、警察は十分な「状況証拠」とみて捜査の的を絞った。「終結宣言」通り、名峰大の毛賀沢の研究室から犯行声明に使われたワインカラーの封蠟とV字の鉄印もみつかった。

牛島から私のスマホに電話があった。

「一本木ちゃん、どう？　毛賀沢の所在はわかった？　どっちにしても、これから毛賀沢の逮捕状を請求しようと思うけど」

状況と証拠物は、確かに毛賀沢がワクチンであることを示していた。

だが、取材結果のピースがどうしても合わなかった。私は「あくまで私見ですが……」と前置きして言った。

「ワクチンが毛賀沢ではない可能性が、まだ残っています」

大熊が取材から戻ってきた。時間がない。私と大熊は、すべての取材結果を突き合わせることにした。黛デスクには、まだ報道を控えてもらうように伝えた。

騒然とした中、テレビのニュース速報のチャイムが鳴った。サツの動きで判断したのだろう。テレビの一社がテロップを流した。

《ワクチンは毛賀沢教授。逮捕へ》

すぐに各社が呼応した。編集局中央にズラリと並んだ各局のテレビ画面に、次々と同じ文言が流れた。我が社の速報を担う太陽新聞デジタルには、まだ出せていなかった。

長峰編集局長が局長室から出てきて、社会部のデスク席に詰め寄って来た。

「どうした。『毛賀沢逮捕へ』で打てないのか」

黛デスクが事情を説明した。吉村も役員室から五階の編集局に降りて来た。私の肩をこづいて声を上げた。

「一本木。何してる！　犯人は毛賀沢だろ。うちがリードしていたのに、最後に抜かれてどうする！」

「いや、待って下さい。合わない。どうしても合わないピースがあるんです」

「どこが合わないんだ！」

吉村が目をむいた。私は、時間をくれるよう再三頼んだ。

私と大熊は、これまでの取材結果を一つひとつ確かめた。

難解なジグソーパズルのピースが少しずつ当てはまっていく。三十分、一時間……。最後まで合わなかった一片が、とうとうピタリと収まった。

ワクチンは毛賀沢ではない。彼だ——。

私は確信した。すぐに牛島に連絡した。牛島は、逮捕状を請求しようと、もう裁判所に部下を向かわせていた。テレビや他の新聞は、その動きで「逮捕へ」と速報を打ったのだ。だが、私は根拠のすべてを牛島に説明した。牛島は慌てて部下を引きとめることにした。警察車両が裁判所に着いていた。ギリギリ手前で逮捕状の請求はされなかった。

私は、すべての真相を原稿にした後、ワクチンである人物に直接電話を入れた。江原氏の言った通り、私の知っている人物だった。彼は電話に出なかった。留守番機能に次の言葉を吹き込んだ。

「一本木です。私はあなたがワクチンであることを確信しました。ぜひ、紙面でのやりとりではなく、直接お会いしたい」

次に黛デスクに無言のまま、ワクチンの実名とすべての真相を記した「予定稿」を渡した。彼が目を見開いた。甲高い声が響き渡った。

「一本木。これ本当かよ」

「しっ。まだ黙っていて下さい」

やがてワクチンの彼からスマホに返事が来た。「明日の午後三時過ぎに一人で来てほしい」と。場所を指定された。

2

ワクチンが指定したのは、長野県の山間部だった。

山麓(さんろく)に駐車場があった。公衆トイレの脇に「三角山・登山道入口」とあった。林の中を歩いていくと、やがて水音が聞こえてきた。吊り橋に出た。足元から濡(ぬ)れた石のにおいがした。

向こう岸近くの橋の上に、登山帽を被った男が立っていた。ワクチンだ。川を見下ろしている。私が吊り橋を渡り始めると、橋全体が揺れた。彼も私に気がついた。私はゆっくり彼に近づいた。男の表情は和(やわ)らいでいた。私から声をかけた。

「やはり、あなたでしたね。江原さん」

江原茂氏は小さくうなずいた。口の端に笑みをこぼし、丸メガネの奥の目尻を下げた。紙面で論戦を交わしたワクチン、その人にはみえなかった。

その時、彼が私を襲うつもりがないことはすぐにわかった。これまで、濃密なやりとりを重ねたゆえか。お互いの気脈が通じるのを感じた。江原氏が静かに言った。

「さすが一本木さんですね」

江原氏は川の方に向き直った。流れを見下ろしながら、遠い目をして言った。

「ここは私たち家族が三角山へ登る途中に何度も通った吊り橋なんです。陽一郎が子供のころから、この橋を渡って川原へ降りて少し休んでから、また山の頂上を目指すんです。家族では、ここをタブ鹿橋と呼んでましてね」

「タブシカ……ですか？」

江原氏は苦笑いして「いいえ。それはどうでもいいことです。ほら、みえるでしょう。あの山の頂上に、妻が眠っているんです」と指さした。

「陽一郎君に聞きました。スマホの壁紙にもなっていましたね」

「散骨での自然葬です。妻の希望でした。もちろん自治体に確認しています」

絶え間ない水音が、しばらくあたりを支配した。二人で並んで吊り橋の手すりの横木に肘をついた。足の下を行く水の流れをみつめた。江原氏が私の横顔に尋ねた。静かな低い声だった。

「なぜ、私がワクチンだとわかったのですか」

「順を追ってお話ししましょう」

3

「私は、ワクチンの工作をいかに見破るかに腐心しました。犯人が心情を吐露した部分や、プライベートなことに触れた部分がいくつかあった。文面を額面通りに受け取る必要はない。むしろ、そこに含まれる嘘を見破るためにやりとりを続けました。たとえば、犠牲者は『だれでもよかった』という言葉です。犯行声明通りなら、確かに犯人の動機、標的がわからない。警察の捜査も難航しました。私も一時は本当に無差別殺人かと思いました。

ところがあなたは、社会に怒りを発した場面で本音をのぞかせた。人間の感情の中で、怒りこそが真実を象る。だれでも怒った時に本音を語る。私はそこに注目し、あなたを挑発すらしてみました。そうして引き出せたのが、あなたの語った『絶対暴力』への嫌悪でした。つまり、あなたは絶対暴力を否定しながら、一方で殺人を繰り返した。

では、あなたは何を撃とうとしたのか。もしや、別の絶対暴力への報復ではないのか。あなたの殺人は、自身のためではなく、だれかほかの弱者を救うための行動ではないか。そう考えると、あなたが語ってきた一方の倫理観ともすべて符合する。

それは奇しくも、私が書いた『シリーズ犯罪報道・家族』第三部で扱ったテーマとも重なりました。善と悪の相克です。善と悪がリバーシブルに入れ替わるように、被害と加害もまた表裏一体かもしれない、と感じました。

つまり、この事件の被害者たちが、加害者なのではないかと。

では、だれに対する暴力への報復だったのか。被害者であったはずの彼らから、暴力を振るわれた存在がいるとしたら……。

四人の被害者は、離婚した男、不倫をしている男、夫婦仲の悪い男……。最初は夫婦間に問題がある身勝手な男性、という像が浮かびました。そこから起因する問題は何か。ここに絶対暴力の理屈を繋げる。妻へのＤＶでしょうか。それも含むケースはありました。

でも、ワクチンの怒りの根源は、もっと声を発しにくい小さな存在を予感させました。それは一方的で理不尽な暴力です。逆らいようもなく、ひたすら無抵抗に屈従し、絶望にじっと耐え、時が過ぎ去るのを待つしかない……そんな恐怖です。では、そんな環境に置かれ、声を発することができない存在とはだれか。動物世界のような、肉体差による絶対暴力の被害者……。

そして、あなたは紙面で我々をこう批判した。

『押し黙るしかない、絶対暴力からの悲劇に言葉を与え、虐げられた事ごとを、時代や社会組織に抗しきれない痛手から救い出すのが、お前たちの役目ではないのか』と。

さらにあなたは『人の命を奪うことが罪ならば、人に命を勝手に与えることも罪になる』と語った。統計では、児童虐待死の三割弱は『望まぬ出産』の結果といいます。絶対暴力によって虐げられ、声を発することもできないまま葬られた命です。

そう考えた時、被害者の男たちの、もう一つの共通項がみつかりました。子供を虐待してきた父親たち、という貌です」

江原氏の目の下が、かすかに痙攣した。私は続けた。

「ここにピタリと当てはまったのが、四人目の被害者周辺で初めて浮かんだ『タカシのカタキ』という犯行現場の叫びでした。タカシとは、第四の被害者だった沢田さんの長男、七歳の隆志君です。これは間違いなく怒りの発露だった。この場面には、一連の犯行の動機がすべて集約されていた。

沢田さんの奥さんから再度聞き出したところ、隆志君は父親の暴力を避けるため、児童養護施設『くぬぎ園』に預けてあったと。ＰＴＳＤ（心的外傷後ストレス障害）となり、父親の死後に家に戻っても、父の怒声がトラウマとなって怯え続けたので、しばらく施設に預かってもらうことにした。私たちはお母さんに話をつけ、施設を訪ねて職員に頼み込み、隆志君に会わせてもらいました」

　江原氏がにわかに興味を示した。

「一本木さん。あの子に会ったのですか」

　私はうなずいた。

「隆志君の顔には、目の縁に、入所前についていたとされるあざの痕がありました。父親に殴られたのでしょう。隆志君に話を聞くと『ボク、お父さんのこと大好きだったよ』と屈託なく笑います。私は『でも……』と彼の目線に下りて問いかけました。

『お父さんにぶたれたんで、ここにいるんでしょ？』と聞くと『ボクが悪いんだから仕方ないよ』と涙をためて言いました。『本当にそう思うの？』と尋ねると、下を向いてウックウックと泣き始めました。『お父さんが怖かったの？』と問うと、息を継ぎながら何度もうなずきました。

　職員が場をひきとって、説明してくれました。本当は父親に怯えきっていたのです。椅子に座らされ両手両足を縛られ、タバコの火を押しつけられた。お風呂場で、夏には背中に熱湯を、冬には冷水を浴びせられた。理由は、表札に落書きした、騒いだ、トイレから出て手を洗わなかった……。泣けば顔を殴られた。些細なことで暴力を振るわれ続けた。父親は『しつけだ』

と言い張った。

それから私たちは、被害者たちの身辺をもう一度精査していきました。取材を断られた被害者宅にも、再度菓子折を持って訪ね、「これ以上だれかが殺されないようにしたい」と訴え、お話を伺いました。さらに、四人の被害者宅の隣近所にも取材を広げました。そこで得られたのは、四人の家庭からは日常的に父親の怒鳴り声や激しい物音、子供の泣き叫ぶ声が聞こえていた、という数々の証言でした。

私たちの脳裏に情景が浮かびました。それはまるで暗室の中で印画紙に滲み出てくる事物の陰影のようでした。取材を進めるうちに、だんだんとくっきり写し出されていきました。暗闇の中で像を結んだのは、子供たちの泣き顔でした。

一人目の被害者、横浜市職員の村田さんの息子さんは真治君。中学三年・十五歳で高校受験を控えていました。彼も神奈川の『くぬぎ園』に入所していた。でも、父親が殺されてから家に戻ったので、真治君も一度は警察に、犯人ではないかと疑われました。彼は父親に『お前の成績じゃ高校にいけない。出て行け』と殴られ蹴られていました。でも、ワクチンの犯行時、真治君は施設で職員と将棋をさしていたといいます」

「一本木さんは、ほかの犠牲者宅も、そうやって一軒一軒取材したのですか」

江原氏は私の目の中に、その子たちの姿を追うようだった。

「そうです。二人目の被害者はIT関連会社員の本郷さん。長男の敬一郎君は八歳。父親に『ゲーム機の音がうるさい』『邪魔なんだよ』と階段の上から突き落とされ、大けがをしました。

三人目の被害者、運送会社員、小林さんの長女は智子さん、十二歳。大好きなアイドルグループの踊りの真似をして、動画サイトにアップしていたら『寝られないだろうが』と後ろからいきなり蹴られ、腕を骨折しました。その動画はネット上にも残っていました。

親は『しつけ』と言い、子供たちは『自分が悪かったから』と口にします。子供の心理はそんなものです。いじめでも虐待でも同じです。子供は、自分が弱い立場であればあるほど、環境に順応した方が自分を救えることを本能的に知っています。『絶対暴力』の恐怖から解放されるには『自分が悪かった』と受け入れる。それが一番安全で楽だからです。子供にも自尊心はあります。自分はこの状況に屈していない、泣き寝入りではないと、自分を傷つけないように納得するのです。子供は悲しくても笑え、悲しくなくても泣ける。相手によって真逆のことも言う。そうやって発覚しない虐待の方が、はるかに多いはずです」

江原氏が小さくうなずいた。黙って聞いている。

「私があなたに『タカシのカタキ』について尋ねたあと、あなたは警察に連絡して、別の釣り人を装い、現場で『タカハシのカタキ』と聞いた旨を重要な情報として伝えました。そしてすぐに電話を切った。警察は『高橋』という名の人物の関連を当然調べ始めます。そこへ、あのワクチンの『終結宣言』です。添えた『不倫リスト』には、四人目の被害者・沢田さんの不倫相手が『高橋』姓の女性であること、そして沢田さんが、その女性を弄んで捨てたかのようにわざわざ示して。

ところが『タカシ』と聞いた釣り人は、テトラポットの陰で、あなたの犯行現場から六、七メートルしか離れていなかった。殺害現場付近には約一キロ先に別の釣り人がいたほかにはだれもいなかった。彼は近くにはだれもいないことを確かめて釣り糸をたれていたのですから。取材した記者が何度確かめても、釣り人は、叫び声は絶対に『タカシ』だったと証言しました。

しかも、あの証言は私たちが独自につかんだはずでした。ですから警察へのタレコミ電話は、だれかの工作であることはすぐに察しがつきました。あの時点で『タカシ』の情報を持っていたのは、私と後輩記者以外、あなたしかいなかった。謎だらけのピースが、少しずつ当てはまっていきました。

タカシのカタキ——。あなたは、私たちが『言葉を殺した』と言った。その伝で言うならば、この言葉には、あなたの感情が鮮やかに生き、脈動していた。的確に言い当てていた。あなた自身が言葉を押し殺せずに、真実を叫んでしまった。

あなたは、虐待された子供たちにかわって復讐を果たしていった。人目に触れることのない、裁かれ得ない罪の犠牲となり、逃げ場のない恐怖を体験した子供たちのために。

なぜでしょう。

あなた自身が、虐待を受けて育ったからではないですか」

4

再び、あたりは水音だけになった。

江原氏は否定しない。静かに私に尋ねた。

「一本木さん。では私がどうやって、今回のような虐待事例を知り得たかも、ご存じだったのですか」

「取材を進めるうちに、私たちは確信しました。それは、あなた自身が育ち、成人してからも慰問に訪れていた『くぬぎ園』に蓄積されているデータからです。私たちが『くぬぎ園』に行き着いたのは、再三訪問した被害者宅のうち、二つの家庭で同じパンフレットをみたからです。『くぬぎ園』HPをみると、関東地方で複数の児童養護施設を営む社会福祉法人でした。四人の被害者の子供たちは事件当時、いずれも首都圏各地の『くぬぎ園』にいました。

あなたは卒業生として、クリスマスになるとサンタクロースに扮して関東各地の『くぬぎ園』の慰問を続けた。そしてあなたの書斎には、その永年表彰の盾と写真があった。あなたが育った当時の都内の施設長が、今は三角山の山小屋『くぬぎ荘』の管理人をしている石橋光男さんですね。

あなたは、ふだんから、よく絵本を届けに各地の『くぬぎ園』を慰問していた。その際に、パソコンに蓄積されたデータを抜き取った。父親から虐待を受けて入所した子供たちのケースに絞って。東京、神奈川、千葉、埼玉と住所も散らして。広域捜査の盲点も知っていたのでしょう。

次にあなたは巧妙なシナリオを練りました。

不倫・隠し子騒動を起こした毛賀沢教授を犯人に仕立て上げ、最後に毛賀沢も殺す——。被害者は、いずれも夫婦仲が悪く、家庭が崩壊し、不倫に走る男たち。毛賀沢を犯人にすれば『不倫相手の女性を奪い合った連続殺人事件』にみせかけられる。殺人の原因と結果がうまく結びつきます。当初は我々の取材でも、被害者たちの『殺された理由』が、そのように思えていきました。

ところが、彼らの家庭には別の被害者、子供たちがいた。あなたは、捜査や取材がそこまでたどり着かないように、その手前で数々の工作を仕組みました。少しずつ、すべてが毛賀沢の仕業とわかっていくように。

まずは物的証拠です。あなたは犯行現場周辺に必ずタバコの吸い殻を落としていった。それらはあなたが集めてきた毛賀沢教授の吸ったタバコです。彼の大学の十八階建ての研究棟はすべて禁煙だった。でも彼の十三階の研究室を出て右奥の廊下の突き当たりに喫煙室がありました。ヘビースモーカーの毛賀沢はよくそこでタバコをふかし、テレビのワイドショーでも何度もこの場所が映し出された。あなたはそれをみたのでしょう。外国製銘柄のタバコの彼の吸い殻を集めるのは、ごく簡単なことです。

あなたは殺人を犯すたびに、その集めた吸い殻を各犯行現場の少し離れた場所にわざと捨てておいた。

第一の被害者をつけて歩いた駅構内や道の途中、第二の被害者を突き落としたビルの屋上やトイレ、第三の被害者を刺した駅のトイレやホーム、第四の被害者を刺した護岸堤沿いの舗装道路や近くの草むら。それぞれ三、四本ずつ。案の定、警視庁や各県警はこの吸い殻を拾い集め、付着した唾液に注目しました。

すべての犯行現場付近に落ちていたタバコの吸い殻から、血液型がABの同一人物のDNA型が検出された。鑑識捜査からすれば刮目すべき物証です。一方で早くから、あなたは警察に『うちの大学の毛賀沢教授が怪しい』と匿名で情報提供の電話をしました。警察は次に何をしますか。あなたと同じことをしたでしょう。そう。毛賀沢教授の研究室棟の喫煙室で、彼が残したタバコの吸い殻を集めた。

さらに、あなたは毛賀沢の履いている靴とサイズまで調べていた。料亭で靴を脱ぐ。講演先でスリッパに履き替える……。毛賀沢のあとを追っていれば、同じメーカーの同じサイズの靴をそろえるのも極めて容易でしょう。各事件現場でみつかった足跡は鑑識が記録する。どうでしょう。警察は十分な状況証拠として、毛賀沢教授に捜査の的を絞ります。

そして太陽新聞へのV字の封蠟を使った封書での犯行声明の投稿。私への声明文を投函したのは、いずれも名峰大学の研究棟から最寄りの目白駅か、数駅しか離れていない、新宿、池袋、新大久保、高田馬場、各駅近くのポストからでした。これも、わざと生活圏をにおわせ、足がつきやすくした。さらに声明文は、大学教授にみせかけるために、わざと文面を論理的にして饒舌（じょうぜつ）に博学ぶりを発揮し、偉人の言葉を引用するなど、少しずつ毛賀沢教授らしさを装っていきました。

太陽新聞だけを利用した理由は、常に正真正銘のワクチンとして発言の場を確保したかったのでしょう。私には、あなたが語ったメディア不信の説明は本音だったと思えました。事実、ネット上にはなりすましがあふれ、他メディアにも似て非なる偽装の封書が届き、私のところにいくつか照会があったほどです。

さらに工作は念入りでした。それが、女性を取り合っているかのようにみせる被害者宅への脅迫電話です。

あなたは、被害者四人の男性のそれぞれの家庭に、犯行前に機械音声で脅迫電話を入れました。しかもその発信地が、太陽新聞の本社二階のコンコースからでした。日付は、毛賀沢教授が我が社の『太陽新聞CSR・読者大賞』の選考委員を務める第二月曜日の夕方。あなたは毛賀沢教授が太陽新聞を出るのを確認してから、二階コンコースの公衆電話からそれぞれの被害者宅に脅迫電話をかけた。もちろん、警察の調べがそこまで及ぶことを知りながら。

しかし、これだけの犯行を確実に実行するためには、毛賀沢教授の行動を逐一把握する必要があった。あなたは探偵を雇って、毛賀沢の日々の動向をチェックさせました。雇い主のあなたは、どこかの週刊誌の架空の記者の名前を騙（かた）って、調査を依頼した。

ここで重要なのが、毛賀沢が繰り返していた不倫の日時と場所です。毛賀沢は不倫が発覚しないように一切の証拠を残さず行動しましたが、尾行されていることに気づき、それを妻の仕向けた探偵や本物の週刊誌の記者と勘違いしたようです。一件の浮気がばれるたびに写真週刊誌に報道され、慰謝料の額も上がる。毛賀沢はそれに気づき、慌てて彼らを撒こうとしました。だからその間の彼の行動は不明確なことになります。でも、あなたが雇った探偵は彼に撒かれた振りをしながらも追跡を続けました。

あなたはそれを利用した。つまり、毛賀沢は四人が殺害された犯行日時に限って、自身の潔白を証明できるアリバイの痕跡を、自ら消して歩いていたのです。彼の自業自得でもありました」

探偵は毛賀沢の一カ月ごとの行動予定表をあなたに渡した。

一方、被害者四人の動向は、あなた自身が調べました。これは探偵にやらせると、のちにあなたがワクチンであることがばれてしまうからです。それだけに慎重に、探偵から毛賀沢の不倫旅行の予定を聞いてから、次々と計画をとげていった。

そして最後は『終結宣言』を出す。生物学用語を盛り込み、哲学者めいた語りで、自殺したとみせかけた。一方あなたは、何か理由をつけて毛賀沢教授を呼び出し、殺害した。同時に彼の研究室に、重要な物証となるワインカラーの封蠟とV字の鉄印を残しておいた。

だが、三人目の被害者が出た後、あなたは重大なミスをした。

あなたは約二十通の『殺人予告状』を、首都圏各戸の郵便受けに直接届けた。宛名のない白い封筒を使いワインカラーの封蠟にV字を刻印して。本物のワクチンであることを証明しながら。

　なぜ、そんなことをしたのでしょう。用意周到なワクチンが、予告した相手をわざわざ殺しに出向く。そんな足のつくことをするでしょうか。単なる捜査の攪乱や、読者を楽しませるゲームのつもりだったのでしょうか。

　いずれも違います。それは、まったく別な意味を持った、とても重要な偽装工作でした。たった一人からの疑念が起きないようにするためでした。愛する息子、陽一郎君からの……。

　きっかけは、あなたの大いなる勘違いからでした。あなたは私への封書を極めて慎重に作成してきたはずです。でも、まったくの誤算が生じた。陽一郎君がある時、あなたが準備していた、これから太陽新聞に送りつけるワインカラーの封蠟にV字の刻印つき封書を、あなたの机の上でみてしまったと思い込んだ……。

　あなたは血相を変えて慌てたはずです。机の上に置いてあったのは、ワインカラーの封蠟にV字の刻印をして封を閉じたあとの、白い封筒です。中身は私へのいつもの私信だったはずです。ただし、幸い封書の表には『太陽新聞・一本木透記者殿』といういつもの宛名シールはまだ貼っていない状態だったのでしょう。

　あなたはパニックになりました。

《陽一郎に封書をみられた。陽一郎は自分がワクチンだと気づいたのではないか》

　すっかり動揺してしまい、過剰に反応してしまった。冷静さを失い、物事を順序立てて考える余裕もなく、とにかく陽一郎君の疑念を解こうと必死になった。即座に思いを巡らせた。

陽一郎君に、これがワクチンの封書であるとばれてしまったならば、あなたがワクチンでないことを証明する方法は、ただ一つ。あの封書を、ワクチンから『受け取った』ことにする以外にない、と。あなたは窮余の一策に出た。まず、陽一郎君にみられた白い封筒の上部を切り、中に入っていた私あての文書を、慌てて作成した『因果応報』と書かれたＡ４の紙と入れ替えました。

そして、この封書を『大分前から受け取っていた』ようにみせるには、陽一郎君に『みられてしまった』時点よりも前に、すでに封書が届いていたことを示す必要がある。

だから、ワクチンはわざわざ新聞紙面で『殺人予告状の封書は、二週間ほど前に届けてあった』と明かした。陽一郎君もその記事をみる。そのタイミングで、あなたは例の封書を『これが十日ぐらい前から来ていた。お前も父さんの机の上にあるのをみただろう』と陽一郎君に差し出す。これなら時期も一致し、前後関係も整合します。

封書の中身を確認すると『因果応報』の紙が入っている。二人で、改めてワクチンの記事と封書を照らし合わせる。陽一郎君はどんなに衝撃を受けたことでしょう。不安にかられた陽一郎君は、その場でこれ以上指紋をつけないように、慎重にビニール袋に入れて封書を預かりました。そして、血相を変えて、今度は私のもとに持ってきた、というわけです。

それが、あの首都圏で約二十通、各戸に直接投函した宛名のない『殺人予告状』のからくりです。

ところが陽一郎君は、そもそも、あなたの机の上にあったワインカラーの封蠟つきの白い封筒にまったく気づいていなかったのです。私は、その後も陽一郎君とやりとりを続けていました。あなたの机の上には、いつも手紙がたくさん積んであったそうですね」

江原氏は、けげんな顔で聞いてきた。

「でもなぜ、一本木さんは、そんな工作まで見抜けたのですか」

「陽一郎君が私を訪ねてきた時の話と、私があなたを訪ねた時の話が、食い違っていることに気づいたんです。

あなたは、あの封筒を『陽一郎にみられてしまった』と語りました。でも、陽一郎君は『父さんがみせてきた』と言いました。私は再度、陽一郎君に確認しました。陽一郎君は『あの封筒には気づかなかった。みつけていれば、もっと早く行動した』と語りました。

つまりあなたは、陽一郎君にみられてもいなかったものを、早合点して余計な工作をしてしまった。

さて。次にはカモフラージュとして、相当数の人物に同じものを届けなければなりません。宛名のないワインカラーのV字印の封蠟つきで。中に『因果応報』と書かれた文書を一枚ずつ入れて。そして、もともと無差別殺人を装ってきたあなたは、この『殺人予告状』もまた、捜査撹乱に役立てようと思いつきました。無差別に届けた感を出すために、都内、神奈川、埼玉へ出かけ、防犯カメラなどのない地域を確かめて、たった一日で各住宅に投げ入れてきました。

太陽新聞が紙面でこの情報提供を呼びかけた後、私たちは太陽新聞と警察に寄せられたすべての情報を突き合わせてみました。確認できた本物の予告状は、やはり二十通。それも、あなたが陽一郎君にみせた日か、その翌日に投げ込まれていた。

ワクチンが記事で『二週間ほど前から』と、わざわざ時期をかなり前にして語ったのは、あなたが陽一郎君に伝えた、『封書を受け取った』時期と辻褄を合わせるためですね。

ところが本物のうち、『十日ぐらい前に届いていた』のは、あなたの一件だけでした。その他は、いかにも慌てて投函したことがわかりました。

陽一郎君は、あなたを守りたい一心で、私を訪ねてきました。それがあなたの『因果応報』だったのかもしれませんね」

5

江原氏は、なおも問いたげだ。

「ではあの終結宣言も、毛賀沢が書いたものではない、と見抜いていたのですか」

私はうなずいた。

「ワクチンは毛賀沢教授か――。太陽新聞に『終結宣言』が届き、真に受けたマスコミは警察の逮捕状請求のタイミングで、こぞって『ワクチンは毛賀沢教授。逮捕へ』と大誤報を打ちました。状況証拠だけでも、だれの目にも毛賀沢教授がワクチンにみえたことでしょう。一方、太陽新聞は、判明している事実だけにとどめたままにしました。『ワクチンから終結宣言が届いた』『毛賀沢教授の名があり、本人は行方不明』と。

事件は解決したかにみえました。でも、私には確証はなかった。

たとえばタバコです。科学捜査の精密さと、現実の辻褄合わせにはいつも盲点がある。一致したのは、現場に落ちていたタバコと毛賀沢教授のDNA型、というだけ。鑑定の精度の高さに目を奪われて、本当に毛賀沢教授が現場にいてタバコを捨てたのか、彼の犯行だったのか、という事実認定は、すっぽり抜けていたのです。

つまり、偽装の可能性は、まったく別の視点で検証しなければならない。すべてが偽装だったとしたら。DNA鑑定では、その遺留品の検体が、いつどうやって置かれたかまでは判別し得ない。DNA鑑定の精度が高いこと、すなわち捜査の信頼性が高いことにはなりません」

江原氏は黙って水の流れをみつめていた。私も川に目を落として続けた。

「では、なぜあなたは毛賀沢教授を狙ったのか。マスコミに騒がれるうちに特別の憎しみを覚えたのか。あなたも世間に同調して彼を許せなくなったのか。あなたの理性は、そんな安直なものには突き動かされません。

理由は、彼が陽一郎君の実の父親だったからではないですか。

そして、あなたは毛賀沢教授と接触したこともありませんでした。ただ、毛賀沢教授を心底憎んだあなたは、彼を卑劣な殺人犯に仕立て上げ、汚名を着せ、最後にあなたの手で息の根を止め、復讐の限りを尽くす——これがあなたの描いたシナリオではないですか」

江原氏は黙ったまま表情を変えなかった。私は続けた。

「ところが私の取材があなたにまで及んだ時、あなたは、さらにシナリオを大幅に変更せざるを得なくなった。次の工作として、あなたは即座に私を利用しようと思いついた。もともと太陽新聞に声明文を送ったのも、最後はワクチンが毛賀沢教授であると世間に知らしめるためでした。その伏線として、先に記事で誘導してもらおうとした。ピンチをチャンスに変える大胆な賭けに出たわけです。

それは、陽一郎君の父がワクチンであり、父子の親子鑑定をネタにゆすられている、その犯人が毛賀沢教授である――という新たなストーリーを私に提示することでした。それで私を信じ込ませ、すぐにワクチンが『終結宣言』を出し、ワクチンも自身が毛賀沢教授であることを公表する。もちろん、この時点で毛賀沢教授はあなたに殺されています。私もこのシナリオを信じかけました。

私たちは粘り強く、取材で見聞きしたものごとを突き合わせていきました。謎解きのピースとして、いくつかのカケラが残りました。取材であなたの自宅へ伺った時、あなたの両手の甲に、タバコの根性焼きのような跡をみました。ケロイド状の小さな点です。私は、あなたが過去に虐待を受けていたかもしれない、と直感しました。そして『くぬぎ園』の表彰状……。すべてが少しずつ符合していきました」

江原氏の顔がかすかに歪んだ。私は続けた。

「私は、あなたが都内の『くぬぎ園』で育った当時の施設長だった石橋さんにも取材しました。そして、あなた自身が父親に捨てられていた、と知った。あなたが陽一郎君に愛情をたっぷり注いで育てたのは、その反動であり、自分と同じ辛い思いをさせたくない、そんな子供たちを生み出したくないという、あなたの中の良識だった」

「一本木さんは、陽一郎が毛賀沢の実子であると、石橋さんから聞いたのですか？」

「いえ。石橋さんは、そこまで語ってくれませんでした。私に言えば陽一郎君に伝わってしまう、と考えたのでしょう。そして石橋さんは『もう、だれが、だれの子だなんて関係ありません。陽一郎は陽一郎です。個人であればいいではないですか。茂にもずっと、そう言い続けてきました』とも言っていました」

江原氏はうつむいた。随分長い間に感じられた。

彼はため息をついて空を見上げた。やがて納得したように二回うなずいた。こちらを向いた時には、すっかり穏やかな目をしていた。

「一本木さん。すべておわかりだったのですね。そうです。私自身が父親から虐待を受け、児童養護施設で育ったのです。私の生い立ちはみじめでした。それから私は、いかに人に憎まれないですむか、と怯えながら育ちました。それが、いかに人を愛するか、に変わったのは、妻のむつみと出会ってからでした。彼女も幼少期から父親の虐待を受けており、同じ施設で育ったのです。

あなたが指摘したように、私の中にも人を愛する気持ちがあった。妻との間に子供が授からないとわかった時、私はためらいもなく里子を迎えようと思いました。

虐待を受けて育った子は、親になった時に自分の子に手を上げてしまうという症例をよく聞きます。いわゆる児童虐待の『世代間連鎖』です。加虐欲、虐待欲の抑えきれない情動の発露があると。あるいは、それが『しつけ』だと思い込んでしまう。児童虐待は、加害者の生育歴にカギが潜んでいることも多いと聞きます。

でも一方で、自分が愛情を受けられなかったからこそ、子供に格別の愛情を注いでやりたい、という真逆の教訓を得て実践していく人もいるはずです。きっと人間には二種類あるのでしょう。自分が受けた仕打ちを他者にも向けてしまうタイプ。傷ついたからこそ、二度とだれにも同じ思いはさせまいと心に決めるタイプ。私は自分が後者でありたいと思い続けていました。それこそが人間の意志と選択だと思うのです。

私と妻には、そんな『世代間連鎖』の症例通りにはなるまい、という決意がありました。事実、夫婦が愛し合っていれば、決して子供に手を上げることはない、とも聞きます。夫婦が幸せならば子供に幸せが伝わる。私たちは、そんな夫婦を目指しました。私たちにとって夫婦の絆が、すべての出発点になりました。

そして今度こそ幸せな家庭を築こうと誓った。愛情をもらえなかった私たちは、陽一郎に余すことなく愛情を与えることで、自分たちを過去から救おうとしていたのでしょう。陽一郎が少しでもみせる愛の渇きを一つ一つ満たしてやることで、私たちも癒され、過去の忌まわしい連鎖からも抜け出せると信じました。

私たちには、暴力は不幸を再生産するだけだという強い理性がありました。だから、私たちはどんな時にも、陽一郎に手を上げたりしませんでした。

そんな私に転機が訪れました。

それは、五月ごろ妻が癌に冒されているとわかった時でした。

陽一郎には最後まで黙っていましたが、あと数カ月の命とわかった時、私はすでに理性を失っていたのです。妻は『生きているうちに、ヨウちゃんと出会ったこの山の頂上で星をみたい』と言いました。

不幸な境遇に育った私たちにとって、幸福な家庭こそが悲願だった。そして、ようやく手に入れた。でも、また壊された。

私は医者に向かって叫びました。

『何かいい治療法はないのですか』

正しく生きよう、だれかを愛そう、と努めても、また奪われる。幸せになろうとする私と妻をつけ狙う巨大な悪意のような存在を感じました。私と妻だけがなぜこんな目にあわなければならないのか。どうして運命はこんなに不公平にできているのか。

妻を襲った癌が、世間そのものに思えてきました。

私は一気に、だれにも愛されず、父親から憎まれていた子供時代に引き戻されました。さらに私は、父親に未だ復讐を遂げていないことに気がついたのです。

無抵抗な弱者に対する『絶対暴力』への嫌悪が一気に噴き出しました。

この憎しみにどう立ち向かえばいいか。私は考え始めました。今日も明日も、世の中には野放しになっている絶対暴力がある。これを少しでも食い止めるには……。その対抗手段として、私は『それ以上の暴力』を選べばいい、と思うようになりました。

かつて妻が受けた虐待、妻に巣食った癌。でも、妻のように何の罪もない無垢な人たちを不幸にしている因子はほかにもある。人間の意識下に巣食うエゴ。それこそが邪悪な想念の総体に思えてきました。そうして、私の中で抑圧されてきた世の中や社会に対する不満が一気に歪んだ形で出てきたのです。

最も大切な人を失うと知った時、人は大きく変わってしまうものですね」

6

江原氏が続けた。

「一方、私の父親の記憶は『足』です。私の目の前には、いつも父の足がありました。私の脳裏には、私の顔面をひたすら踏みつけてくる靴下の汚れた足裏の映像がある。今でも夢にみます。背中を蹴飛ばされて階段の上から突き落とされたこともありました。池にも落とされました。摑まるものがなくて、汚い水を飲んで溺れかけました。

だからでしょうか。陽一郎が小学三年の授業参観で、私とプールに行った時の思い出を詩に綴り、教室で読み上げた時、私の脳裏には池で溺れかけた自分の姿がありました。でも、私がふくらませた浮き輪が陽一郎を守って浮いている、という文章を聞いて、私は目頭を押さえました。

ある日、親父はヘビのような目をして言いました。

『お前はアイツに似てるからムカつくんだ』私の母のことです。その時の、父が歯をクッとかみ合わせた音が、今も私の耳の奥に残っています。そして言いました。『お前なんか、いらなかったんだ。お前は失敗作だ。あの晩だ。おれの人生で唯一最大の不注意だった。ただやりたくなっちまっただけなのに。随分高くついたもんだ』

一本木さん。命って何でしょう。肉体を持つとはどういうことなのでしょうか。人はなぜ生まれてくるのでしょう。人間存在は性欲という肉体のエゴの結果でしかないのですか。命を繫ぐ源泉がそんな下劣な原理で繫がっているとは。『やりたくなった』だけで生まれさせられた自分。私は心の中で叫びました。

『じゃあ、堕ろしてくれればよかったじゃないか』

母が妊娠を父に告白した時には、もう数カ月たっていたようです。そして、たまたま、その時は堕ろす金がなかった、とあとから聞かされました。私は自身の存在理由に反吐が出る思いでした。私は生まれさせられたのです。それから、人間への嫌悪感が湧き出てきました。

あれこれ思いあぐねた末、私は結論に達しました。標的にすべきなのは、私の父親のように、家庭を放棄し子供を不幸にしてきた人間たちだと。一番大切なものを蔑ろにした者たちだと。だれにも裁かれない、そいつらへの制裁をすべきだと。この世に不幸を生み出す罪人に罰を与え、思い知らせる。当然の報いに思えました。

子供を捨てた親――。

そんな連中なら、ためらいはない。私の中で『正しい人殺し』の理由が成立しました」

彼はそう語るそばから、また憎悪がこみ上げてきた様子だった。

「ただ私には父親への憎悪、母への同情が根底にあった。だから母親たちに危害を加えるのはためらいました。私の母が家を出た後、父が見知らぬ女と歩いているところを何度もみました。家に連れてくるのも、いつも違う女でした。

欲望の赴くままに、この世に生を与えられてしまった子たちがいます。あなたが見抜いたように、犯行声明の中で、怒りの感情だけは真実を吐露していました。

そしてあなたの言う通り、毛賀沢は陽一郎の実の父親です。

山小屋の石橋さんが私に話してくれた通り、銀座のママが陽一郎の母親です。その後、毛賀沢が有名になりテレビに登場した時、私は彼を復讐の最終目標に据えました。そうして彼を殺害した上で、犯人に仕立て上げられれば本望でした。

太陽新聞に犯行声明を送ったのは、最後に毛賀沢の犯行にみせかけるためです。

私は周到に犯行計画を練り上げました。吸い殻など数々の工作は、あなたの推理通りです。もっとも太陽新聞に載る犯行声明も、最初から毛賀沢とわかるようでは、かえって信憑性に欠けます。そこで、巧妙に少しずつ謎が解けていくようにヒントをちりばめていきました。生物学の知識を小出しに披瀝し博学ぶりをみせつけながら。あるいはマスコミに叩かれた毛賀沢の不満が、さりげなく顔をのぞかせるようにして。

そのためには、すべての言説がネット上で拡散するのではなく、いつでも順を追って確認できる不動の位置が必要でした。それが新聞紙上です。それも世間から最も信頼されているクオリティペーパー。その太陽新聞が、週刊誌によると、経営難に陥って（おちい）おり、大衆に読まれるコンテンツを求めていただろうことも奏功したのでしょう。

新聞紙面には載りませんでしたが、『終結宣言』に添えた毛賀沢の不倫リストは、私の作ったデタラメです。連続殺人の犠牲者と、あたかも女を奪い合ったかのようにみせかけるためです。その女性たちは、「高橋」など、すべてよくある苗字の架空の人物です。いくら探してもみつかりません。実在する毛賀沢の不倫相手とも一切関係ありません。

そして、私は毛賀沢とは一切接触はしていませんでした。つい先日、民政党員を装って『選挙資金を渡す』と、この吊り橋近くの山中に呼び出したのが初めての対面でした。非力な彼を包丁で刺すのはいとも簡単でした。遺体は吊り橋近くの山林の中で、枯葉（かれは）をかけて隠しておきました。

一方で、私は『ワクチン』を名乗り、発言が新聞に載ることに味をしめていきました。それは麻薬のような誘惑でした。自分の哲学を紛れ込ませ、主張を社会に向かって言え、それが活字になって公化される。私は生まれて初めてマスメディアに登場し、注目を集めたのです。

凶悪犯罪によって私は社会と急速に接点を持ち、殺人鬼であることによって巨大な発言力を得た。人間には変身願望がある。仮面をつけて自分が自分でなくなる。ネット世界の住人を批判しながら、私もまた仮面性の麻薬に酔いしれていったのでした。

そうして世間に『ワクチン』の名は周知されました。謎の人物、悪のカリスマ、神格化された魅惑的な悪。私は大衆に好かれる殺人犯になった気でいました。饒舌になっていったのは、社会悪の告発に、正義を語る側の心地よさをみつけたからです。『殺人犯の語る正義』というパラドクス。読み応えがあるでしょう。あなたたちも、そんな紙面が『売れる』と直感したはずです。

当初は、自身を隠すための工作が、自身を表現し解放する場になった。もともと哲学書が好きな私は、書物から吸収した知の蓄えを、どこかに表出したいという欲求も積み重なっていた。私は図書館司書です。静かな図書館の中で黙々と仕事をして、表現の場が与えられなかったことへの反動だったのかもしれません。復讐を遂げていく一方で、遂げられなかった思いが実現したことにも気づきました。

さらに新聞の欺瞞を暴き、あなたにも恥をかかせたかった。あなたの不用意な言動のせいで人が死ぬようにして、その責任の重大さを味わわせ、罪悪感を与えたかった。そんな風に目的は少しずつ変質もしていきました。

やがて、陽一郎に犯行声明文をみられたと勘違いし、彼の疑いを逃れるために『因果応報』の文面をあちこちに届けたのです。確かにこれはリスクを高めました。

犠牲者のデータ入手もあなたの推理通りです。施設内のパソコンから、関東の『くぬぎ園』に預けられた子供たちと、その親の情報を引き出していった。そこには、施設入所の経緯、家庭環境の詳細な状況などが、報告書として一件ずつファイルされていました。私は天罰の対象をじっくり吟味しました。

千葉の『くぬぎ園』ではこんなことがありました。私がサンタクロースに扮して訪ねたら、どこかの子が私のことを『本当のお父さんだ』と言い出したのです。その子は父親から虐待を受けていました。目に涙をいっぱいためて、帰ろうとする私に追いすがってきました。それが四人目の犠牲者の子、タカシ君でした。私は思いました。愛情という一番大切な物をもらえなかったあの子たちに、人間としての尊厳という別の『贈り物』をあげようと。

私の心を動かしたものはほかにもありました。

陽一郎が集めていた新聞記事の切り抜きです。そこには児童虐待などの不幸なできごとが束ねられていました。私は胸が締めつけられました。陽一郎はそうやって、血の繋がりは決して愛情の証にはならないことを確認したかったのでしょう。陽一郎への不憫な思いが募りました。同時に、私の胸に別の感情が去来しました。それらの記事に出ていた虐待の方法が、私が子供の時に受けた仕打ちによく似ていたのです。水道の蛇口に手を縛りつけられる。食べ物も与えられず三日間過ごす。家に入れてもらえなかった。背中を押され階段を転げ落ちた。熱湯を背中にかけられた。池に突き落とされて溺れかけた。タバコの火を手の甲に押しつけられた……。

虐待の報道に触れれば触れるほど、私の記憶が蘇り、父親への復讐心が呼び覚まされました。皮肉なものです。私が受けたような虐待の記事に、陽一郎は救いを求めていたのですから。

一本木さんは『因果応報』を信じますか？　人間は常に行動の善悪を測られ、何かに記録され、悪いことをすれば報いを受け、善いことをすれば恩恵が巡りくる……。バランスや相殺の理屈です。こんな言葉が存在するのは、人間が生きていることに理由を求め、存在が秩序立てられていると思いたいからでしょう。私もその因果律を信じたかった。

だが、とてもそうは思えない。報いを受けないまま、のうのうと生きている人間がたくさんいる。それは『愛すべき存在を愛さなかった者たち』です。そして、私自身がその犠牲者だった。この罪に名前はありません。ただ、愛さなかった者と、愛されなかった者だけが知っている、ほかの人には不可視の罪なのです。裁かれなかった者たちの多さに、私の魂は打ち震えました。一本木さんなら、その罪がわかる気がしました」

琴美のことが頭をよぎった。私は黙ってうなずいた。

7

江原氏は小さく息をついた後、「実は……」と再び語り出した。

「私を捨てて行方不明になった父に、一度だけ会ったことがあるのです。都内の『くぬぎ園』の資料室の奥に古い書類がありました。資料をたどって当時の職員を探し当て、そこからまた関係者に当たっていき……。とうとう突き止めました。父は存命で都内の特別養護老人ホームに入居していました。

ある昼下がり、施設を訪れました。

広いリビングルームで、お年寄りたちが『あーあー』と声を上げています。窓際の明るい陽だまりの中に、車椅子に腰掛けて外を眺めている男性がいた。親父でした。大きく怖かった親父は意外なほど小さく、首は七面鳥のようにか細く、頭を支えるのがやっとでした。肘掛けに置いた腕は小枝のようでした。かつての血色はまったく感じられなかった。窓からの涼風に、わずかに残った白髪が小さく揺れていました。

『父さん』私は彼の前に歩み出ました。親父はギョッとして私を見上げた。『あなたの息子の茂です』と告げ、もう一度『父さん』と呼ぶと『ああ?』と声を上げました。顔がこわばり頭が小刻みに震えました。彼は私の目を避けて、黙り込んでしまいました。

彼は私のことがもう分からなかったのか、あるいは、その振りをしたのか。私との一切の接触を避けました。やがて介助の職員が車椅子を押していきました。私は親父に復讐をするなら、いともたやすくできた。殺したいほど憎んだ親父が、目の前に無抵抗のままいた。

でも私はためらった。次々と殺人を繰り返してきた私が……なぜだか分からなくなりました。私は心のどこかで、彼の謝罪を期待していたのです。『茂、悪かった』と。そのひとことがあれば、私も過去を捨てられた。

だが、親父は黙って去った。車椅子の背中を見送った。何もしなかったのは、私が親父を許せたからではありません。その時、私は自分で気がついた。殺意とは、生を謳歌(おうか)している相手にだけ持つ感情なのだと。肉体にみじめに縛られ、生に敗れかけた親父の姿に、復讐心はどこかに消え失せた。怒りと憎しみのぶつけどころを失った。それが最後でした。

次に訪れた時、親父は死んでいました。

私が憎むべきものは何だったのか。親父への殺意が失せていた自分を発見した刹那、私は人間存在の憐れさを知ったのです。あなたが語ったように、だれもが常に肉体と精神の相克に生かされている。時に暴力にも向かってしまう弱い魂を、必ずしも憎しみ通せない思いが生じたのです。老いた自分の父親と自身の姿を重ねる。矛盾だらけの弱い存在でした。

それからです。肉体を嫌悪し、奪い続けてきた自分の愚かさに少しずつ気づき始めたのです。

そして、あなたから『人を愛したことがないのか』と問われた。私は『陽一郎の父』だった時間に引き戻されたのです。三人が等しく他人同士という家族の絆。その時自分が、単なる生殖動物ではない、人間ならではの愛の時間にいたことを思い出した。人間らしくあろうとした自分をみつけた。これは人間を否定してきたワクチンである自分との葛藤になりました。

人を殺す――。何の徳目もない、その寄る辺無さに思い至るまで、こんなにも時間がかかりました。

幸せになりたい。私は不幸から逃れることにとりつかれていたのでしょう。でも、そんな気持ちでいる限り、幸福をつかむとは、地平線の線の上を目指すような、あるいは虹の下をくぐろうとするようなものなのでしょう」

江原氏は私をみつめた。しばらく沈黙していた。江原氏の目は、なぜだか終始穏やかだった。

それが、紙面でやりとりを重ねたゆえに何か別の感情が入り込んだのか、元来、そんな風に人好きのする性格ゆえだったのか、推し量れなかった。口調が変わった。

「一本木さん。お願いです。あの破廉恥教授、毛賀沢が陽一郎の本当の父親だということは一切報道せず、陽一郎にも伏せたままにしてもらえませんか。おそらく陽一郎も認めたくないに違いありません。それを知ったらどんなに煩悶することでしょう。真実を伝えるのが報道の使命かもしれませんが、一人の人間が、真実を知らされることによって不幸になるならば、それを隠し通すこと、書かない選択もまた、報道の役割ではないでしょうか」

「でも公判になれば動機が問われます。あなたが毛賀沢を殺害した理由は、毛賀沢が陽一郎君の実の父親だからでしょう」

「裁判になっても、毛賀沢への殺害動機は十分説明できます。連日、不倫騒動でマスコミに登場していた彼への憎悪です。私はそう貫き通します。陽一郎のために。たった一人を救うために……」

たった一人を救うために、真実を報道しない――。

二十年前に突きつけられた選択肢だった。奇しくも今、同じ選択を迫られていた。私は明確な返答を避けた。

「お気持ちはわかりました。どこまで書くか、書かないか。私もかつて、たった一人の信頼を守れなかった十字架を背負ってきました。報道やスクープの陰に、少なからず犠牲者がいること。私も忘れないようにします」

江原氏に聞いた。

「陽一郎君には、だれが本当の父親だと語るつもりですか」

「毛賀沢が父親である事実さえ否定できれば、それでいいのです。石橋さんの言う通りです。むしろ永遠に謎のままでいい。その方が陽一郎のためです」

8

警察には、すべて牛島を通じて伝えてあった。

遠くに紺色の出動服の警官たちがみえた。機動隊だ。彼らはとうに私たちの姿を認めていたのだろう。大熊もあとを追ってきていた。

指揮官の号令が聞こえた。五十人はいる。紺の出動服が向こう岸を一斉に走り、吊り橋に向かってくる。ヘルメットのバイザーが光る。彼らはすぐに吊り橋のたもとにたどり着いた。一団はそこで立ち止まった。

拡声器が向こう岸から怒鳴った。

「江原。そこを動くな」

先頭の集団が大楯を構えながら、隊列を組んでこちらに渡ってくる。吊り橋の足元が揺れた。隊列の先頭が三十メートルまで迫った。江原氏の顔が硬直した。

「一本木さん。お願いがあります。私はこの事態を予想していました。そこで、三角山の頂上で待っている息子の陽一郎に手紙を書いておいたんです。私はこのまま警察に向かわなければなりません。息子にはまだ何も伝えていません。きっとびっくりするでしょう。一本木さん、最後のお願いです。頂上で待つ息子に、この手紙を届けてほしいのです。あらましは、お話しした通りです。あなたからそれを告げた上で、この手紙を渡して下さい。私の言葉で陽一郎にこの顚末を伝えたい。ここから登っていけば、あなたの足なら一時間半で頂上に着けるはずです」

私は時計をみた。日没までに時間はあった。下山してから送稿すれば朝刊早版からでも十分間に合う。むしろ彼にも会いたい。江原氏の人物像に迫る取材もできるに違いない。

「わかりました。届けましょう」

私が手紙を受け取ると、江原氏は深々と頭を下げた。

社を出る前に、すべてを伝えた上で、長谷寺部長、黛デスクと、この日組みの紙面展開について綿密なやりとりをしておいた。黛デスクが興奮して言った。

「一面から社会面までドーンと空けて待ってるぞ。一面はワクチンの正体、江原氏の犯行と全体説明だ。取材を終えたら、お前の書いた予定稿をもとに修正部分を電話で吹き込んでくれ。社会面は見開きだ。左側の一社は江原氏の逮捕直前インタビュー、一問一答形式だ。詳しくな。動機は子供を捨てた父親たちへの制裁だ。最後は陽一郎君の実父、毛賀沢教授への復讐だった。彼の動機がそこにある限りきちんと書け」

長谷寺部長が言い添えた。

「二社に息子の談話を突っ込もう。できるだけ長くな。陽一郎君は、もともと江原氏の本当の子供じゃない。毛賀沢の子だ。毛賀沢の隠し子なのは、どうせ週刊誌が嗅ぎつけて書く。彼は戸籍を外して生きることになるだろう。もちろん、陽一郎君の名は伏せる。家族は巻き込めない。聞くのは江原氏への感謝の気持ちでいい。実父が毛賀沢と知った反応もな。むろん陽一郎君の了解をとった上でだ。だが、それを説得し納得させるのも記者の仕事だ。人間ドラマの特ダネだ。深みだ、読み応えだ」

今回の事件を締めくくるにあたり、詳しく報道する最後のチャンスに思えた。黛デスクの高周波音が響いた。

「よっしゃ。いい記事になるぞ～」

その言葉に自分も動かされた。だが今、思い直していた。

だれにとっての「いい記事」なのか。読者に対してか。陽一郎君に対してはどうか。匿名にしたところで、ワクチンである江原氏に、もらい育てた息子がいた、という事実を記事にすることには抵抗があった。そして毛賀沢が彼の実の父であることも。

真実を報道するか。たった一人の思いを守るか——。

陽一郎君への手紙を託された私は、江原氏を残して山道に向かった。少し登ったところで振り返った。江原氏が吊り橋のたもとで大勢の機動隊員に囲まれた。彼は抵抗する素振りもみせていない。それでも怒号を浴びせられ、群がる大楯に突き倒された。頭を押さえつけられ、みじめに後ろ手に組み伏せられた。

《十五時三十分、被疑者、逮捕》

無線機の報告が響き渡った。

この場は大熊にまかせることにした。

私は向き直って歩みを進めた。江原氏は手紙に何を書いたのか。封を切りたくなったが、抑えた。江原氏は私を信用したのだから。その信義は守りたい。

山道を登りながら、途中、小さな滝に出会った。湧き水が竹の筒から流れ出ていた。一口飲むと冷たい水が喉を通って、すぐに体に同化した。滝の落ちる水音が心地よかった。

中腹まで来た。山小屋「くぬぎ荘」の石橋氏は不在だ。彼にも連絡して、警察に江原氏のことを話すようにお願いしておいた。私は切り株に座って少し休んだ。時計をみた。日没まではまだある。立ち上がってまた歩みを進めた。

頂上で待つ陽一郎君に、何と言ってあげればいいのだろう。まず、この事態を伝えなければならない。遠い記憶が重なった。

君のお父さんが逮捕される——。

あの時、私は琴美にそう言った。冷たい言葉だった。

この山は長野県、埼玉県、群馬県の県境にあるはずだ。途中、群馬県側の奥多野の山々がみえた。琴美と出会った山間(やまあい)の上野村はあの辺だろうか、などと思ってみた。

《急ごう。陽一郎君が待っている》

山道の木々が風にざわめく。寂しい葉音が鳴った。私はひたすら頂上を目指した。

第五章　真　実

江原陽一郎のモノローグ

1

母さんの月命日がきた。

毎月、僕と父さんは、この日に三角山の頂上へ母さんに会いに行く。

この日、父さんが「約束がある。あとから必ず行く」と言うので、僕だけ先に三角山へ向かった。少しでも早く母さんのそばにたどり着きたかった。先に頂上へ行って父さんを待つことにした。父さんは「夕方になるかもしれない」と言った。僕は、日が暮れる前に必ず母さんのところに来るようにと、父さんに念を押しておいた。

三角山の頂上に着いた。石の上に座り込んだ。墓碑はない。ただ大きな岩が重なり合い、草が風になびいている。

「母さん、僕だ。陽一郎だよ」

あぐらをかいて、あたりを見渡した。だれもいない。すねをつかんで背筋を伸ばした。

「父さんはあとから来るよ」僕は大きく息をして、母さんの眠る山の空気をまるごと吸い込んだ。

「今日は風のにおいが濃いね」

山々は少し霞んでみえた。

思い出す。ここで僕は父さんの言葉に救われた。「平等に他人同士」の三人が家族になった思い出の場所だ。ここに母さんが眠る。家族の絆を今、痛いほど感じた。

二時間以上待った。あたり一帯に霧が立ち込めてきた。景色が定かでなくなった。白い闇の中にいるようだ。

霧の向こうから人影が登ってきた。頂上の手前は熊笹に覆われ、そこに細い道が続いている。目を凝らす。人影が十メートルまで近づいた。

僕は岩の上に立ち上がって呼んだ。

「父さん」

影は答えない。やがて、はあはあと息遣いが聞こえてきた。そのまま登って近づいてくる。業を煮やして、もう一度声を上げた。

「父さん。遅いじゃないか」

人影が答えた。

「陽一郎君?」

父さんとは違う、もっと高い声だ。聞き覚えがある。声の主が言った。

「私は君のお父さんじゃない。ほら、このあいだ会った太陽新聞の……」一本木記者だった。

「一本木さん。なぜ、あなたがここに」

一本木記者は、ここまで登ってくるのに、すっかり息が上がってしまったようだ。肩で呼吸しながら、ひざに手を当てて下を向いた。苦しそうに息をしている。僕に何かを伝えようとしたが、しばらく地面をみつめたまま黙ってしまった。彼は大分たって呼吸を整えた。ようやく頭を上げた。真顔で言った。

「君のお父さんが逮捕された」

何を聞かされたのか。地球が回っているような、めまいがした。

一本木記者は僕にすべてを語った。


僕はあの日を思い出していた。

「真実告知」だ。僕と両親は他人だったと知らされた。そして、次には母さんが癌だと知らされた。今、僕は三度目の「真実告知」を受けた。

父さんが、あの世間を騒がせてきた連続殺人犯「ワクチン」だと。たった今、麓で逮捕されたという。また絶望が胸に浸み込んできた。三たび平穏な暮らしに泥水が丸い水先を這わせて忍び込んできた。僕は何度そんな思いをすればいいのだろう。

大きな岩の上にへたり込んだ。

一本木記者はずっと近くに立っていた。何も言わなかった。僕はしばらく頭を抱え込んだ。

一本木記者が後ろから気遣いながら言った。

「陽一郎君。お父さんは君のことが気がかりな様子だった。さっき麓でお父さんに会った時、この手紙を預かってきた。君に渡してもらうように頼まれた」

一本木記者が懐（ふところ）から封筒を取り出した。

表には「愛する陽一郎へ」とある。裏は「父さんより」だった。

《陽一郎。待たせて悪かった。父さんは、一本木記者にこの手紙を託した。今日父さんが「約束がある」と言ったのは、麓で一本木さんと待ち合わせたからだ。父さんがそこへ行けない理由は、彼が話してくれる。

辛いだろう。だが、彼の伝えることは本当だ。父さんはこれから警察に行く。世間を騒がせてきたワクチンは父さんだ。毛賀沢教授ではない。おれは彼も殺した。彼も「犯人」に仕立てられた犠牲者の一人だ。

なぜ父さんがこんなことをしたのか。一本木記者にすべて語っておいた。おれの口からは辛くて言えない。彼に聞いてくれ。それは父さん自身の生い立ちと深いかかわりがある。

陽一郎は父さんのことを、命を大切にする、だれよりも優しい人間に思っていただろう。おれ自身そうなろうとした。だが一方で、不幸を生み出す人間がいる。一連の事件の犠牲者は、みんなそんな人間たちだ。許せなかった。

おれは物心ついたころから父親の虐待を受けた。母親も暴力を受け、おれを置いて蒸発した。おれは児童相談所に保護され、児童養護施設が自分の家になった。お前の母さん、むつみとはそこで出会った。

施設で育ったおれにとって、一年で一番嫌な日は、小学校の授業参観日だった。その日になると、おれは教室の後ろを努めて振り返らないようにした。チラとみると、他人の父親たちが自分の子だけをみつめていた。

覚えているか？　陽一郎が小学三年の時の授業参観。父さんは家を出る前にメガネを探して遅れてしまった。ようやくみつかり学校へ急いだ。陽一郎が振り向いた時に、おれがいなかったら、どんなに寂しがるだろう。そんな思いはさせたくなかった。

授業は始まっていた。教室に入り、他の父親たちの肩越しに陽一郎をみつけた。お前は窓際の陽の当たる席にいた。バリカンで刈り上げた頭が光に縁どられていた。頰にうぶ毛が光り、お前の大きな両耳が、明るい陽の光に赤く透けていた。

陽一郎はおれを探していた。不安そうな顔だった。おれと目が合うと「あっ」と顔が輝いた。あの瞬間。今も目の裏に焼きついている。愛情の養分がさっと行き渡ったように、お前の顔がほころんだ。陽だまりの中の陽一郎は、どの子よりもまぶしく愛おしかった。

陽一郎が立ち上がって詩を読んだ。その中に「父さん」という言葉が六回出てきた。おれはその言葉をかみしめた。

教室の後ろには、子供たちが描いた父親の絵が並んでいた。陽一郎の描いた父さんは、丸メガネの中で細いタレ目が笑っていた。優しい顔だ。自分はいつも、陽一郎にこんな顔をしていたのか、と気がついた。

おれたち家族にとって、一番辛く衝撃的だったのは、あの「真実告知」の時だ。本当に辛かった。おれは、どうしたらお前の本当の父親になれるだろうかと、ずっと言葉を探し続けた。だが、お前がすねてみせた時、おれは少し安心した。その態度の中におれたちへの甘えがあったからだ。お前はあの時、おれたちに愛を求めた。言葉を求めた。自分が頼りきった存在だからこそ、戸惑い、必死に訴えかけた裏返しの行動だった。その時、父さんも知った。おれたちは、この子の心が見通せる本当の親なのだと。

五月ごろだった。おれの中で何かが崩れたのは、母さんが癌になり、もう助からないとわかってからだ。それからのおれの行動は、お前には話したくない。そんな人間になってほしくないからだ》

ここまで読んで、顔を上げた。一本木記者が何か問いたげにしている。

「お父さんがどんな人だったか、聞かせてもらえないかな」

2

僕は父さんとの思い出を語った。一本木記者はうなずきながら、すべてをメモ帳に書き取った。だが、彼はずっと思い悩んだ様子だった。

どうしたことか、やがて決心したように「いや。やっぱりやめよう」と言った。彼は、記事の中で僕の存在には触れないことにする、と約束した。

「ありがとうございます」

「私も、もう後悔したくないだけだよ」そう言うと、一本木記者は時計をみて「さあ。もうひと仕事だ。じゃあ元気で」と言った。手を差し出され握手して別れた。さっきまで立ち込めていた霧が、うそのように晴れていた。

僕は一本木記者の背中を見送った。彼は尾根伝いに遠くまで行って、こちらを振り返って手を振った。僕も振り返した。それから彼はしばらく立ち止まり、夕陽に照らされた群馬県側の山々を眺(なが)めていた。やがて尾根の向こうに姿を消した。

僕は手紙の続きを読み始めた。

途中から走り書きのように父さんの字に落ち着きがなくなってきた。何を語り出したのか。

僕は手紙を食い入るように読んだ。

そこには別の真実が書いてあった。

《最後に本当のことを話そう。この手紙をお前に届けに行った一本木記者についてだ。陽一郎、驚かないでほしい。

彼が、お前の本当の父親だ。

今日、彼をこの三角山の麓に呼び出したことも、すべて予定通りだ。だが、一本木記者には、お前が彼の実の息子だとは伝えていない。彼は、毛賀沢教授が陽一郎の父親だと思っている。安心しろ。あんな男がお前の父親であるはずがない。もちろん、彼も取材を進めていくうちに、いずれ誤りに気づくだろう。

子供たちを捨てた憎むべき男たち。最後の標的は、一本木記者だった。

なぜなら、彼がお前を捨てたからだ。

石橋さんが真実を教えてくれた。山小屋に現れた女性は元保母さんだ。のちに彼女の遺体は、群馬県側の山中で発見された。

ちょうど首都圏で三件、虐待された子供たちの復讐を遂げたころだ。

八月上旬に太陽新聞で連載していた「シリーズ犯罪報道・家族」の一本木記者の記事を読んで気がついた。彼は群馬県の川沿いで保母だった女性と知り合い、その後、県の汚職事件に絡み、県出納長を父に持つ彼女が山中で自殺した……。犯罪報道の当事者にもなった新聞記者の苦悩が綴られたシリーズだ。三角山は、群馬県、長野県、埼玉県にまたがっている。この記事に登場した元保母の女性こそが、石橋さんに乳飲み子を託した母親ではないかと。

そして一本木記者こそが、陽一郎の実の父親だと。石橋さんは、最初は陽一郎の出自をおれたちにも隠していた。人間がだれの子だなんて関係ない、と考えていたからだ。父さんは石橋さんに確認してみた。すると「茂、あの記事で気づいたか。いずれは話すつもりだったが……」と静かに打ち明けた。「陽一郎が軒先に置かれた後、再び山小屋を訪れた女性がいた。あの子を軒先に置いたのは自分だと語り、茂が引き取ったことを伝えると、小さくうなずき、安心した様子だった。そして彼女は、自分は群馬県で保母だったと打ち明けた。その後、再び姿を消した」

父さんは、一本木記者が許せなくなった。そして、太陽新聞にこれまでの三件の事件の犯行声明を送り、一本木記者に挑戦することにした。陽一郎を不幸にした本当の復讐を、いよいよ果たせると、体中の血が沸き立ってくるのを感じた。その時、予定通りに毛賀沢教授を犯人に仕立てた後、最後は一本木透を殺そうと決めた。

それから殺人計画を進めると同時に、彼とのやりとりを始めた。ワクチンが早くから、犯行声明に「子供を捨てた」と述懐していたのには理由がある。子供を捨てたのは一本木記者当人だ。「お前にこそ罪があるのだ」と示してやりたかったのだ。彼がどんな反応をするか。おれは試しながら、やりとりを続けた。

だが、彼は愛する人と別れた後悔を綴り、子供がいたことには触れなかった。

同時に父さんは、もっと陽一郎の父親の実像を知りたいとも思った。

それから、太陽新聞の紙面で、陽一郎の「生みの親」と「育ての親」がやりとりを続けた。一本木記者はこちらが語るに落ちるのを待ち、おれはそれに挑み返すような形に発展していった。

父さんは彼を挑発し、彼の頭脳を試した。そして、彼が家族を捨ててまで手に入れた社会的な地位を奪ってやろうと考えた。不用意な言葉の使い方によって、殺人が起きるとすればどうだろう。彼を苦しめ、恥をかかせ、最後は尊厳をズタズタに引き裂いて殺そうと思った。陽一郎を捨てて一本木記者が選んだ人生を、真正面から否定したかった。それは自分と彼と、どちらが陽一郎にとって父親にふさわしいのかの対決でもあった。

そして、ついに復讐を遂げるチャンスが訪れた。一本木記者の顔は、新聞紙面のコラムなどに掲載されていたので知っていた。ある晩、太陽新聞本社の前で待ち伏せし、帰宅途中の彼のあとをつけた。

暗い公園を通った時、植え込みの陰で、おれは懐の包丁を取り出した。こちらの気配に気づいたのか、彼は素早く振り返った。闇の中で、おれは一本木記者を見澄ました。その時、振り向いた彼の顔が、閃きのようにおれの心底に感光した。

その刹那だ。

父さんは、彼を殺せなくなった。

この日のために怒りをため込んできたのに。なぜだと思う？　最も憎んだ相手を目の前に殺せなくなった。強烈な理由が生じた。

暗闇の中、街灯の下に浮かんだ彼の顔が、陽一郎にそっくりだったからだ。

どこか寂し気な目、正直そうな口元、髪の毛から出た少し大きな耳。おれたち夫婦が、小さいころから胸に抱いて育てた、お前に瓜二つだった。そこにいたのは、歳をとったお前だった。白髪が交じり老い始めたお前だ。あの時おれは、未来の陽一郎に対面した。

どうして彼を殺せるだろう。

おれは、彼が陽一郎を捨てたことを許せなかった。怒りと憎悪はたぎり続けた。だが、最も憎んだはずの人間の中に、自分が最も愛した陽一郎をみた。お前の実の父親だからという、まったく同じ理由で、彼を殺せなかった。

不安そうに振り返った彼の顔。その表情は、お前があの授業参観で教室の後ろを振り返り、おれを探していたときの不安に満ちたあの顔だった。一本木記者の存在が、愛する命に重なり置き換えられた。

それから一本木記者とのやりとりに、お前の分身と対話しているような気持ちになった。だから彼とは一対一で話をしたくなった。彼に電話した時、偽装工作も重要だったが、一方で、歳をとったお前と、ただ直接話してみたくなった。

一本木記者が自宅を訪れた時、書斎で向き合い、コーヒーを飲みながら話した。あとで民間業者に依頼し、彼が飲んだコーヒーカップについた唾液からＤＮＡ型を採取した。お前の髪の毛も提供した。それで二人の親子関係を改めて確認した。

父さんはきっと、もう一人のお前から罪を重ねないように諭されていたのだろう。

おれの中には、父親に捨てられ復讐心に囚われた殺人犯と、陽一郎を愛し育て、どんな命も慈しむまともなおれがいた。

そして今日、彼と再び対面する時には、二つの人格が、未来のお前と向き合い対話を続けていた。

もう一つ、彼とのやりとりを通じて知りたかったことがある。なぜ、彼は陽一郎を捨てたのか。もしかしたら、彼は陽一郎の存在を知らなかったのかもしれない、と思えてきた。

この手紙を読んだあとに、お前が彼を父親と認めるならば、あとを追って「父さん」と呼び止めろ。お前はおれと縁を切った方がいい。もともと殺人鬼の血を引く息子じゃない。その選択はお前にまかせたい。殺人鬼と高尚なジャーナリストと。お前はどちらを父親に選ぶだろう。最後はお前が決めればいい。

ただ、なぜおれはずっとお前に、一本木記者のことを言わず、また彼にもお前のことを言わなかったのか。それは、おれがお前と父子でいられなくなるような気がしたからだ。もし、お前が彼を父親として慕う気持ちが起きたら……。一本木記者にも、お前を息子として引き取る気持ちが生じたら……。

父さんには耐えられなかった。お前を取られたくなかった。おれはずっとお前の父親でいたい。陽一郎のたった一人の父さんでいたい。だから、以前、陽一郎が一本木記者を頼って新聞社を訪れたと知った時、おれは胸が張り裂ける思いだった。運命の皮肉を感じ、偶然を呪った。

今は、お前が「殺人犯の息子」呼ばわりされるのが一番辛く不憫だ。陽一郎は胸を張って生きていけ。父さんは陽一郎の実の父親ではない。血は繋がっていない。殺人鬼の血統など継いでいない。奇しくも、あの日と同じ言葉を繰り返す。

父さんとお前は、アカの他人だ》

僕は手紙から顔を上げた。

三人が家族になったこの場所で、僕は今、父さんから同じ言葉で突き放された。父さんは最後にこう締めくくった。

《一つだけ願いを聞いてほしい。死刑になった後のおれの骨灰はここに撒いてくれ。それで母さんとずっと一緒にいられる》

3

僕の実の父親はだれか――。答えがここに書いてある。
僕は目をつむる。陽だまりの教室を思い浮かべる。まなうらに明るい光が満ちてくる。体の芯が温まる。教室の後ろで、父さんが僕だけをみつめている。ただ無性にうれしかった。教室の原風景は今も僕の中にある。あの日、父さんは紛れもなく僕の父さんだった。

父さんは、一本木記者には僕が彼の子供であることを伝えていない、という。理由は「おれはずっとお前の父親でいたい。陽一郎のたった一人の父さんでいたい」から……。

僕の父さんは、あの日、あの場所に来てくれた江原茂、あなただけだ。ほかのだれでもない。

僕は立ち上がり、石の上で大きく伸びをした。胸いっぱいに濃い緑のにおいを吸い込んだ。息を吐いた時、すべてが吹っ切れた。小さくつぶやいてみた。

「ねえ母さん。それでいいよね」

やわらかな風が僕の頬をなで、尾根を渡っていった。

一本木透のモノローグ

1

すべての報道を終えた。

毛賀沢教授の遺体は、江原氏が私に話した通りに、吊り橋近くの山林の中で見つかった。記事では、陽一郎君の存在には一切触れず、ワクチンが毛賀沢教授を殺害した真の動機も伏せたままにした。長谷寺部長と黛デスクを説得し、理解してもらった。

事件は終息し、年末を迎えた。

結局、ワクチン報道で、太陽新聞の経営は一時的にV字回復をみせた。今年度通期の収支見通しでは、すでに黒字に転換することが判明し、役員も退陣を免れる。だが、騒動が過ぎた今、部数も広告収入も再び大きく下降し始めていた。

太陽新聞東京本社五階の編集局フロア。夕方五時過ぎ。私はいつものように黒い革張りのソファで、オレンジ色の薄汚れた毛布を被って寝転んでいた。

「おい。日本一のジャーナリスト」

黛デスクの声がした。満面に笑みを湛えている。

「日本ジャーナリスト大賞だ。今、日本ジャーナリスト連盟から編集局長補佐に連絡があってな。お前に、今年一番のジャーナリストの称号が与えられたぞ」

「そうですか」私は小さく言った。

体を起こしてソファに座り直して伝えた。

「せっかくだけど……辞退させて下さい」

「どういうことだよ。うれしくないのか。それとも気取ってやがるのか」

「受けられると思いますか」真顔で聞いた。

黛デスクが黙り込む。口元がかすかに動いた。小さく数回うなずいた。私が続けた。

「殺人犯とのやりとりで、結果的に太陽新聞は稼ぎ、部数も回復した。そして私が同賞に選ばれる。その事実に対しどういう態度をとるか、ジャーナリズムのあり方が問われている気がするんです」

彼もすぐに理解した。

「わかった。辞退を日本J連盟に伝える。ただし年一回の同賞の選出結果は記事にしなければならない。なので、『太陽新聞・一本木透記者（受賞辞退）』と記載するぞ。さっきのデスク会で、受賞を伝える記事の扱いをどうするかも議論になった。本当なら一社の下ぐらいでいきたいところだが、長峰編集局長の判断は『手前味噌なので控えめに』ということだった。三社のベタ記事だ」

受賞理由の書かれた、日本J連盟のリリース文を手渡された。

《日本ジャーナリスト大賞＝太陽新聞・一本木透記者
【首都圏連続殺人事件／犯人逮捕までの一連の報道に】
今年五月以降に発生した首都圏連続殺人事件に絡み、八月から事件が解決する十一月までの一本木透記者の記事は圧巻だった。容疑者ワクチンとのやりとりから、事件解決の手がかりを提示し、真相に導き、犯罪に至る心の闇に迫った。犯行を阻止するための説得の論理展開は秀逸で、容疑者に語りかける言葉は人間性に満ちていた。一本木記者は八月上旬にも「シリーズ犯罪報道・家族」のルポに携わり、犯罪報道の内幕ものとして「記者の慟哭（どうこく）」も滲（にじ）ませた。今回の事件を通じて、ジャーナリズムの精髄（せいずい）を示し、多くの読者に生きることの気高さを伝え、共感を呼んだ》

日本一のジャーナリスト――。

若いころ、その称号に憧れた。同じころ、未来の「家族」を失った。取り返しのつかない後悔が今も胸の隅にある。あの日以来、私にとっての女性は永遠に琴美だけだった。

「日本一のジャーナリストか」口の中で繰り返す。

社会的な称号だが、無機質な記号でしかない。そびえる孤高などではない。当の私が知っている。万人に認められるが故の、だれとも分かち得ない孤独。「日本一」の称号が、社会正義の功名と自己実現にとりつかれ、多くの犠牲と引き換えてきた「日本一、身勝手な者」の別称に思えた。

今は別の呼び名がうらやましかった。地位や名誉と無縁な、私が呼ばれ得ない、あの言葉……。

《父さん》

私は何気なくつぶやいた。

なぜだろう。あの声、あの言葉。

三角山の頂上で江原陽一郎君が、私のことを間違えてそう呼んだ。あれから彼の声が、ずっと耳朶にこびりついている。あの声は本当の父親を呼んでいた。遠慮も恥ずかしさもない、家族だけで交わし合う、はだけた肉声、じゃれつくような温もり。

その言葉の響きに、私はもう一つの人生を重ねた。

二十数年前。琴美との間にもし子供がいれば、ちょうどあのぐらいの年齢だ。家庭を築いていれば、今ごろは自分も、あんな風に呼ばれていたのかもしれない。

そして心づく。今の自分はだれ一人にすら愛されていない、と。「愛すべき存在を愛さなかった」罪……。ワクチンである江原茂氏が、社会に告発した架空の罪名だ。私もまた、たった一人の愛すべき人に誠実に向き合わず、のうのうと生き永らえてきた「罪人」ではなかったか。陽一郎君は、これからどうやって生きていくのだろう。

彼と江原氏は血が繫がっていない。殺人犯が実の父親ではなかったことが、彼の心の重石(おもし)を少しでも軽くするのだろうか。

2

午後七時。五階の編集局フロアは戦場のような時間を迎えていた。「早版の大刷り。こっちにも」サブデスクの怒号が飛び、バイトたちが駆け回る。「おーい。だれか識者の談話とってくれ」記事の補足が必要なのだろう。デスクが社会部泊まり班に発注した。

泊まり班六人の仕事は、原稿の補足取材、総局から集まった原稿の直し、大刷りチェック、通信社原稿の抜かれチェック、人物データベースや過去記事の検索、天気予報の出稿、と大忙しだ。デスク席のトレイにはニュース原稿が次々と積み上がっていた。

記事の配信を伝える共同通信の「ピーコ」がフロアに鳴り渡る。原稿やりとりの電話。ファックスの受信音。テレビのニュースがあちこちで反響している。整理部デスクが「この見出し、次の版から変えますから」と社会部デスク席に駆け込んできた。大刷り紙面をみせ、パラリと翻(ひるがえ)して大急ぎで席に戻って行った。

新聞社は不夜城だ。これから13版、14版と、締め切りと降版を繰り返す。社会部の泊まり班が、ビールとつまみを買い込んできて一杯やるのは、午前二時過ぎだ。

社会部の一角。自席の机上に積み上げた資料の向こうから、同僚たちが声をかけてきた。

「一本木。お前、日本ジャーナリスト大賞、辞退するんだって」

別のだれかに肩をたたかれた。

「そうか。お前らしいな」吉村だった。

「そういえば、この間、息子と会ってきたんだ。十五年ぶりだよ。なんだかおれの若いころに似ていやがった。息子っていいもんだな」

吉村はそう言って、十五階に戻って行った。

テレビのニュースが「今夜、日本列島全域に寒波が到来した」と告げていた。窓の外に、白いものがチラチラ舞うのがみえた。

「あ、雪」窓際のだれかが言った。

まもなく、整理部長と工程管理セクション名で「本日組み朝刊各版の降版繰り上げ」の回章が出た。「回章」とは社内の業務連絡用の紙をさす。昔は回覧板のように回ってきたのでこの名がついた。今は各部備え付けの出力機にこの紙が出て、逐一デスク席に伝えられている。

《今夜から明日早朝にかけて南下する寒波の影響で、関東甲信地方にも降雪予報が出ています。関東平野・都心部でも五～十センチの積雪が予想されています。新聞輸送・配達時間の確保のため、本日組み朝刊の降版時間を以下のように繰り上げます》

「繰り上げ対象」の地域と時間が示された。ここ汐留でも降雪があるかもしれない。新聞製作のすべての工程時間が予定よりも大幅に早まった。

この紙が出ると、編集の現場は一層ざわつく。

社会部デスクが声を上げた。

「雪で降版時間三十分早まったぞ。原稿あるヤツ急いでな」泊まり班の六人は向き合ってパソコンを打っている。キャップが「了解です」と返し、何人かが「ウッス」と呼応した。

午後九時。電話取材を終えた記者が「識者談話とれました」とデスク席に叫んだ。「どんな感じ？　使えそうか」「はい。いけると思います」記者が発言の要旨を伝える。「よしっ。短行。十五分で出せ」社会部デスクがそう言って、十メートル先の整理部デスク席に「すみません。この記事のケツに識者談話、二十行突っ込んで下さい」と頼み込む。

整理部デスクが「降版時間早まってんだぞ。あと十分で出せる？」と腕時計を指し示した。「出します」社会部デスクが記者に言い聞かせるように返事した。端末に向かう整理部員が、整理部デスクとやりとりする。「ＯＫ。ほんじゃ、空け組みして待ってる」整理部デスクが顔を上げ、社会部デスクに叫んだ。泊まり班の記者が校閲部に追加出稿の伝令に走る。「了解」「承知」「待ってます」あちこちで声が飛び交った。

整理部デスクは、すぐに紙面組みの端末画面をみながら部員に指示した。

「ここと ここ、四段見出しの幅一行ずつ詰めて八行稼げ。それと、真ん中の三段の写真、左右一行分ずつ切っちゃえ。あと『この冬一番の寒さ』の原稿、冗長だな。少しつまめるだろ」

たやすく、見出しを含めた二十数行の空きを作り出した。すかさず校閲部デスクが、社会部デスク席に識者の名前の文字を確認に来た。

新聞社内の時間は、時計の針がさし示す残量そのものだ。一日二十四時間。数値化された中にいる。「締め切り」「降版」という共有する時間の一点に向かい、ここにいるすべての人が意識を集中させる。あと何分。あと何行。時計を確かめ、手を動かし続ける。

ふと、地上にはもっと別の時間もあるはずだと思う。そんな時間を捨ててきた自分が、今ここにいる。

3

外は雪か――。私は窓側に歩いて行った。

曇(くも)ったガラス窓を手でぬぐう。窓が鏡になり自分の姿が映った。窓の向こうに目を凝らすと、ぼんやり白い闇が広がっていた。厚いガラスの向こうに思いをはせた。

フロアのあわただしい時間と音が消えた。

外には雪が積もり始めていた。都会の夜は、幻夢のような雪の平原に変わっていた。オレンジ色の街灯が、舞台照明のように白い円を照らし出し、そこだけ雪が降っている。人影はない。だれかの足跡が小さく続いていた。

懐かしく感じた。薄れかけた記憶をたぐった。点在する街灯が記憶の灯になった。

二十数年前、琴美を県営の高齢者住宅のある山奥の村へ車で送った。あの夜の雪道がまぶたの裏に浮かんだ。車を止めて琴美とキスをした。将来、どこへ転勤しようと、二人ならば幸せな家庭を築けると確信した。なんでも乗り切れる気がした。琴美も同じだっただろう。子供は男の子がいいな、と思った。

《夜の底が白くなった……》

いつか琴美がそう口にした。彼女が好きだった川端康成の小説『雪国』の一節だ。あの時、琴美が「素敵でしょう」と笑った。「雪ってね、降るんじゃなくて、沈むものなのよ」と八重歯をのぞかせた。

美しい嘘のような世界だった。静かな余韻に浸りながら、ふと思う。

夜の底に積もる雪……。音もせず、しんしんと降り続け、気がつけば人知れず深い闇の底に積もっている。それはあたかも、自身の心底に沈めてきた内面の罪のようだ。

私が「日本ジャーナリスト大賞」を辞退した本当の理由は「殺人事件を利用した報道」云々(うんぬん)ではなかった。私は、紙面で本当の「記者の慟哭」を書いていない。吉村も黛デスクも知らない事実があった。

琴美は、お腹に子供を宿していた。

ちょうど、琴美の父、白石出納長の贈収賄事件と時期が重なった。家には戻れなかった。私はやむなく堕胎(だたい)をすべきだと考え、電話で琴美に持ちかけた。

「お金をそろえた。二十万円ある。その子のためだ」と説得した。

琴美も泣きながら最初は「うん」とうなずいた。報道の直前だった。琴美から支局に電話があった。やはり産むと言い出した。私は支局の外へ出て、公衆電話からアパートにかけ直した。琴美が出た。電話口で私は声を搾り上げた。

「おれたちはもう結婚できない。堕ろしてくれないか」

琴美は黙り込んだままだ。私は「なあ、わかってるだろ」と静かに問いかけた。反応がない。琴美の息がかすかに聞こえた。お腹にいる胎児は、私にはもはや不都合な存在だった。無用だった。邪魔だった。私は無意識に声を荒らげていた。

「堕ろせよ！」

琴美は涙声で叫んだ。

「私とあなたの間に何があっても、私は生まれようとするこの小さな命を殺せない。私とあなたが、あの村の保育所で出会ってから、ずっと一緒に過ごしてきた時間の証と結晶が、この子なのだから……」

泣きながら、声が力なく震えた。琴美から電話を切った。それが最後のやりとりだった。あの時、琴美は「殺せない」と叫び返した。私は「殺せよ」とは言っていない。たった一字の違いだ。でも、同じことだった。

私には分かっていた。

琴美を自殺に追い込んだのは、私のあの一言だった。彼女は「未来の家族」への夢を私に引き裂かれ、絶望してアパートを出て行ったのだ。

琴美が私の子を宿していたことは「シリーズ犯罪報道・家族」では一切触れていない。いや、パソコンの画面で一度は打った。だが手が止まった。辛すぎた。そこまで悪者になる勇気もなかった。パソコンの画面をみつめ直した。

《だめだ。書けない》

私は削除キーで、ひと文字ずつ罪をかみしめながら削った。最後の一字を消した時、私は意図して「真実」に触れない狡猾な記者になった。「書かない作為」だった。

私は子供を殺そうとした。いや、きっと殺したのだろう。ワクチンは児童虐待をした父親たちへの復讐を遂げていった。彼が文面の中で告発した「絶対暴力」の文言に、私が敏感に反応し、ワクチンの怒りの根源に思い至ったのは、その経験と重なったからだ。彼はその罪を撃とうとした。

その真意を見抜けたのは、私もまた、人知れず無抵抗の小さな命を葬ろうと謀った張本人だからだ。私はジャーナリストである自身に背いた。どうして「日本一のジャーナリスト」の称号を受けられるだろう。

琴美が語った「殺せない理由」がずっと胸の底にあった。私は十字架を背負いながら、ワクチンとのやりとりを重ねた。私がたどった過ち。その悔悟の道程を、彼と共有できるかもしれないと思った。私はワクチンへの手紙に「あなたと、人を『殺せない』側の理由を語り合ってみたい」と書き添えた。人の命を殺めた者だけがたどり着く、深い闇の淵で出会える気がしたからだ。

琴美は山の中で静かに死んだ。

暗い窓の外から寒さと沈みきった静寂が透けてきた。室内の灯りに、目の前の雪がチラチラ映えた。ゆっくり舞い散る雪は、風にあおられ上に遡るものもある。時と無縁な白い花弁のようだった。それは、過去に戻れる「時の粒子」にもみえた。

私は目をつむり、祈るようにうつむいた。

琴美の言葉通りに、お腹に芽生えた小さな命が、だれかに託され、どこかに息づいてはいないだろうか、と。

今夜は北関東の山々も雪に覆われているだろう。深いしじま。音のしない音。その静寂に耳を澄ました。

わずかな希望が、幻聴を紡ぐこともあるのだろうか。

遠い冬の山音に紛れて、かすかな鼓動を聞いた気がした。

本文中の引用は左記を参照しました。

チェーホフ（著）、湯浅芳子（訳）、『三人姉妹』、岩波文庫、一九五〇年。

フリードリッヒ・ニーチェ（著）、信太正三（訳）、『悦ばしき知識　ニーチェ全集8』、ちくま学芸文庫、一九九三年。

プラトン（著）、岩田靖夫（訳）、『パイドン』、岩波文庫、一九九八年。


この物語はフィクションです。実在の人物や団体とは関係ありません。

本書は二〇一九年、小社より刊行された作品を、文庫化に際して加筆修正をおこないました。

検 印
廃 止

著者紹介 1961年東京都生まれ。早稲田大学卒。2017年に本作で第27回鮎川哲也賞優秀賞を受賞。

だから殺せなかった

2021年11月19日 初版

著 者 一本木透（いっぽんぎとおる）

発行所 （株）東京創元社
代表者 渋谷健太郎

162-0814/東京都新宿区新小川町1-5
電 話 03・3268・8231-営業部
03・3268・8204-編集部
URL http://www.tsogen.co.jp
DTP キャップス
暁印刷・本間製本

乱丁・落丁本は、ご面倒ですが小社までご送付ください。送料小社負担にてお取替えいたします。

ISBN978-4-488-45021-2 C0193